미시마 요무
성향 게임 세계는 ★ 08
E WORLD OF OTOME GAMES IS A TOUGH FOR MOBS.
브에게 가혹한 세계입니다

닉스는 한순간 어제의 목줄을 자기가
놓고 갔나 싶었지만── 거기서 도로테아가
목줄을 들고 있는 게 이상하다는 걸 알아차렸다
그리고 두 목줄 중 하나를
도로테아가 자기 목에 장착했다.
닉스

"저기── 제 쪽에서도
말씀드리고 싶은 게 있어요."
쩔그럭, 하는 소리를 내며 테이블에 놓인 건
사슬이 달린 목줄이었다.
도로테아

"기다리고 있었어요멍, 오빠."
"잡았다고, 오라버니.
놀아 주지 않으면 날뛸 거다냐~."

여성향 게임 세계는
THE WORLD OF OTOME GAMES IS A TOUGH FOR MOBS.
★08
모브에게 가혹한 세계입니다

CONTENTS

THE WORLD OF OTOME GAMES IS A TOUGH FOR MOBS.

프롤로그

인간은 후회하는 생물이다.

그때, 그 장소에서 다른 행동을 했더라면―― 몇 번 생각해 봤자 결과는 변하지 않는데도 끙끙거리며 생각하고 만다.

결국 실패를 되풀이하지 않도록 하는 게 고작이다.

하지만 평범한 사람인 나【리온 포우 발트파르트】한테는 같은 실패를 반복하지 않는다는 것도 어려운 모양이다.

"이런 일이 되다니."

『자업자득이군요.』

오늘도 파트너인【루크시온】이 침울해진 나한테 쐐기를 박는 말을 던졌다.

이 녀석은 평소에도 나한테 차가운 녀석이다.

우리가 있는 장소는 호르파트 왕국의 항구다.

왕도 근처 상공에 있는 부유섬으로, 비행선 발착이 이루어지고 있다.

아침부터 비행선이 출입하기를 반복하며 수많은 사람이 오가고 있다.

경적이나 사람의 큰 목소리가 들려, 소란스러움에 휩싸여 있었다.

어째서 내가 항구에 와 있는 것인가?

그건 이제부터 본가에 반쯤 강제적으로 송환되기 때문이다.

"리온, 너는 지나치게 열심이다. 출세해서 바쁜 몸인 건 이해하지만, 그래도 쉴 수 있을 때 쉬지 않으면 언젠가 쓰러질 거다."

"걱정이 과한 거 아니야?"

"본인한테 자각이 없는 게 더더욱 문제로군."

빛나는 듯한 금발을 가진 【안젤리카 라파 레드글레이브】는 나무라면서도 걱정하는 듯한 표정으로 나를 바라보았다.

긴 머리카락을 땋아 올려 모았으며, 빨간색을 기조로 한 드레스 차림이다.

가슴부터 허리 근처는 몸매를 알 수 있게 만들어져 있어, 본인의 커다란 가슴과 쏙 들어간 허리를 옷 위로도 잘 알 수 있었다.

봄방학이 끝나면 나와 안제는 가장 상급생이 된다.

입학 당초에 비하면 나는 키도 크고 체격도 좋아졌다.

안제는 어른의 매력이 더욱 몸에 배어든 것처럼 보인다.

그런 안제 뒤에는 여행 가방을 든 레드글레이브 가문 메이드들이 대기하고 있었다.

그중에는 알제르 공화국에서 신세를 진 【코델리아 포우 이스턴】의 모습도 있다.

안경을 쓴 지적인 연상 미녀는 오늘도 차가운 표정으로 나를 쳐다보고 있었다. 분명 '아가씨를 곤란하게 하다니' 하며 마음속으로 나를 비난하고 있으리라.

코델리아 씨는 나를 싫어하니까 말이지.

주인의 딸인 소중한 안제가 있으면서도 공화국에서 한층 결혼 상대를 늘린 내게 생각하는 바가 있는 것이리라.

이에 관해서는 난 대꾸할 수 있는 말이 아무것도 없으니까, 어쩔 수 없이 코델리아 씨의 태도를 감수하도록 하자.

날 대하는 태도는 다소 차갑지만, 일은 잘하니까 민폐가 되지도 않는다.

그 부분은 코델리아 씨도 어른이라는 건가.

그리고 밝은 갈색 머리카락을 바람에 나부끼며, 내 쪽을 보고는 슬픈 듯한 표정을 짓는 소녀가 있었다.

아니, 이젠 소녀가 아니라 여성이리라.

부드러운 분위기 속에서도 굳은 심지를 지니기 시작한【올리비아】는 내 몸을 걱정하고 있다.

"리온 씨한테는 휴가가 필요해요. 여러 가지로 바쁘신 건 이해하지만, 지금은 본가로 돌아가서 몸을 쉬어 주세요."

약혼자 두 명한테 그런 말을 들어, 나는 왕도에서 본가가 있는 시골로 돌아가려 하고 있었다.

그렇다기보다, 이끌려 돌아가게 되었다고 말하는 편이 올바를까?

"정말로 걱정할 것 없는데 말이야."

오른손으로 얼굴을 감싼 나는 어째서 두 사람이 이렇게나 나를 걱정하는지―― 그 이유를 떠올렸다.

그건 며칠 전의 일이었다.

◇

“롤랜드 녀석, 절대로 용서하지 않겠어! 루크시온, 그 녀석의 약점을 잡아. 뭐든 좋아. 이용할 수 있는 약점을 찾아내서, 밀렌 님한테 고자질해 주지.”

『약점을 쥐고서 하는 짓이 단순한 고자질입니까? 정말로 그릇이 작군요.』

“나는 그런 내가 싫지 않아. 옹졸해도 좋아. 그릇이 작아도 좋아. 하지만 롤랜드한테만큼은 반드시 복수하겠다고 정했단 말이다.”

『크레아레가 뭔가 정보를 쥐고 있을 겁니다.』

“그 녀석의 보고가 기대되는군.”

유학에서 돌아온 나는 의미를 알 수 없게도 후작── 그리고 3위 상이라는 터무니없이 높은 계급으로 승진하고 말았다.

호르파트 왕국에서 백작보다 높은 계급은 왕족이나 그와 가까운 관계자만이 오를 수 있다.

3위 상이라는 계급도, 왕족과 관계가 없다면 아무리 공적을 올린들 출세할 수 없는 계급이다.

그런데 롤랜드 녀석은 그 둘을 내게 강제로 떠맡겼다.

알제르 공화국에서의 활약과 ‘안제와 결혼한다면 너도 장래에는 왕족의 일원이다!’라는 터무니없는 이론을 근거로 삼아 억지로 승진시킨 거다.

확실히 내 약혼자인 안제는 공작가 출신으로 일단은 왕위 계승

권을 갖고 있다.

하지만 안제한테까지 왕위가 돌아올 만한 상황은 보통 있을 수 없다. 만약 그런 상황이 있다면, 나라의 중대사인가 뭔가일 것이다.

그저, 안제와 결혼했다는 이유만으로 간단히 공작이 될 수 있다면 고생은 하지 않는다.

본래라면 왕국은 내가 후작으로 출세하는 것을 탐탁지 않게 여겨야 할 입장이다.

즉, 본래라면 이건 말도 안 되는 이야기다.

그러나 그 음험한 롤랜드 자식은 날 억지로 출세시켰다.

슬프게도 그 녀석은 그만한 정치력을 갖고 있다.

본인이 말하길, 다른 귀족들의 약점을 하나나 둘은 항상 쥐고 있다는 것 같다.

평소 불성실한 주제에 이럴 때만큼은 유능한 면모를 발휘하니까 화가 난다.

롤랜드 자식은 거기에 덧붙여 다섯 바보를 내 종자로서 파견하겠다는 말까지 꺼냈다.

공식적으로 마리에와 다섯 바보를 돌봐 주는 처지가 된 나는 기분이 최악이었다.

그 녀석들의 바보짓은 나와 상관없는 처지일 때나 즐거운 것이지, 책임을 떠맡는 처지에서는 전혀 웃을 수 없다.

출세보다도 그 녀석들을 떠맡게 된 것이 더 화가 날 정도다.

심지어 율리우스 녀석은 다른 네 사람이 내 부하가 되자 '외로우니까 나도 그쪽으로 가겠다'라는 말을 꺼냈다. 그 녀석은 정말로 왕자라는 자각이 있는 것일까?

——없군. 그런 게 있었다면 이런 끔찍한 결과가 되지 않았을 거다.

어쨌든 나는 정식으로 마리에와 유쾌한 동료들을 억지로 떠맡고 말았다.

롤랜드를 곤란하게 만들고자 알제르 공화국에서 마구 날뛴 결과가 이거다.

어째서 나는—— 같은 실수를 몇 번이나 반복하는 것일까?

여관 침대에 누운 나는 루크시온과의 잡담으로 되돌아갔다.

"안제나 리비아도 이쪽에 오던가?"

『예. 식전은 봄방학 마지막 날이지만, 여러 가지로 준비할 것이 있으니까요.』

"판단하기 곤란할 때는 안제한테 도움을 받을 수 있겠군."

『격식 있는 식전이나 파티를 고려하면 귀족사회 지식이 풍부한 안젤리카의 존재는 확실히 중요하지요.』

"정말로 다행이야. 난 최소한의 예의밖에 모르니까."

『이걸 기회로 익혀 주십시오. 그러지 않으면 언젠가 창피를 당할 겁니다.』

"창피 운운하기 이전에, 이 상태가 이미 벌칙 게임이잖아? 뭘 어떻게 하면 가난한 남작가의 삼남이 고작 2년 만에 여기까지 출세하냐는 말이야. 정신 차리고 보니 '차남'에 후작님이라고. 거기에 덧붙여 마리에랑 다섯 바보까지 돌봐 주게 되었고."

『이 상황에 딱 들어맞는 말이 있군요. 마스터의 '자업자득'입니다.』

학원에 입학하고 2년이 지났다.

그동안 여러 일이 있어서, 맏형인 루트아트가 가족이 아니게 되었다.

그래서 삼남인 내가 차남으로 올라갔고, 나의 친형인【닉스】가 맏형이 되었다.

내 본가인 발트파르트 남작가는 적자가 된 닉스가 잇게 된다.

그리고 나는 독립하여 후작님이 된다.

영지도 없거니와 왕궁 직책도 없는 무직 후작이지만 말이지.

실익은 없는데, 쓸데없이 높은 직함만 달린 성가신 상태다.

——제법 진한 나날을 보냈군.

"나는 정신없이 눈앞의 일에 대처한 것뿐인데 말이야."

『말은 하기 나름이군요. 눈앞의 문제를 알아차리고도 이유를 대며 방치했다가, 뒤늦게 강제적인 방법으로 해결해 온 것뿐이지 않습니까?』

정말로 이 자식은 아픈 곳만 찔러 댄다.

"넌 진짜로 귀염성이 없구만. 그것보다 약을 줘."

대화를 마무리하고, 슬슬 자려고 생각한 나는 루크시온에게 약을 요구했다.

『수면유도제 말입니까? 오늘은 평소보다 더 지쳤을 테니 약을 쓰지 않아도 잘 수 있다고 생각합니다만?』

"요새 불면증이니까 말이지. 걱정되니까 줘."

지쳤어도 잠들지 못할 때가 있다.

잠들었다고 해도 잠이 얕게 들어 결국 수면 부족이 된다.

그럴 바에야 처음부터 약을 먹고 자는 게 좋다.

『——라우르트 가문을 위해 마스터가 세르주를 쏜 게 원인입니다. 역시 알베르크에게 맡겼어야 했습니다.』

"사람을 죽이는 데 익숙한 내가 더 적합했을 뿐이야."

이세계에 와서 전쟁에 휘말려 들기를 몇 번.

그동안 수많은 목숨을 이 손으로 빼앗아 왔다.

인제 와서 새삼스럽게 죽이는 사람 수가 한두 명 늘어 봤자, 내가 지은 죄의 크기는 변하지 않으리라.

『자신이 직접 총으로 사람을 죽인 건 처음이지 않습니까? 갑옷에 탔을 때보다도 실감이 크게 와닿았을 터입니다. 쓸데없는 짓을 하지 말고, 알베르크에게 맡겼어야 했습니다. 마스터는 판단을 그르쳤습니다.』

"딱히 문제없잖아."

『아니요, 있습니다. 그 때문에 마스터가 정신적인 부담을 지고 말았습니다. 마스터는 좀 더 자신을 소중히 여겨야 합니다.』

"그럼 괜찮아. 나는 나 자신을 정말 좋아하고, 다른 사람보다 나 자신을 우선할 수 있어."

『정말로 입만큼은 잘 돌아가는군요. 게다가 거짓말이 특기라 감당할 수가 없습니다.』

어처구니없다는 감정을 표현하기 위해 루크시온은 일부러 빨간 렌즈를 가로로 내저어 보였다.

요즘 자주 보는 모습인데, 어쩐지 렌즈를 옆으로 내젓는 동작이 점점 익숙해지는 느낌이 든다.

"됐으니까 약을 넘겨."

『거부합니다.』

"내놓으라고."

『싫습니다.』

"명령이다. 약을 내놔."

『마스터의 건강 상태를 고려하여 거부권을 행사하겠습니다. 오늘 밤은 자신의 잘못을 반성하시는 게 어떻겠습니까?』

"푹 잠들면 얼마든지 반성할게! 됐으니까 얼른 약을 넘기라고!"

양손으로 루크시온의 구체 보디를 붙잡자, 저항하여 마구 날뛰었다.

그대로 방안에서 엎치락뒤치락 날뛰고 있었더니―― 갑자기 문이 열렸다.

"리온 씨―― 뭘 하고 계시는 건가요?!"

얼굴이 새파래진 리비아가 우리를 심각한 표정으로 바라보고 있었다.

"리, 리비아?! 어, 어째서 여기에?"

"민폐라고 생각했지만, 리온 씨를 보고 싶어서……. 그것보다, 어째서 루크 군과 싸우고 계신 건가요?"

"이, 이건 그런 게 아니야. 루크시온이 내 말을 안 들으니까 살짝 따끔한 맛을 보여주려고 생각해서……."

갑자기 나타난 리비아한테 순간적으로 변명했지만, 아무래도 우리가 나눈 대화가 들렸던 모양이다.

"조금 전에 약이 어떻다든가 말하지 않으셨나요?"

타이밍 나쁘게, 약 문제로 소란 피우던 것을 리비아가 듣고 말았다.

"괜찮아. 푹 자려고 약을 달라고 한 것뿐이야. 리비아가 걱정할 만한 일은 아무것도 없어. 지, 진짜야."

양손으로 루크시온을 단단히 잡고 놓치지 않도록 하면서 리비아에게 미소를 지었다.

하지만 내 노력은 무의미했다.

내가 변명을 하면 할수록, 리비아는 더더욱 불안해했다.

"리온 씨, 잠들지 못하시는 건가요? 그래서 약으로 대충 넘기려고……."

날 걱정하는 리비아는 눈동자가 젖어서, 당장이라도 울 것만 같은 표정이 되었다.

"정말로 괜찮아! 방금도 농담 삼아 한 대화라고 할지, 애초에 나하고 루크시온은 평소에도 이런 느낌이고!"

살짝 서로 장난을 치는 감각이었는데, 제삼자에게는 진심으로

'약이다, 약을 내놔!'라며 소란을 피우는 것처럼 보였던 것일까?
루크시온한테 시선을 향하자, 빨간 렌즈가 요사스럽게 살짝 빛났다.
"너도 뭔가 말 좀 해봐. 네가 지금 한 이야기는 농담이라고 말하면 원만하게 수습된다고!"
작은 목소리로 루크시온에게 도움을 요청했지만, 어처구니없게도 루크시온은 마스터인 나를 배신했다.
『올리비아, 현재의 마스터는 정신적으로 위험한 상황입니다. 저도 휴식을 취하도록 진언하고 있습니다만, 들어주지 않습니다.』
"어째서 넌 태연하게 마스터를 배신하는 거야?!"
『견해의 차이로군요. 저는 배신했다고 생각하지 않습니다.』
"그렇게 인공지능은 인간을 배신한단 말이지. 자기한테 형편 좋은 변명만 늘어놓고, 너는 글러 먹은 어른이냐!"
『어라, 그건 자기소개입니까? 그것보다도 올리비아를 상대해야 하지 않겠습니까?』
루크시온 말에 따르는 건 아니꼽지만, 나는 리비아에게 시선을 쭈뼛쭈뼛 향했다.
울 것 같은 리비아가 손가락으로 눈물을 훔치고, 표정을 굳게 다잡았다.
"좀 더 빨리 알아차렸어야 했는데……. 곧바로 안제와 상담하겠어요. 리온 씨, 한동안은 몸과 마음을 쉬어 주세요."
리비아가 사정 불문하고 쉬게 만들겠다는 결의를 보인 순간,

때마침 리비아의 뒤에서 안제가 나타났다.

"그럴 필요는 없다. 너희 대화가 복도까지 들리고 있었으니까. ——리온, 너는 곧바로 본가로 돌아가서 쉬어라."

"뭐? 아니, 진짜로 괜찮은데……."

"됐으니까 쉬어라! ——무리만 해대고, 이 바보 녀석이."

안제까지 나보고 쉬라고 하며, 어째서인지 심각하게 고민하는 표정을 지었다.

——어? 이거 정말로 본가에 돌아가게 되는 건가?

이제부터 바빠지는데?!

◇

"……이 배신자."

눈을 가늘게 뜨고 루크시온을 흘겨봤더니, 본인은 짐짓 티가 나게 렌즈를 나한테서 돌렸다.

『마스터한테는 휴양이 필요합니다.』

"이제부터 바빠진다는 걸 너도 알고 있었잖냐! 봄방학 중에 이것저것 해 두고 싶었는데……."

그렇다—— 나는 이제부터 바빠질 예정이었다.

그 여성향 게임 3탄의 무대는 알제르 공화국 학원에서 호르파트 왕국 학원으로 되돌아간다.

나는 이 봄방학 동안 3탄 시작 전에 공략 대상 정보는 물론, 주인공이 될 여자애를 조사할 예정이었다.
마리에와 시나리오를 확인하고, 그 뒤에 진행 순서를 정해야 한다.
그리고 우리 이외의 전생자가 없는지도 자세히 알아봐야 한다.
——공화국 유학 때와 같은 실수를 되풀이할 수는 없으니까.
그런데도 루크시온은 나를 본가에 돌려보내려 한다.
이 중요한 시기에 대체 무슨 생각인 걸까?
루크시온을 노려보고 있자, 옆에서 말을 거는 소리가 들렸다.
상대는 루크시온과 같은 인공지능인【크레아레】다.
루크시온과 같은 구체 단말을 지니고 있지만, 몸체는 하얀색이고 렌즈는 파랗다.
색 차이로 루크시온과 구별할 수 있지만, 모습은 비슷해도 그 성격은 전혀 다르다.
잔소리나 비아냥은 많아도 성실한 루크시온과 달리 크레아레는 경박한 성격을 지니고 있다.
단, 능력은 루크시온과 마찬가지로 우수하다.
『걱정하지 않아도 나와 마리에가 남을 테니까 안심해.』
크레아레 쪽으로 상반신을 향하자, 시야에 마리에의 모습도 함께 들어왔다.
마리에는 자신의 얄팍한 가슴을 주먹으로 두드렸다.
"맡겨줘, 오—— 리온. 크레아레랑 내가 남아서 확실하게 사전 조사를 해 둘게. 그러니까 용돈은 잘 부탁해!"

전생의 여동생인【마리에 포우 라판】이 용돈 욕심에 내 대역을 칭하고 나섰다.

크레아레도 의욕 만만이었다.

"마리에야 어쨌건, 크레아레가 있으면 괜찮겠지."

"너무해?! 좀 더 날 신용해 줘!"

"너의 뭘 신용하라는 거야? 크레아레, 마리에도 잘 지켜봐라."

『맡겨 주시기를!』

그러나 제법 기분 좋은 듯이 행동하는 크레아레를 보고, 루크시온은 뭔가 위화감을 느낀 모양이었다.

『크레아레, 어째서 그렇게나 왕도에 남고 싶어 하는 겁니까? 이전의 당신이라면 마스터를 따라가고 싶어 했을 텐데요?』

『실은 왕도에서 약간 즐거움이 생겼어. 여러 가지로 실험하고 있는데, 그 성과가 이제 곧 나올 것 같거든. 마스터랑 루크시온이 돌아오면 결과를 보고할 테니까, 기대해.』

원래 연구소를 관리하는 인공지능이었던 크레아레는 실험을 매우 좋아하는 모양이었다.

무슨 실험인지 모르지만, 결과가 기대된다.

"너도 자유롭구만. 뭐, 날 배신한 루크시온보다는 호감이 가지만 말이다."

크레아레와 비교당하고 자신의 평가가 낮은 것에 납득하지 못한 루크시온이 곧바로 불만을 표출했다.

『저는 배신하지 않았습니다. 마스터한테는 휴양이 필요하다고 판단했기 때문에 강경 수단으로 나선 것뿐입니다.』

"그걸 배신이라고 하는 거다."

루크시온이 내 얼굴에 가까이 다가와 위압하는 것처럼 날 쳐다봤다.

나도 대항하여 노려보자, 옆에서 크레아레가 중재에 들어갔다.

『둘 다 사이좋게 지내는 게 어때? 어쨌든 이쪽 일은 걱정하지 마. 마리에도 확실하게 돌봐 줄 테니까.』

자신감을 보이는 크레아레. 평소에는 깝죽거리는 성격이지만 일은 제대로 하는 녀석이다.

"부탁한다. 루크시온보다 의지하고 있어."

『어머, 기뻐라.』

루크시온을 힐끔힐끔 보며 크레아레를 칭찬해 줬다.

루크시온 쪽은 납득이 안 되는지『이해 불능입니다』라고 말했다.

나는 마리에한테도 단단히 일러뒀다.

"마리에, 너는 판단이 서지 않으면 크레아레를 의지해. 네 멋대로 움직이지 마라. 네 판단보다 크레아레의 판단이 적확할 테니까. 알겠냐, 크레아레가 하는 말을 들으라고."

그런 말을 들은 마리에는 자기보다도 크레아레를 의지하는 것이 불만스러운 듯했다. 하지만 지금까지의 일을 반성하고 있는지, 순순히 수긍했다.

"그런 말 안 해도 신중하게 움직일 거고, 크레아레를 의지할 거야."

약간 주눅 든 기색이지만, 이만큼 단단히 일러두면 마리에도 제멋대로 행동하지는 않으리라.

나는 크레아레를 봤다.

"이쪽은 맡긴다. 뭔가 있으면 곧바로 연락하라고. 무슨 일이 생기면 금방 달려갈 테니까."

『마스터는 걱정이 많네. 정보 수집도 실험도, 완벽하게 해내 보이겠어.』

가능하면 정보 수집에 전력을 발휘해 줬으면 하는데 말이지.

대체 무슨 실험을 하는 거지?

——뭐, 내가 들어 봤자 이해 못 할 가능성도 있으니, 지금은 넘어갈까.

"실험도 좋지만, 정보 수집을 잊지 말라고. 그리고 가능한 한 공략 대상이나 주인공과 얽히지 마라. 뭔가 이변이 있어도 개입하는 건 내가 돌아오고 나서야. 긴급한 용건이 있을 때는 반드시 연락해."

『몇 번이나 들었어. 좀 더 우리를 신용하라구.』

성가실 정도인 내게 크레아레가 불만을 표하자, 마리에도 동의했다.

"맞아. 오빠는 좀 더 우리를 믿고 푹 쉬면 되는 거야. 오빠는 자기가 생각하는 것보다 지쳐 있는 거 아니야?"

마리에가 날 걱정하는 날이 오리라고는 생각지 않았다.

주위에 안제나 리비아의 모습은 없었고, 우리만이니까 마리에도 어느샌가 오빠라는 호칭으로 되돌아가 있었다.

"——뭐, 됐나. 성공하면 매달 주는 용돈을 올려 주지."

"고마워!"

크레아레는 양손을 들며 기뻐하는 마리에를 흥미롭다는 듯이 보고 있었다.

『마리에는 정말로 돈을 좋아하네.』

"응, 난 돈이 정말 좋아!"

이게 무지한 어린아이의 발언이라면 쓴웃음을 지을 수 있겠지만, 마리에의 경우는 생활비를 받고 싶어서 돈을 요구하고 있는 거니까 웃을 수가 없다.

쓴웃음조차 나오지 않는다.

난 공략 대상 남자로 역하렘을 만들려 하다가 빈곤에 빠져, 생활비 하나로 내 말에 따르는 처지가 된 마리에가 조금 불쌍하게 느껴졌다.

복잡한 마음으로 마리에를 보고 있자, 안제가 발소리를 조금 크게 내며 다가왔다.

그러고는 억지로 내 팔을 붙잡았다.

평소의 안제라면 하지 않을 듯한 행동에 나는 살짝 위화감을 느꼈다.

"리온, 슬슬 출발 시간이다."

안제는 심경이 복잡한 얼굴로 마리에를 쳐다보고는, 날 끌어당겼다.

"알았어. 혼자서 걸을 수 있다니까."
"됐으니까 와라."
내 옆에 선 안제는 그대로 내 팔에 자신의 팔을 감았다.
루크시온이 내 오른쪽 어깨 부근에 떠서, 그 모습을 해설했다.
『마스터는 여전히 둔감하군요. 안제는 마리에와 친하게 지내는 마스터를 보고 질투하는 겁니다.』
"질투?"
루크시온의 말에 놀라서 멈춰 선 나는 급히 안제의 얼굴을 봤다.
거기에는 얼굴이 빨개진 안제의 모습이 있었다.
부끄러운 것인지, 내 팔에 매달리는 힘이 강해졌다.
"루크시온, 너도 여자 마음을 이해하지 못하는 모양이군. 알고 있다면 본인이 있는 앞에서 말하지 않도록 해라. 나, 나도 창피하다고."
『다음부터는 긍정적으로 선처하지요.』
"얼버무리는 것처럼 들리는군."
『주의는 하겠습니다만, 실행할 수 있을지는 별개 문제이니까요. 애초에 악의가 있어서 안젤리카의 감정을 마스터한테 알려준 건 아닙니다.』
"악의가 있었다면 더더욱 질이 나쁘다고."
나는 루크시온을 보며 코웃음 쳤다.
"너도 여자 마음을 이해하지 못한다는 말을 들었잖아. 이참에 너도 여자 마음을 배우지 그래?"

『인공지능인 저한테는 난도가 높은 문제입니다만, 확실히 마스터의 말대로군요. 이번에는 제가 나빴다고 반성합니다. 죄송합니다, 안젤리카.』

솔직하게 사과하는 루크시온이 아무래도 영 꺼림칙하게 보였다.

안제는 "으, 음" 하고 쑥스러워하며 사과를 받아들였다. 그 모습이 무척 귀여웠다.

『단지 저는 의문으로 여기고 있습니다. 인공지능인 저야 어쨌건── 인간인 마스터가 저보다도 여자 마음을 이해하지 못하는 건 큰 문제입니다. 인공지능한테 밀리면 안 되는 분야가 아닙니까? 남자로서── 아니, 인간으로서 부끄럽지 않은 겁니까?』

루크시온이 일부러 잘못을 인정하며, 날 타박했다.

이 자식, 날 비난하기 위해 잔기술까지 습득한 건가?

"제, 제법 말주변이 좋아졌잖냐."

『마스터 옆에 있으면, 슬픈 일이지만 싫어도 말주변이 좋아지게 됩니다.』

루크시온 녀석은 내가 뭔 말을 해도 나한테 말대꾸를 해댄다.

조금은 나를 마스터라고 인정하고, 약간이나마 공경해 줬으면 하는군.

제01화 「맞선」

우리는 발트파르트 남작령 항구에 도착했다.

정비가 진행되어 대형 비행선도 출입할 수 있게 된 항구는 몇 년 전보다도 북적이고 있었다.

학원에 입학하기 전에는 지금보다 훨씬 작고 쓸쓸한 항구였다.

그 조촐했던 항구가 이만큼 크게 발전한 모습을 보니 기쁘다.

"낯선 비행선이 있는데."

아인호른 갑판에서 항구에 정박 중인 호화로운 비행선이 보였다.

본가의 비행선도 아니고, 평소 왕래가 있는 상선도 아니다.

귀족이 선호하는 과도하게 장식된 비행선에는 가문(家紋)이 또렷하게 보였다.

마찬가지로 갑판에 나와 있던 안제는 그 가문을 보고 눈빛이 약간 날카로워졌다.

"로즈블레이드의 가문이로군."

"디어드리 선배인가."

내 본가는 로즈블레이드 가문과 별다른 관계가 없기에, 여길 찾아올 사람이 있다고 하면 【디어드리 포우 로즈블레이드】일 것이다.

나보다 두 살 위 선배로 이미 학원을 졸업했다.

개성적인 여자이자, 그림으로 그린 듯한 금발 벽안 아가씨다.
긴 머리카락을 세로로 롤처럼 말았고, 화려한 것을 좋아해서 언제나 반짝반짝하다.
실제로 백작 영애이기에 진짜배기 아가씨다.
하지만 성격에 문제가 있어서 나로서는 상대하기 조금 껄끄럽다.
나쁜 사람은 아니니까 차 정도는 같이 마시지만 말이지.
지금은 일손 부족인 왕국에서 특사 일을 하고 있었을 터다.
그런 선배가 내게 뭔가 볼일이 있는 것일까?
내 본가에 볼일이 있을 것 같지는 않고, 일부러 날 만나러 왔나?
상황을 모르는 사람은 내가 왕도에 있는 줄 알 텐데—— 그런 식으로 생각에 잠겨 있자, 안제가 작게 한숨을 내쉬었다.
자못 성가시다고 말하는 것만 같은 태도를 보이고 있었다.
"로즈블레이드가가 움직였나."
"어?"
상황을 이해하지 못한 내게 안제가 간단히 설명해 주었다.
"잘 생각해 봐라. 네가 본가에 돌아가는 걸 아는 사람은 적다. 그럼 로즈블레이드 가문은 먼저 널 앞질러 온 게 아니라, 발트파르트 가문에 볼일이 있어서 찾아왔다고 생각하는 게 자연스럽지 않나."
그 말을 듣고 리비아가 납득한 기색으로 손뼉을 쳤다.
"듣고 보니 그러네요."
이해한 리비아는 괜찮지만, 나는 아직 의문이 남아 있었다.

백작가인 로즈블레이드 가문이 어째서 시골 남작가에?

내가 납득하지 못한 낌새를 보고, 안제는 뭔가 아는 기색이었지만 대답을 흐렸다.

"글쎄, 뭘 하러 온 것일는지……."

◇

"다녀왔습니다~."

본가에 돌아온 나는 맥 빠진 목소리로 현관문을 열고 안으로 들어갔다.

남작가 저택이라고는 해도 내 본가는 변경 시골에 있다.

엄격한 분위기와는 인연이 없다.

그런 본가는 평소와는 다른 분위기에 감싸여 있었다.

공기가 다르다고 할까?

평소와 다르게 긴장감이 있다.

우리가 돌아온 걸 알아차린 메이드 중 한 명이 헐레벌떡 황급히 뛰어왔다.

메이드로서는 실격인 태도를 보여 준 건 엘프인【유메리아】씨였다.

"어, 어서 돌아오세요! 죄송합니다. 그게, 저기, 경황이 없어서, 마중을 나가지 못해서."

허둥대며 머리를 숙이는 그 모습을 보고, 안제 뒤에서 대기하던 메이드들의 시선이 약간 엄해졌다.
코델리아 씨에 이르러서는 '당신은 변한 게 없군요'라며, 조금 어이없어하면서도 재회를 기뻐하고 있는 것처럼 보이기도 했다.
"손님이 와 있는 거지? 디어드리 선배?"
일단 손님을 확인해 보니, 유메리아 씨가 고개를 크게 몇 번이고 끄덕였다.
"네, 네! 저, 저기, 그게! 마, 맞선 이야기예요!"
"──엉?"
갑자기 맞선이라는 말을 들어, 나는 한순간이나마 나와 디어드리 선배의 맞선을 상상하고 말았다.
"내가 맞선? 아니, 나한테는 안제와 리비아가 있다니까!"
당황하여 무리라고 말하자, 루크시온이 옆에서 푹 끼어들었다.
『노엘도 있습니다만?』
"지금은 입 다물어. ──아무튼, 갑자기 맞선이라고 해도 곤란해."
나는 뒤에 있는 안제와 리비아의 모습을 힐끔힐끔 살폈지만, 두 사람은 나보다 침착한 기색이었다.
어라라? 둘은 내가 맞선을 봐도 괜찮은 거야?
틀림없이 화낼 줄 알았는데, 두 사람의 반응이 예상과 달라서 곤혹스러웠다.
유메리아 씨는 날 앞에 두고 고개를 갸웃하고 있었다.
"네? 무슨 이야기인가요?"
"그러니까, 나하고 디어드리 선배의 맞선이잖아?"

그렇게 캐묻자, 유메리아 씨는 곤란한 표정을 지었다.

——아닌 건가? 그렇게 생각한 타이밍에, 힐이 높은 신발을 신고 또각또각 소리를 내며 한 여성이 나타났다.

시골 저택에는 너무 눈부신 옷차림이라, 주위 광경과 어울리지 않아 보인다.

"어머어머, 열렬한 신청에 기뻐지네요."

"선배?!"

그곳에 있던 건 디어드리 선배로, 부채를 펴서 입가를 가리고 있다.

하지만 눈가에는 짓궂은 미소를 띠고 있었다.

내 착각을 비웃고 있다.

안제가 내 앞으로 나서더니, 허리에 손을 대고 디어드리 선배와 마주 봤다.

"오랜만이군. 그래서, 닉스 경과 맞선을 보는 건 디어드리, 너인가?"

닉스라는 이름이 나오자, 나는 비로소 형인 닉스가 맞선을 보는 것임을 알아차렸다.

——지레짐작을 해버려서 조금 창피하다.

루크시온이 빨간 렌즈로 얼굴이 살짝 빨개진 나를 쳐다보고 있지만 무시해 두자.

디어드리 선배가 부채를 접고는 짓궂은 미소를 띤 채 대답했다.

"제가 아니랍니다. 닉스 경의 상대는 저의 언니【도로테아】예요."

"하필이면 도로테아인가……."

조금 전까지 엄한 시선을 보내고 있던 안제가, 미묘한 표정을 보였다.

지금의 발언과 표정으로 추측건대, 도로테아 아가씨는 제법 문제가 있는 모양이다.

디어드리 선배도 안제한테서 시선을 돌렸으니, 뭔가 생각하는 바가 있는 것이리라.

"여동생인 제가 봐도 아름다운 여성이에요."

"아무도 용모에 트집을 잡지 않았다."

디어드리 선배가 봐도 아름다운 여성이라는 것 같지만, 둘의 반응에서 뭔가 용모 이외의 문제를 안고 있는 듯한 느낌이 들었다.

아버지와 닉스가 있는 방에 들어가자 두 사람 다 머리를 감싸쥐고 있었다.

그 몸짓이 완전히 똑같아서, 피가 이어졌다는 걸 느끼고 만다.

무겁고 갑갑한 분위기를 내뿜고 있는 두 사람을 위해, 나는 일부러 밝은 목소리로 말을 걸었다.

"형, 축하해!"

가벼운 분위기로 놀려 줬더니, 두 사람 다 고개를 들고 나를 노려봤다.

그 타이밍과 표정까지 판박이다.

아버지가 호통을 치는 것처럼 불만을 내뱉었다.

"뭐가 축하해, 냐! 너는 이 상황을 이해하고 있는 거냐?!"

얼굴이 시뻘게져서 화내는 아버지를 보고, 나는 어깨를 으쓱이며 닉스 옆에 앉아 몸을 등받이에 기댔다.

"농담 좀 해본 거잖아."

"그런 농담으로 웃을 수 있겠냐."

이 자리의 분위기를 누그러뜨리려다가 실패한 나는 닉스에게 시선을 향했다.

"도로테아 씨였던가? 어떤 사람인지 형은 알고 있어?"

디어드리 선배의 언니인 도로테아 씨 말인데, 닉스가 학원에서 1학년일 때에는 3학년이었다는 듯하다. 나보다 네 살 위라는 말이다.

그 때문에 나와는 학원에서 면식이 없었다.

닉스가 알고 있는지 물어보니, 입가에 손을 대고 복잡한 표정을 짓고 있다.

"학원에서 몇 번인가 봤어. 하지만 나는 보통 클래스고, 저쪽은 상급 클래스의 백작 영애야. 관계를 맺는 날이 올 거라고는 생각하지 않았으니까, 자세한 건 아무것도 몰라."

닉스는 "단지" 하고 운을 뗀 뒤, 내게 당시의 이야기를 들려줬다.

"가까이 다가가기 어려운 사람이었지. 상급 클래스 사람들도 멀리서 에워싸고 있었고, 측근의 수도 백작 영애치고는 적었던 느낌이 들어."

"쿨한 계통의 미인?"

보통 클래스인 닉스가 보기에 상급 클래스의 도로테아 씨는 구름 위의 존재일 것이다.

"글쎄. 예쁘지만, 남이 다가오지 못하게 막는 차가운 느낌이 있다고나 할까?"

"미인이면 딱히 상관없잖아."

"바보 자식아! 나는 남작가 후계자고 저쪽은 백작가의 딸이라고! 균형이 맞질 않잖냐. 백작가의 따님이 이 집안에 시집오는 거라고. 의미 불명 아니냐?!"

우리가 보기에 명문 로즈블레이드 가문의 따님은 구름 위의 존재다.

확실히 우리도 작위를 지닌 귀족이지만, 전생으로 비유하자면 이쪽은 시골에서 근근이 꾸려나가고 있는 중소기업일 것이다.

그에 비해 저쪽은 도시에서 누구나가 알고 있는 대기업쯤 될까?

확실히 균형이 맞질 않는다. 내가 닉스 입장이라면 이 맞선에서 도망쳤을 것이다.

"거절하는 건 어때?"

소박한 의문을 던져 봤지만, 나도 이건 무리임을 이해하고 있었다.

전생이었다면 단순히 거절하면 되는 이야기지만, 이 세계에서는 이야기가 다르다.

상대는 우리보다 격이 높다. 게다가 이번에 한해서는 저쪽이 의욕적이다.

대답이 뻔한 내 물음에 답한 건 아버지였다.

"무리인 게 당연하잖냐. 상대는 명문 백작가라고."

우리같이 불면 날아갈 것 같은 집안과는 다르게, 저쪽은 권력과 재력── 그리고 군사력도 지니고 있다.

거절하면 저쪽이 얼굴에 먹칠을 당한 것이 된다.

특별히 백작가가 먼저 남작가에 맞선 이야기를 꺼냈다가 거절당했다── 귀족 사회에서는 웃음거리일 것이다.

나는 이 자리의 분위기를 조금 누그러뜨리고자 일부러 밝게 행동했다.

"뭐, 너무 기죽지 마. 그렇게 치면 나도 후작님이라고."

"상대 얼굴에 먹칠하는 행위라는 데는 변함이 없잖냐. 애초에 어째서 백작가가 이런 짓을 하는 거냐고. 우리 같은 시골 귀족한테 대체 뭘 기대하는 건지."

아버지도 닉스도 의문에 머리를 감싸 쥐고 있다.

본래라면 이 맞선 이야기 자체가 말도 안 되는 이야기다.

성사되면 그나마 낫겠지만, 실패했다간 로즈블레이드 가문은 한동안 귀족 사회에서 웃음거리가 된다.

어느 세계든 남을 비웃고 싶은 녀석은 존재하니까 말이지.

로즈블레이드 가문은 이 맞선 이야기를 거절당하리라고는 생각지 않을 것이다.

만약 우리가 거절하면 분명 보복할 것이다.

백작가가 부탁했는데, 남작가가 거절하는 건가!—— 하면서 말이지.

우리 발트파르트 가문이 보기에는 정말 엉망진창인 이야기다.

그리고 여기는 그 엉망진창이 태연히 통한다.

하지만 그렇다고 쳐도, 보통 이런 일은 일어날 수가 없다.

이 맞선 자체가 너무 비정상적이라서 아버지와 닉스가 머리를 감싸 쥐는 것이다.

"맞선이라고 할지, 상견례 같은 건가. 그리고 곧바로 결혼이고?"

내가 중얼거렸더니 닉스는 고개를 푹 숙이며 대답했다.

"그래. 나도 내가 자유로운 결혼을 할 수 있으리라고는 생각지 않았어. 하지만 이건 너무하잖아? 나는—— 아버지와 어머니처럼 좀 더 느긋한 부부 사이가 좋았는데."

아버지와 어머니는 그림으로 그린 듯한 잉꼬부부니까 말이지.

그때, 아버지의 날카로운 시선을 알아차리고 나는 고개를 향했다.

"왜 노려보는 거야?"

"너 때문에 내가 바람을 의심받고 있다는 건 아냐?"

"어째서? 어? 설마 아버지, 바람피웠어? 최악이구만."

아버지가 바람을 피우는 모습을 상상하고 혐오하자, 분개한 아버지가 큰소리를 질렀다.

"너한테 그런 말을 듣고 싶지는 않단 말이다!"

아버지가 바람을 의심받고 있다는 말을 꺼냈는데, 그 책임이 나한테 있다니 놀랄 일이다.

남의 책임으로 떠넘기지 않았으면 한다.

기억이 없는 혐의에 화를 내자, 닉스가 한숨을 내쉰 뒤 사정을 설명해 주었다.

"너는 유학에서 돌아와서 곧바로 왕도에 갔으니까 집안 분위기를 모르겠지만, 지금은 부부 사이가 최악이야."

"아버지가 바람피웠다고 의심받았기 때문인가?"

아버지도 정말 너무하구만, 하고 생각하며 아버지를 보니, 짜증을 내고 있는지 팔짱을 낀 채 다리를 덜덜 떨고 있었다.

"누구 때문에 의심받았다고 생각하는 거냐? 전부 네 책임이란 말이다."

"뭐든 전부 다 내 탓으로 돌리지 말라고."

"이번에도 네 책임이란 말이다!"

아버지와는 대화가 통하질 않아서 닉스에게 시선을 던지니, 이마에 손을 대고 천장을 올려다보고 있었다.

"너, 유학 간 곳에서 마리에와 같이 살고 있었지?"

"사정이 있어서 어쩔 수 없었어. 안제와 리비아의 허가도 받았다고."

"그 두 사람이 용케 납득했군. 그래도 그때, 우리 집에서 유메리아 씨를 파견했잖아? 그때 어머니가 널 감시하라고 말했었어."

"들었어. 나는 이렇게나 성실한데, 가족한테 의심받아 슬펐지."

가족이 믿어주지 않는 건 슬플 따름이다.

전생에서도 부모님은 나보다 여동생을 신용했다.

이번 생도 마찬가지라니, 나는 어째서 이렇게나 신용받지 못하는 걸까?

나 원 참, 하고 고개를 가로젓자 아버지도 닉스도 눈을 가늘게 뜨고 차가운 시선을 향했다.

"그 유메리아 씨가 들었다고. 너, 마리에한테 오빠라고 불리고 있었다는 것 같더구만?"

"——허?"

나는 자신이 무죄라고 철석같이 믿고 있었지만, 아무래도 터무니없는 오해를 초래한 모양이다.

아버지가 테이블을 몇 번이나 손으로 두드리며 항의했다.

"덕분에 라판 가문 부인과의 불륜을 의심받았단 말이다! 게다가 '공화국 대귀족의 딸'이 너를 동생이라 부르고 있었다는 것 같잖냐! 뭐가 어떻게 된 건지, 내 쪽이 알고 싶을 정도다!"

내 몸에 식은땀이 흘렀다.

마리에가 공화국 저택에서 나를 평소 오빠라고 부르기는 했지만, 설마 그 녀석이 부주의하게 말한 호칭을 유메리아 씨가 들었으리라고는 생각지도 못했다.

그리고 공화국 대귀족의 딸, 그러니까 루이제 양 말인데, 이쪽도 사정을 설명하자면 몹시 까다롭다.

"이야~, 마리에 쪽은 그거야. 의남매 같은? 그 왜, 피가 이어지지는 않았지만 내가 오빠 같은 취급이었으니까 말이지. 그리고, 루이제 양은 죽은 동생과 내가 닮았다는 듯해서 말이지. 응, 단순한 착각이야.”

아무래도 유메리아 씨는 모든 걸 곧이곧대로 어머니한테 보고한 듯하다.

그 탓에 현재의 발트파르트 가는 매우 껄끄러운 분위기인 것 같다.

——확실히 나도 관계가 없지는 않군.

“미, 미안. 어머니한테는 내가 사과해 둘게. 애초에 아버지가 바람피운다든가 그런 건 불가능하잖아? 냉정하게 생각하면 마리에나 루이제 양이 아버지의 자식일 리가 없고 말이야.”

“나도 물론 그렇게 말했지! 하지만, 그걸 증명하는 게 어렵잖냐!”

아버지도 그 당시의 기억이 애매하여 논리정연하게 모든 걸 부정하지 못한 듯하다.

말도 안 된다—— 하지만, 증거를 갖출 수 없다.

애초에 장본인을 불러내서 사정을 듣기도 어렵다.

마리에의 본가는 이것저것 복잡한 사정으로 인해 해체됐다.

판오스 공국과의 전쟁에 참전하지 않고 도망친 죄를 물어 가문이 말소된 거다.

루이제 양 쪽도 증명은 무리다.

공화국이 부흥으로 바쁜 것도 있지만, 타국의 대귀족을 발트파르트 가문의 가정 문제로 불러내는 게 가능할 리가 없다.

"어째서 일이 이렇게 되는 거냐고. 류스는 말을 걸어도 피하고, 로즈블레이드 가문에서는 맞선 이야기가 오고── 내가 대체 뭘 했다는 거지? 뭘 하면 이렇게 되는 거냔 말이다."

아버지가 고개를 푹 숙인 모습을 보고, 무척 미안해지기 시작했다.

"뭔가 미안. 그렇지, 사과의 의미로 내가 형의 맞선을 파투 내 줄게."

가족을 위해 뭔가 할 수 없을까 하고 생각한 나는 아예 맞선을 실패시키기로 했다.

내 제안에 아버지도 닉스도 의심하는 시선을 보냈다.

닉스는 내가 무슨 일을 저지르는 것 아닐까 걱정하는 모양이다.

"이야기 듣고 있었냐? 우리 집안은 거절할 수 없는 처지라고."

"나한테 좋은 생각이 있어. 이쪽에서 거절하지 않아도, 상대가 거절하면 되는 거야."

"상대가 거절해? 그런 게 가능한 거냐?"

"나한테 맡기라고."

부끄럽지만, 학원에서는 다회에서 실패를 되풀이해 온 몸이다.

뭘 하면 왕국 여성이 싫어하는지 경험으로 알고 있다.

결혼 활동을 위해 몇 번이나 여성을 다회에 초대해서는 실패를 거듭해 왔다.

즉, 나는 맞선 등에 관해서는 실패 전문가다.

"학원에서는 수많은 다회에서 실패해 온 남자라고. 성공은 어렵지만, 실패라면 내 특기지."

아버지가 희망을 찾아냈는지 소파에서 허리가 떠 있었다.

"한심한 대사지만, 확실히 지금만큼은 의지가 되는군! 그리고 리온은 나중에 네 엄마한테 사정을 설명해라."

"큰 배에 탔다고 생각하고 안심해 줘. 형의 맞선은 내가 확실하게 파투 내 주지."

닉스는 복잡한 듯한 표정을 지었지만, 백작 영애가 아내가 되지 않는다면 괜찮나 하고 받아들여 주었다.

"그래. 도로테아 선배가 거절하면 이 이야기는 끝나. 이번만큼은 마지못해 너한테 의지하도록 할까."

두 사람 다 말에 가시가 있는 듯한 느낌이 들지만, 가족을 위해 나도 힘내도록 하겠다.

"맡겨 달라고. 나한테 실패는 없어."

어라? 여기서는 실패밖에 없어, 라고 말하는 편이 좋았으려나?

◇

그 무렵.

리온의 모친인【류스】는 저택 객실을 찾아와 있었다.

지금은 한 여성이 그 방을 사용하고 있다.

"바르카스가 하는 말도 이해는 돼. 그 무렵에는 바빴으니까 놀고 있을 여유는 없었어. 그래도 바르카스는 몇 번이나 왕도로 나갔었으니까 그럴 일이 절대로 없다고는 말하지 못하는걸.”

류스가 손수건으로 눈물을 닦으며 푸념을 늘어놓는 상대는【노엘 질 레스피나스】였다.

노엘은 금색과 핑크색 그러데이션으로 이루어진 머리카락을 오른쪽에서 사이드 포니테일로 묶고 있었다.

노란색 눈동자는 류스를 따뜻하게 바라보고 있었고, 평소에는 활발한 인상을 주는 표정도 지금은 이야기에 귀를 기울이느라 진지함 그 자체였다.

노엘은 리온의 본가에서 살고 있었다.

휠체어 생활을 보내고 있는 노엘이었으나, 최근에는 재활 훈련도 하고 있다.

루크시온과 크레아레의 도움도 있어서 순조롭게 회복 중이었다.

그런 노엘의 방에 류스가 찾아온 이유는 노엘이 푸념을 들어주었으면 해서다.

불안해하는 류스의 기운을 북돋워 주기 위해, 노엘은 밝은 목소리로 말했다.

“분명 괜찮아요!”

‘그렇게는 말해도, 나도 몇 번인가 마리에 쨩이 리온을 오빠라고 부르는 모습을 봤단 말이지. 그 두 사람, 처음에는 정말로 남매인가 싶었고.’

류스한테는 괜찮다고 말했지만, 노엘은 마음속으로 조금 걱정하고도 있었다.

리온과 마리에의 외모는 닮지 않았지만, 그래도 무언가 같은 것을 가지고 있는 느낌이 들었다. 분위기나 두 사람의 거리감이 아무래도 생판 남이라고는 생각되지 않았다.

실은 관계가 없다는 걸 알고 나중에 놀랐을 정도다.

그렇게 생각하면서도, 신세를 지고 있는 발트파르트 가문의 부인── 장래의 시어머니를 위로했다.

"어머님께 거짓말을 할 만한 분이 아니에요."

노엘이 보기에는 바르카스가 거짓말을 하는 것처럼 보이지도 않았다.

류스가 눈물을 닦았다.

"고맙구나, 노엘. 노엘이 리온의 아내가 되어 줘서 정말로 다행이야."

"저, 저기── 세 번째지만 말이에요."

억지로 웃는 노엘을 보고 류스의 표정은 어두워졌다.

세 번째, 라는 부분에 모친이기는 하나 책임을 느끼고 있는 모양이다.

"정말로 어째서 이렇게 된 걸까. 안젤리카 님도 리비아도 좋은 아이라고 생각해. 하지만, 어떻게 해도 신분이 말이지. 리비아는 내가 다가가면 긴장해 버리고. 애초에 리온이 세 명과 결혼하다니 생각지도 않았단다."

류스의 고민── 그건 리온뿐만이 아니라 안제 및 리비아와의 거리감이다.

안제는 정통파 아가씨고, 리비아 입장에서 류스는 귀족 사모님이다.

어떻게 해도 리비아 쪽이 긴장하여 거리를 만들고 만다.

서로 마음을 터놓지 못하고 있어서, 류스로서는 이야기하기 쉬운 노엘에게 친근감을 느낀 듯하다. 이렇게 상담하거나 푸념을 늘어놓는 것도 안제나 리비아한테는 하지 못하고 있었다.

"그래도 저는 태생은 나름 높은 것 같지만, 자란 환경은 서민인걸요?"

"나도 자란 환경은 비슷하단다. 지금은 정처지만, 원래라면 남작가 사모님이 될 수 있는 출신이 아닌걸."

쾌활한 노엘과 상성이 좋았는지, 두 사람은 마음을 터놓고 자주 이야기하게 되었다.

최근에는 류스 쪽에서 적극적으로 말을 건다.

"덕분에 애들 교육도 문제투성이라――."

"노엘 누나아아아아아!"

류스가 아이들 화제를 꺼내려 하자, 문이 난폭하게 열리더니 코린이 방에 뛰어 들어왔다.

검은 머리카락에 앳된 모습이 남아 있는 소년은 눈물이 그렁그렁한 눈으로 노엘에게 도움을 요청했다.

"왜 그래, 코린?"

노엘은 자신에게 안겨드는 코린을 받아냈다.

류스는 그걸 나무랐지만, 노엘은 신경 쓰지 않기에 "괜찮아요"

라고 말하고는 코린의 등을 부드럽게 쓰다듬었다.

"오늘은 뭘 당했어?"

"핀리 누나가 너무해! 내 과자를 먹었는데 사과를 안 해. 빼앗기는 쪽이 나쁘다고 하고, 게다가 짜증이 났는지 나한테 화풀이를 해."

그 말을 들은 류스가 작게 한숨을 내쉬었다.

"그 애는 진짜. 하지만 코린도 그러면 안 돼. 그런 걸로 노엘을 곤란하게 하지 말렴."

"엄마도 항상 노엘 누나한테 상담하고 있잖아?"

"그, 그거랑 이건 다르잖니!"

가족의 대화를 듣고 노엘은 약간 쓸쓸한 기분이 들었다.

'부모님이 살아 계셨다면 이런 대화를 할 수 있었을까?'

노엘은 부모님과 좋은 추억이 없다.

하지만, 어쩌면── 자신도 이런 식으로 사소한 일상을 보낼 수 있었을까? 손에 넣지 못했던 따뜻한 가정을 앞에 두고, 노엘은 미소를 지으며 코린의 머리를 마구 쓰다듬었다.

"남자애잖아. 좀 더 화끈하게 말해 버려."

"핀리 누나도 제나 누나도 화내면 무섭단 말이야. 리온 형도 두 사람이 화내면 도망치는걸. 리온 형, 나라의 영웅이고 강할 텐데 누나들한테는 못 이겨."

어린애인 코린에게는 리온은 나라의 영웅이자 동경하는 대상일 것이다.

하지만 그런 리온이라도 제나나 핀리한테는 이기지 못한다——그렇게 믿고 있었다.

"응, 리온이라면 도망칠지도 모르겠네."

두 자매한테서 도망치는 리온을 상상하고 노엘이 고개를 끄덕이자, 류스도 뺨에 손을 대고 납득한 표정을 내보이고 있었다.

"그 애는 귀찮은 일에서 도망치니까 말이지. 요령이 좋은 건지, 아니면 나쁜 건지."

정말로 요령이 좋다면 후작까지 승작하는 그런 사태는 피할 수 있었을 것이다.

모친인 류스는 그걸 잘 이해하고 있었다.

노엘은 코린에게 얼굴을 가까이 가져다 댔다.

"괜찮아. 리온이 진심을 내면 두 사람 다 리온한테 못 당하니까, 다음에 리온한테 부탁해 보렴. 코린이 말하면 분명 두 사람을 꾸짖어 줄 거야."

소중한 남동생의 부탁이라면 리온도 각오를 굳히고 자매한테 덤비리라.

"아니면, 내가 직접 말할까?"

"괘, 괜찮아!"

코린은 어느샌가 얼굴이 빨개져 있었고, 양손을 들어 노엘 앞에서 허세를 부렸다.

"내가 두 사람을 단단히 혼낼 테니까! 노엘 누나도 보고 있어 줘!"

"멋진걸, 남자애다워."

노엘한테 칭찬받은 코린은 무척 기뻐하는 것 같았다.
하지만 그런 코린을 보고 류스는 조금 슬픈 듯이 미소 짓고 있었다.

◇

아버지와 닉스와의 대화를 끝낸 나는 저택에 있는 방 중 하나에 와 있었다.
여느 때처럼 루크시온이 옆에 있지만, 오늘은 안제와 리비아도 함께다.
세 사람을 모은 건 로즈블레이드 가문과의 맞선에 관해 상담하기 위해서다.
"닉스 경의 맞선을 파투 낸다고? 진심으로 말하는 건가?"
"응."
가족에게 민폐를 끼쳐 버린 나는, 이번에는 진지하게 가족을 도와줄 생각이다.
리비아는 불안해하는 듯했다.
"정말로 괜찮은 건가요? 아주버님의 맞선이지요?"
"그 본인이 싫어하고 있으니까 말이지. 닉스 말로는 가까이 다가가기 어려운 미인이라는 것 같아. 그리고 백작 영애가 아내라니 황공하다고 말했었어."
"미인인데도 싫은 건가요?"

"남자한테도 여러 사정이 있으니까 말이지."

학원에서 남자들도 처음에는 미인 여자에게 대시했지만, 차츰 성격 중시로 변해 갔다.

이유? 얼굴이 반반해도 성격이 끔찍하면 피곤하기 때문이다.

미인은 재력이나 권력이 있는 남자가 상대하면 된다.

이상은 용모도 좋고, 내면도 뛰어난 여성이다.

——어라? 안제와 리비아 얘기인가? 노엘도 해당된다고.

나는 극히 일부인 승리자였던 모양이다.

"겉모습보다도 성격 중시야. 문제아라는 듯한 도로테아 씨는 형을 차 줘야겠어. 그렇게 하면 서로의 얼굴에 먹칠해서 이번 건도 드로우! 모든 건 원만하게 수습되겠지?"

실패해도 문제없을 터! 라고 안제에게 확인을 구했다.

나는 몇 번이고 나의 제멋대로인 판단으로 실패해 온 남자다.

그러니까 이번에는 귀족 사회에 밝은 안제의 도움을 요청했다.

그 안제 말인데, 조금 기뻐하는 듯하다.

"확실히 도로테아 쪽에서 거절하면 리온의 말대로 되겠지. 성공하면 로즈블레이드 가문이 보복하는 일은 없을 거다."

안제의 보증이 나왔다.

단지, 리비아는 손가락을 입술에 대고 고개를 살짝 들고 있었다.

"리온 씨는 후작이고, 안제도 있는데 손을 댈까요? 애초에 이야기를 꺼낸 건 저쪽이지요? 제가 보기에는 거절당해도 어쩔 수 없다고 생각하는데요?"

어째서 평범하게 거절할 수 없는가? 라는 리비아의 의견에 안제는 미소를 띠며 대답했다.

"정론은 그렇다만, 소중한 딸을 시집보내겠다고 했는데 거부당하면 백작의 체면이 뭉개지니까 말이지. 귀족으로서는 잠자코 있을 수 없는 거다."

"그런 건가요?"

"귀족 사회는 얕보였다간 끝장이다. 단, 리온의 계획이라면 로즈블레이드 가문은 체면이 뭉개져도 움직일 수 없지."

"네? 그래도 화낼 것 같은데요?"

"맞선 이야기를 꺼내 놓고, 자기 딸이 결혼을 거부하면 로즈블레이드 가문 쪽이 웃음거리가 된다. 이야기를 꺼내 놓고서 파투를 낸 것이 자기 딸이라면 불만을 표해 봤자 한층 비웃음을 살 뿐이지. 그렇게 되면 아예 맞선 이야기는 없었던 걸로 할지도 모른다."

어째서인지 기뻐하는 듯한 안제를 보고, 나는 내 방안이 생각했던 것 이상으로 효과적임을 알았다.

"그, 그래? 이야~, 나도 묘수라고 생각했단 말이지."

웃으며 넘기려 하자, 여느 때처럼 루크시온이 말참견했다.

『마스터가 거기까지 생각할 수 있을 거라고 보십니까? 상대가 거절하면 맞선 이야기는 없었던 것이 된다—— 그냥 그 정도의 생각입니다. 그렇게까지 깊이 생각하고 있지 않았습니다.』

내 마음을 제멋대로 나불나불 지껄여 대고 말이야.

"내 마음을 이해하고 있다면, 거기서는 입 다물고 있으면 좋겠는데. 네가 말 안 하면 내가 지적인 남자로 보이잖아? 좀 더 마음을 쓰라고."

『마음이 내키면 선처하겠습니다.』

이전에 안제한테는『긍정적으로 선처하겠다』라고 말해 놓고서, 나한테는 마음이 내키면? 이 녀석은 정말로 날 깔보고 있지 않나?

"어쨌든 로즈블레이드 가문에는 미안하지만, 이 맞선 이야기는 파투 내고 싶어."

리비아는 내키지 않는 듯한 기색이다.

"정말로 파투 내도 괜찮은 걸까요? 상대한테 실례라고 생각하고, 우선은 대화를 나누는 편이 좋다고 생각하는데요."

마음씨 착한 리비아는 우선은 닉스와 도로테아 씨가 이야기를 나눠야 한다고 주장한다.

안제는 그걸 부정하지 않지만, 긍정하지도 않았다.

"서로 집안을 위해서고, 좋아하거나 싫어하는 것으로 결혼하는 게 아니다. 우리 같은 관계는 드문 부류라고. 이야기해 봤자 어떻게 될는지……."

닉스가 이 이야기를 거절하지 못하는 것처럼, 도로테아 씨도 집안 사정으로 인해 거절할 가능성은 적다.

하지만 닉스를 위해서 나는 이 이야기를 파투 낼 것이다.

디어드리 선배한테는 미안하지만, 가족 우선이다.

루크시온이 상황을 확인했다.

『로즈블레이드 가는 용의주도합니다. 이미 상대인 도로테아를 비행선에 태우고 있다던가. 준비되는 대로 맞선 자리가 마련될 것 같습니다. 그때까지 뭔가 준비할 것은 있습니까?』

"그러게다—— 목줄을 준비할까."

내가 목줄이라는 말을 꺼내자, 안제도 리비아도 무표정하게 변했다.

루크시온도 '또 마스터가 이상한 말을 하고 있다'라는 몸짓을 나타내 보였다.

하지만 맞선을 파투 내기 위해서라도, 목줄은 무척 중요한 아이템이다.

◇

발트파르트령(領)의 항구.

정박한 로즈블레이드 가문 비행선의 갑판에는 도로테아의 모습이 있었다.

갑판에서 발트파르트령 항구를 바라보는 도로테아는 무표정한 얼굴로 주위 사용인들을 멀리하고 있었다.

거기에 트랩을 지나 비행선에 올라탄 디어드리가 다가왔다.

"언니, 이야기가 정리되었어요."

"——그래."

디어드리와 같은 금발 벽안 여성인 도로테아는 찰랑찰랑하며 긴 생머리를 지니고 있다.

복장은 디어드리와는 다르게 검소하며 기품이 있는 느낌이다. 장식품을 좋아하지 않고, 심플한 디자인을 선호하는 여성이었다.

다만, 지금은 무표정한 얼굴을 한 채 아름다운 그 머리카락을 손가락으로 만지작거리고 있다.

그 태도에서 발트파르트 가문이나 얼굴을 마주하게 될 상대에 흥미가 없다는 것이 느껴졌다.

디어드리는 어이가 없어서 어깨를 으쓱였다.

"언니, 이번만큼은 아버님도 거부를 용납하지 않으실 거예요."

"알고 있어."

도로테아의 시선은 아래쪽을 향하고 있어서, 정말로 알고 있는지 미심쩍은 태도를 내보이고 있다.

하지만 일단은 상대에 관해 디어드리에게 물어봤다.

"그래서, 상대는 어떤 사람이니?"

디어드리는 조금 어처구니없어하면서도, 난처한 듯이 닉스에 관해 이야기했다.

"사전에 설명은 들으셨잖아요."

"디어드리가 봐서 어땠는지 그 평가를 알고 싶은 거야."

"——좋게 말하면 성실한 사람이겠네요. 안 좋게 말하면, 동생의 그늘에 가려 눈에 띄지 않는 형이에요. 단지, 동생이 그만한 영웅이라면 어쩔 수 없는지도 모르겠어요."

호르파트 왕국과 알제르 공화국에서 마구 날뛴 리온과 비교하면 형인 닉스는 수수하게 보일 수밖에 없다.

다만, 이 이야기로 도로테아는 한층 더 흥미를 잃은 모양이었다.
무표정한 얼굴로 먼 곳을 보고 있다.
"시시한 남자."
디어드리는 작게 한숨을 내쉬고는 부채로 어깨를 몇 번 톡톡 두드리고 나서 도로테아의 옆얼굴을 봤다.
"언니의 과하게 높은 눈도 참 곤란하단 말이죠."
도로테아는 커다란 가슴 밑에서 팔짱을 끼고, 대답도 하지 않은 채 먼 곳을 바라보고 있었다.

제02화 「상견례」

명문 로즈블레이드 가문.

디어드리 선배의 말로는 선조가 대모험 끝에 왕국으로부터 귀족으로 인정받았다는 듯하다.

그 뒤에도 수많은 모험에서 활약했으며, 현재는 백작가로서 왕국에 공헌하고 있다.

역사도 길고, 왕국에 대한 공헌은 발트파르트 가문과는 비교도 되지 않는다.

그에 비해 발트파르트 가문은 모험가로서의 활약은 적다.

내가 루크시온을 얻기 위해 힘낸 정도고, 시작 자체가 미묘하다.

선조님 말인데, 전쟁에 참전해서 공훈을 세웠다는 것 같다.

그때의 보수로 소영주가 되어, 이후로는 가늘고 길게 살아왔다.

호르파트 왕국은 모험가들이 세운 나라로, 모험가로서 출세하면 주위로부터 존경받는다.

바꿔 말하면 그 이외의 방법으로 출세하면 평가가 낮다.

계속 활약해 왔던 로즈블레이드 가문과는 대조적으로 발트파르트 가문은 눈에 띄지 않게 근근이 이어져 온 집안이다.

그런 발트파르트 가문에 명문 로즈블레이드 가문이 맞선을 제안했다.

상대측이 무슨 생각을 하는지 전혀 예상할 수가 없다.

하지만 맞선은 최악의 형태로 시작되고 말았다.

「닉스입니다.」

「알고 있어. 사전에 이야기를 듣지 못한 걸까?」

「──죄송합니다. 알고 있었습니다.」

「그렇다면 귀찮은 인사는 그만둬 주겠어?」

보고 있자니 불쌍해질 정도의 맞선이지만, 이 정도로 마음이 꺾여서는 왕국 학원의 남자로 살아갈 수 없다.

별실에 모인 나와 루크시온.

거기에 안제와 리비아── 휠체어에 탄 노엘도 함께다.

다섯 명이 함께 벽에 투영된 라이브 영상을 보고 있는데, 잔뜩 긴장한 닉스와는 대조적으로 도로테아 씨는 제법 태도가 안 좋았다.

팔짱을 낀 채 값을 매기는 듯한 시선으로 닉스를 본 뒤로는 시선을 돌려 얼굴조차 보려 하지 않았다.

「저, 저기, 취미는 어떻게 되시는지?」

「──하아, 정말로 시시한 남자네.」

「죄송합니다.」

정석인 이야깃거리로 말을 걸어도, 이렇게 도로테아 씨가 상대해주지 않는다.

닉스가 가엾군.

보고 있기 힘들어진 노엘이 믿기지 않는다며 고개를 가로저었다.

"끔찍한 맞선이네. 상대는 조금도 대화할 생각이 없는 것 같아.

이거, 리온이 도와주지 않아도 실패하는 거 아니야?"

노엘의 의견에 나도 찬성이지만, 안제가 그걸 부정했다.

"그건 아니다. 이게 맞선이라면 당사자보다 집안끼리의 연결이 우선되니까. 본인의 의사 따위는 고려할 가치조차 없다."

단호하게 단언하는 안제를 보고, 리비아는 슬픈 듯이 고개를 숙였다.

"그렇게 생각하면 두 분도 가엾네요. 서로 좋아하지도 않는데 집안을 위해서 맺어지는 거니까요."

달관한 듯한 안제이지만, 지금은 영상에 비치는 도로테아를 노려보고 있다.

본인도 입으로는 어쩔 수 없다고 말하면서도, 도로테아 씨의 태도에 화를 내고 있다.

"하지만 보통은 좀 더 서로에게 다가서려고들 하는 법이다. 상대를 보는 눈이 몹시 까다롭다는 소문은 사실이었군."

뭔가 아는 듯한 안제에게 나는 이야기를 들어보기로 했다.

조금이라도 도로테아 씨의 정보를 얻고 싶었던 것도 있지만, 영상 속에서 괴로워하는 듯한 닉스의 모습을 언제까지고 보고 있을 수가 없었다.

"소문?"

"저 외모니까 말이지. 재학 중에도 졸업 후에도, 구혼을 신청하는 남자가 끊이질 않았다. 하지만 맞선은 전부 실패로 끝났지. 이윽고 본인에게 문제가 있다는 소문이 돌았다."

용모는 아름다우니까, 수많은 남자가 구혼한 것도 납득이 된다.
그렇다면 뭐가 문제여서 지금까지 결혼에 이르지 않은 것일까?
"남자를 싫어한다든가? 혹은, 마음에 정해 둔 사람이 있다든가?"
"도로테아한테는 이성이나 동성 상대가 있는 낌새도 소문도 없다."
동성이 좋은 것도 아니고, 마음에 정한 상대도 없는 모양이다.
그런데도 맞선이 계속 실패로 끝나고 있다?
"아, 도로테아 씨가——."
리비아의 목소리에 영상으로 시선을 되돌리니, 도로테아 씨에게 움직임이 있었다.
조금 전까지 닉스의 얼굴조차 보고 있지 않았는데, 지금만은 진지한 표정을 향하고 있었다.
「당신, 내 펫이 될 각오는 있는 걸까?」
「예?! 펫?!」
안제는 작게 한숨을 내쉬었고, 리비아는 얼굴에서 표정이 사라졌다.
노엘은 휠체어에서 덜컥 소리가 날 정도로 놀랐지만, 예전 학원 여자를 알고 있는 내가 보기에는 놀랄 정도는 아니었다.
노엘은 떨면서 영상을 가리키고 있다.
"이 사람, 뭐라고 말한 거야?"
노엘은 자기가 잘못 들었다고 믿고 싶은 모양이었지만, 그 바람은 루크시온한테 깨부숴졌다.

『맞선 상대를 펫으로 삼고 싶다고 선언했습니다. 백작가 이상의 가계에서는 드뭅니다만, 디어드리도 마스터를 펫으로 삼고 싶다는 발언을 과거에 했었지요. 자매가 모두, 남을 복종시키는 걸 좋아하는 것이겠지요.』

"아니, 안 되잖아!!"

노엘의 당연한 반응을 보고, 리비아가 조금 감동하고 있다.

"보통은 그렇긴 한데 말이에요. 하지만 왕국 학원은 조금 특수하기에."

곧바로 표정이 흐려지는 리비아를 대신하여, 안제가 노엘을 안심시키고자 했다.

"이전보다는 나아졌다."

나는 결혼 활동 생활에서 해방되었기에, 나로서는 흥미가 없는 이야기다.

하지만 우리가 유학한 1년 동안 학원이 얼마나 변했는지는 흥미가 있다.

——저택에 있는 제나를 보고 있자니, 가망은 거의 없는 느낌이 들지만 말이지.

영상에서는 닉스가 허둥거리며 대답하지 못하고 있었고, 그런 닉스에게 흥미를 잃은 도로테아 씨가 아무 말도 하지 않고 일어서서 방을 나갔다.

영상이 끊기자, 우리는 동시에 한숨을 내쉬었다.

안제가 조금 전의 소문 이야기를 계속했다.

"안 좋은 소문은 사실이었던 것 같군."

아직 뭔가 더 있는 건가? 싶어서 나는 자세한 설명을 요구했다.

"어떤 소문?"

"질 나쁜 질문을 해서 대답을 강요하지만, 어느 쪽으로 대답해도 도로테아는 납득하지 못하고 자리를 뜬다. 조금 전의 질문이라면 펫이 되고 싶다고 말하면 경멸하는 시선으로 쳐다보고, 거부하면 흥미를 잃은 눈으로 쳐다보지. 결국, 어느 쪽으로 대답해도 납득하지 않는 거다."

닉스는 대답하지 못하고, 도로테아 씨가 거기에 질려 버린 패턴인가?

두 가지 선택지를 제시했는데, 어느 쪽으로 대답해도 납득하지 않는다? 대답하지 않으면 그것도 꽝?

뭐 그런 질 나쁜 질문이 다 있지.

루크시온은 이 질문에 관해 몇 가지 예상을 했다.

『이건 제시되지 않은 세 번째 답이 있을지도 모르겠군요. 아니면 이 질문 자체가 그녀의 거부를 의미하고 있는 것 아닙니까?』

안제도 루크시온과 같은 의견인 듯하다.

"나는 후자라고 생각한다."

대답을 잘못했으니까 싫은 게 아니라, 처음부터 싫으니까 이런 질문을 한다?

확실히 귀찮은 사람이지만, 나는 이 상황에 마음이 편해졌다.

"그래도 이거라면 내가 돕지 않아도 문제없겠는데."

도로테아 씨는 닉스가 마음에 들지 않으니, 이 맞선 이야기를 없었던 것으로 하리라.

아무것도 하지 않고 목적을 달성할 수 있으니 일단 안심이다.

하지만 루크시온이 다음 영상을 비췄다.

『그렇게 방심하니까, 마스터는 중요한 곳에서 실패를 거듭하는 겁니다.』

"뭐라고?"

쿡 찔러 줄까 생각했지만, 영상에는 디어드리 선배와 도로테아 씨의 모습이 비치고 있었다.

디어드리 선배가 언니인 도로테아 씨한테 바싹 다가가 따지고 있다.

「무슨 생각을 하고 계시는 건가요, 언니! 이번만큼은 아버님도 용서하지 않으실 거예요.」

주위에는 로즈블레이드 가문 사용인들도 있어서, 도로테아 씨를 놓치지 않도록 포위하고 있었다.

본인은 체념한 표정을 짓고 있다.

「알아. 단지, 마지막 가능성에 걸어 본 것뿐이야.」

「농담이라도 그만두었으면 하네요.」

두 사람의 낌새로 보건대, 아무래도 맞선을 없었던 이야기로 만드는 건 어려울 듯하다.

오른손으로 머리를 누른 나는, 역시 할 수밖에 없나 하고 마음을 새로이 다잡았다.

"생각했던 것보다 저쪽은 진심인 것 같네."

어째서 명문 로즈블레이드 가문이 약소 변경 남작가에 흥미를 지니는지 이해할 수 없다.

내가 있으니까? 하지만 나는 본가에서 독립하여 후작이 되었다.

파벌이라고 할지, 뒷배는 안제의 본가인 레드글레이브 공작가다.

자기들 쪽으로 포섭하려고 생각해 봤자 무의미할 터인데——

거기까지 생각했을 때, 안제가 턱에 손을 대고 나를 보고 있는 것을 알아차렸다.

맞선보다 내 반응을 신경 쓰고 있는 듯하다.

"그러고 보니 안제는 형의 결혼에 관해 어떻게 생각해? 본가에서 뭔가 들은 말이 있다든가?"

내가 물어보자, 안제는 어깨를 으쓱이며 고개를 가로저었다.

"아무것도 없다. 네 마음대로 하면 돼."

참견하지 않는 건 고맙기도 하지만, 레드글레이브 공작가한테 내 본가는 흥미 대상 밖이라는 것일까?

리비아가 날 보며 불안한 듯이 말했다.

"리온 씨, 정말로 하실 건가요? 역시 그만두는 편이 좋다고 생각하는데요."

"여기까지 와서 물러날 수 없잖아. 괜찮아. 난 맞선 같은 거 파투 내는 게 특기니까."

웃으며 대답하자, 사정을 모르는 노엘이 우리 얼굴을 돌아가며 쳐다봤다.

"잠깐 기다려. 뭘 할 생각이야? 나는 아무것도 듣지 못했어."

원래라면 노엘한테도 알려줘야 할 이야기겠지만, 수법이 수법인 만큼 망설여졌다.

"실은 말이지── 로이크 흉내를 내고자 생각 중이야."

"뭐?"

놀란 노엘은 어떻게 반응해야 할지 곤란해했고, 그 옆에서 안제가 팔짱을 끼고 날 보며 중얼거렸다.

"한 번 따끔한 맛을 보는 편이 좋겠지."

◇

"정말 이걸로 괜찮은 거겠지?!"

대기실에 닉스를 불러낸 나는 맞선을 파투 내는 작전을 설명했다.

나는 미소를 띤 얼굴로 닉스에게 사슬이 달린 애완견용 목줄을 밀어붙였다.

"괜찮다니까. 공화국에서 완전 확 깨는 고백을 보고 왔다고. 목줄을 들고, 너는 내 것이라고 말하면 한 방에 아웃이야. 이거면 저쪽에서 맞선을 거부할 거라고."

이 작전의 모델로 삼은 것은 공화국에서 노엘한테 계속 구혼했던 로이크다.

그 여성향 게임 2탄의 공략 대상인 로이크 말인데, 당시에는 뭘 잘못 먹었는지 목줄을 들고 노엘한테 대시하고 있었다.

질색하게 될 것 같은 남자였지만, 마지막에는 개심하여 마리에의 동생 같은 존재가 되었다.

——개심해도 마리에의 동생 역할이라는 게 뭐라고 할지, 끔찍하군.

마리에 녀석, 공략 대상인 남자들을 끌어들여서 이상하게 만드는 전파라도 내보내고 있는 건가?

닉스가 양손으로 목줄을 쥐고 식은땀을 흘리고 있었다.

"아무리 그래도 너무 지독하잖아. 인간으로서 잘못되었다고. 이런 짓을 했다가, 나나 우리 가문의 평판도 폭락하는 거 아니냐?"

문제는 거기다.

목줄을 들고 '너는 내 거다!'라며 강요하면 닉스나 발트파르트 가문의 상식을 의심받는다.

하지만! ——먼저 무례를 저지른 건 로즈블레이드 가문이다.

루크시온이 맞선 영상을 확실하게 남겨 두었으니, 여차할 때 저쪽에서 불만을 제기해도 맞받아칠 수 있다.

도로테아 씨가 평범한 사람이라면 내 양심이 찔리겠지만, 그 정도로 형을 매몰차게 대하면 동생으로서 화가 난다.

앙갚음하는 김에, 이번에는 따끔한 맛을 보여주기로 하자.

"문제없어. 안제한테 들었는데, 저쪽 태도는 크게 문제가 있다더라고."

"정말이냐? 학원에서 상급 클래스 다회를 본 적이 있는데, 그

때도 이 정도였다고."

――다회에서 도로테아 씨 같은 사람은 비교적 정상적인 여자로 분류된다.

그만큼 끔찍한 환경이었던 건데, 익숙해진다는 건 무섭군.

"나도 그렇게 생각해. 이것보다 더 끔찍한 다회를 몇 번이고 경험해 왔고 말이지."

"네가 고생하는 건 이해하지만, 아무리 그래도 이건 너무하잖냐. 나는 이걸 듣고 억지로 밀어붙이는 상대가 있다면 인간성을 의심할 거라고."

그런 행동을 지금부터 닉스가 해야 한다.

"그러면 이대로 도로테아 씨랑 결혼하겠어? 사랑이 없는 결혼만이 아니라고. 평생 깔보이면서 살 거야?"

"그, 그건 싫지만……."

도로테아 씨와 상견례를 가져 보고, 닉스는 장래에 아버지와 어머니 같은 느긋한 부부가 되는 건 무리임을 깨달은 모양이다.

그러니 형을 위해서도 이 맞선은 파투 낸다.

그걸 위한 목줄이다.

"형, 이걸 쓰면 맞선이 실패하는 건 확실해. 상대 쪽에서 이런 맞선은 사절이라고 말할 거라고."

"그야 그렇게 말은 하겠지만, 내 피해가 너무 큰데?"

"그건 감수할 수밖에 없지."

닉스는 뺨을 씰룩거리며, 나와 목줄을 번갈아 쳐다봤다.

"시키는 쪽은 말하기만 하면 되니 편해서 좋겠군."

"형한테 이런 짓을 시켜서, 동생인 나는 미안한 마음으로 가득해!"

"거짓말하고 있네!"

도로테아가 뛰쳐나왔던 방으로 되돌아가자, 거기에 닉스의 모습은 없었다.

테이블 위에는 식어 버린 홍차가 남아 있다.

도로테아가 돌아왔기에 발트파르트 가문 사용인이 차를 다시 달여 냈다.

"수준이 빤하네요."

원래부터 시골 남작가에 기대 따위 하지 않았지만, 저택 분위기나 사용인의 태도는 도로테아가 보기엔 귀족답지 않았다.

비교하는 대상이 본가인 백작가이니, 다른 집안이 뒤떨어져 보여도 어쩔 수 없는 노릇이다.

그건 이해하지만, 어떻게 해도 모든 것이 조잡하게 보였다.

'이번 이야기를 거절하면, 아버님도 저를 내쳐 버리시겠죠.'

백작가 당주인 아버지는 딸에게 무른 편이라고 도로테아 역시 자각하고 있다.

하지만 이번 이야기가 실패로 끝나면 딸에게 무른 아버지도 태도를 고치리라.

지금까지 잔뜩 폐를 끼쳐 온 도로테아도 그 정도는 알고 있었다.

'인생이란 시시한 것이네요.'

홍차를 한 모금 마시고, 도로테아는 가슴 밑에 팔짱을 낀 채 닉스를 기다렸다.

기다리는 시간이 길어지자 다리를 꼬았다.

'화나게 한 모양이군요.'

닉스를 화나게 만들어, 이 맞선 이야기도 실패로 끝났나 하고 생각했다.

그때, 문이 기세 좋게 열렸다.

"어머, 불만이라도 말하러 온 걸까?"

도로테아가 비웃는 듯한 표정을 향한 곳에는, 약간 얼굴이 굳어진 닉스가 있었다.

조금 전처럼 자신의 기분을 살피는 낌새는 없다.

그걸 닉스가 화난 거라고 판단한 도로테아였으나, 아무래도 낌새가 이상했다.

닉스가 상당히 긴장하고 있는 것 같았다.

"——앉는 게 어때?"

자리에 앉지 않는 닉스를 수상하게 여기고 있자, 아무래도 뒤로 돌린 손에 무언가를 감추고 있는 듯했다.

한순간 흉기를 숨기고 있는 것 아닐까? 하고 생각했지만, 이 자리에서 자신을 해하면 곤란한 건 발트파르트 가문이다.

이 사람이 그렇게까지 단락한 인물이라고는 생각되지 않는다.

이것저것 생각한 뒤, 일단은 경계한 도로테아가 언제든지 도망칠 수 있도록 대비하자, 닉스가 숨기고 있던 물건을 테이블에 올려놓았다.

쩔그럭, 하는 금속음을 내며 눈앞에 놓인 물건을 보고, 도로테아는 크게 당황했다.

"?!"

갑작스러운 일에 목소리가 제대로 나오지 않았다.

눈앞에 놓인 건 개가 차는 사슬 달린 목줄이었다.

곧바로 닉스의 얼굴을 보자, 그는 움찔움찔하는 미소를 띠고 있다.

"너한테 어울릴 것 같은 목줄을 준비했다. 조금 전에는 펫이 되라고 말했지? 내 대답을 가르쳐 주마. 네가 내 펫이 되어라!"

큰 목소리로 펫이 되라는 말을 들은 도로테아는, 어느샌가 자기 몸이 떨리고 있다는 걸 알아차렸다.

자신을 끌어안는 것처럼 위팔을 잡고 일어나서, 닉스의 모습을 보지 않고 재차 방을 뛰쳐나가고 말았다.

그런 도로테아의 뒤에다 대고 닉스는 웃으면서 짓궂은 말을 던졌다.

"도망치는 거냐? 남을 펫 취급하려고 했던 주제에, 제법 도량이 작은 주인님이군!"

그 말을 듣고 도로테아는 자기 몸이 단숨에 뜨거워지는 것을 느꼈다.

거울을 보지 않아도, 지금의 자신은 얼굴이 새빨개져 있으리라는 예상이 간다.

방을 뛰쳐나가자, 디어드리가 미리 마련된 의자에 앉아 기다리는 모습이 그녀 눈에 들어왔다.

디어드리는 도로테아를 보더니 또 도망쳐 온 건가 하고 한순간 언짢은 표정을 지었지만―― 도로테아의 낌새가 이상하다는 걸 알아차리고 일어나서 달려왔다.

"무슨 일이 있었던 건가요, 언니?!"

도로테아는 자기 어깨를 붙잡은 디어드리를 촉촉이 젖은 눈동자로 쳐다봤다.

연약한 모습을 보인 것에 디어드리가 놀라고 있었다.

"정말로 어떻게 된 거예요?!"

"디어드리, 나――."

◇

"해냈네, 형!"

도로테아 씨가 방을 뛰쳐나간 것과 동시에 나는 다른 문을 통해 방으로 들어갔다.

닉스의 명연기를 보고 웃었지만, 도로테아 씨의 모습을 보면 계획은 대성공으로 끝날 것 같은 예감이 든다.

여하간 얼굴이 새빨개져서 격노하고 있었으니까 말이다.

닉스 쪽은 양손으로 얼굴을 가리고 귀까지 빨개져 있었다.

"더는 싫어……. 어째서 이렇게 된 거지? 내가 남을 펫 취급하게 되리라고는 생각지 않았다고."

"연기잖아? 지나친 걱정이래도."

"저쪽은 진심이라고 생각하고 있어! 리온, 정말로 괜찮은 거겠지? 찬성했지만, 어째 무서워지기 시작했단 말이다!"

인제 와서 닉스는 상대를 화나게 한 것에 공포를 느끼고 있었다.

하지만 나는 기본적으로 위험한 다리는 건너지 않는 주의다.

실패했을 때 쓸 보험 정도는 준비했다.

"안심해. 문제가 일어나도 디어드리 선배한테 내가 뒤에서 사과해 둘 테니까."

"사과해서 어떻게든 되는 문제냐?"

"괜찮다니까. 그럴 때를 위한 금전이지. 루크시온이 준비해 줄 거야!"

시선을 내 오른쪽 어깨 부근으로 향하자, 거기에 떠 있는 루크시온이 빨간 외눈으로 날 쳐다보고 있었다.

『보조하는 건 언제나 제 일이군요. 금전으로 이 문제가 해결된다면 처음부터 얼마 정도 돈을 주고 거부하면 됐던 것 아닙니까?』

"처음부터 돈을 주는 건 좀 아깝잖아?"

『여전히 묘하게 쩨쩨하군요.』

맞선 제안을 받았는데 갑자기 돈을 주면서 없었던 일로 하는 것도 여러 가지로 문제일 것이다.

루크시온은 닉스한테 빨간 렌즈를 향했다.

『안심하십시오. 로즈블레이드 가문이 무력 행사로 나와도, 형님분과 발트파르트 가문도 지키겠습니다.』

실로 믿음직한 루크시온의 대사에, 닉스는 어깨를 풀썩 떨궜다.

"그렇게 되기 전에 어떻게든 해줬으면 하는 거야. 무력 행사로 나오기 전에 온건히 끝내고 싶다고."

걱정이 많은 닉스를 보고 있으려니, 형제라는 생각이 드는군.

여하간 나도 걱정이 많은 성격이다.

"괜찮다니까. 여차하면 안제한테 의지할 거니까."

약혼자가 믿음직해서 다행이다.

하지만 고개를 든 닉스는 질색한 얼굴로 날 보고 있었다.

"너, 조금 전부터 남한테 기대기만 하고, 부끄럽지 않은 거냐?"

닉스가 날 나무랐는데, 이해가 안 되는군.

"뭐든지 혼자서 하려는 건 오만이라고 생각하지 않아? 할 수 있는 사람한테 의지하는 것도 올바른 선택이라는 거야."

닉스는 이마에 손가락을 대고는 내 말에 고민했다.

"확실히 그렇긴 하지만 말이다. 네가 마구 휘저어 놓고서, 그 뒤치다꺼리를 다른 사람한테 맡기고 있는 걸로밖에 안 보인다만?"

——아픈 곳을 찔리고 말았다.

하지만 의지할 수 있는 사람이 있다는 것도 일종의 힘이다.

"적재적소라는 거지."

"하고 싶은 것만 하고, 남한테 뒤처리를 떠맡기고 있는 걸로밖에 안 보인다고. 너는 정말로 제멋대로군."

"형은 너무 고지식해. 내 덕에 맞선도 실패로 끝났으니까 더 칭찬해 줘도 좋지 않아?"

"내 평판이나 정신에 대미지가 없다면 솔직하게 칭찬할 수 있었는데 말이지. 지금의 나는 안이하게 너의 힘을 빌린 것을 후회하고 있어. 생각했던 것보다 충격을 받은 것 같고, 그녀한테 미안한 짓을 했군."

인제 와서 뭔 소리야? 그런 식으로 생각하고 있자, 루크시온이 닉스를 위로했다.

『손을 잡을 상대를 잘못 선택하셨군요. 저도 당신과 마찬가지로 평소 마스터 때문에 후회하고 있습니다. 인공지능에 후회를 가르쳐주는 마스터는 어느 의미로 위인일지도 모르겠군요.』

어째서 이 녀석은 숨 쉬는 것처럼 날 헐뜯는 걸까?

"인간다운 감정을 배울 수 있어서 잘됐네."

『조금은 반성하고자 생각지 않는 겁니까? 타인에 대한 공감성이 부족한 것도 문제입니다.』

"목적을 달성하기 위해 다소의 희생은 따르는 법이야."

『희생을 치른 건 마스터가 아니지만 말입니다.』

조금 전 광경을 떠올리고 닉스가 창피해하는 듯했다.

"진짜로 그렇단 말이지. 너한테 의지하는 게 아니었어."

닉스가 창피한 꼴을 겪고 말았지만, 본인의 평판과 정신을 희생하여 이 맞선은 실패로 끝날 것이다.

적잖은 희생을 치렀지만, 그만큼의 결과는 얻을 수 있었다.

나머지는 사후 처리만 잘못하지 않는다면 문제없다.

◇

리온이 닉스의 방으로 간 뒤, 별실에서 대기하고 있던 안제, 리비아, 노엘 세 사람은 이후에 관해 이야기하고 있었다.

노엘은 로이크한테 쫓겨 다녔던 당시를 떠올렸는지 뺨이 씰룩거리고 있었다.

"당사자였을 때도 지독했지만, 이렇게 보니 더더욱 끔찍하네. 이거, 닉스 씨의 평판이 나빠지지 않을까?"

너무나도 지독한 결말에 노엘은 닉스를 걱정했다.

리비아는 약간 심술궂은 질문을 노엘에게 던졌다.

"노엘 씨도 한때 리온 씨와 함께 이어져 있었잖아요. 그때는 기쁜 듯이 지내고 있었죠?"

"그, 그건?!"

얼굴이 새빨개져서 부정하려는 노엘이었으나, 변명하지 못하고 입을 뻐끔뻐끔했다.

안제와 리비아가 공화국을 방문했을 때, 로이크에 의해 채워진 저주의 목줄을 떠올린 것이리라.

그 목줄로 리온과 장난치고 있던 모습이, 어떻게 봐도 농탕치

고 있는 걸로밖에 보이지 않았던 것을 리비아가 마음에 두고 있는 모양이다.

안제가 리비아를 타일렀다.

"너무 짓궂은 말을 하지는 마라."

"죄송해요."

반성하는 리비아가 노엘에게 죄송하다며 사과했다.

노엘도 난처해하면서 사과를 받아들이자, 그 이야기는 질질 끄는 일 없이 끝나고 다음으로 나아갔다.

리비아는 로즈블레이드 가문의 반응이 신경 쓰여, 걱정하는 것처럼 보였다.

"닉스 씨의 문제도 있지만, 상대인 도로테아 씨도 걱정이네요. 화나게 했으니 본가에 보고할 게 분명해요."

발트파르트 가문과 로즈블레이드 가문의 관계는 단번에 험악해질 것——이라고 예상했다.

리비아가 안제 쪽으로 고개를 향했다.

"안제, 정말로 말리지 않아도 괜찮았던 건가요? 평소의 안제라면 리온 씨를 제지했을 테죠?"

평소에는 상식인을 칭하며 무슨 일이든 무난하게 끝내는 주제에, 한번 의욕을 보이면 지나쳐 버리는 경향이 있는 것이 리온이라는 남자다.

그런 리온을 걱정하는 안제가 이번 폭주를 제지하지 않은 것이 리비아는 신경 쓰였던 모양이다.

안제는 미소를 띠고는 근본적인 문제점에 관해 이야기하기 시작했다.

"문제없어. 게다가 리온은 늦기 전에 호된 맛을 한번 보는 게 좋아. 그리고 디어드리는 한 번이라도 맞선을 제안하러 왔다고 말한 적이 있었던가?"

생각에 잠기는 리비아 옆에서, 노엘은 고개를 살짝 들어 기억을 떠올리며 이야기했다.

"어? 맞선인 거지? 왜냐면, 유메리아 씨가—— 어라?"

노엘도 리비아도 이때가 되어서야 비로소 이해했다.

발트파르트 가문이나 유메리아는 맞선이라고 믿어 버렸지만, 디어드리는 한 번도 닉스와 도로테아의 맞선이라고는 말하지 않았다.

안제는 작게 한숨을 내쉬면서 어깨를 으쓱이고는 어처구니없어했다.

"정식 맞선은 여러 가지로 성가시다. 격이 올라가면 더더욱 귀찮은 절차가 있지. 그것들을 무시하고 맞선 제안을 할 리가 없어. 설령 한다고 하더라도 로즈블레이드 가문이라면 좀 더 정중하게 단계를 밟아 진행할 거다."

노엘이 몸을 조금 내밀며, 발트파르트 가문의 반응에 관해 안제한테 물어봤다.

"하지만, 리온과 가족분 모두 맞선이라고 믿고 있었는데?"

안제가 난처한 표정을 지으며 발트파르트 가문의 문제에 관해

이야기했다.

“문제는 거기다. 좋은 의미에서건 안 좋은 의미에서건, 발트파르트 가문은 중앙에서 멀리 떨어진 시골 남작가다. 중앙의 방식에 어두울 수밖에 없지. 착각한 이유도 거기에 있다. 지금까지는 괜찮았겠지만, 이제는 리온이 너무 출세해버렸어.”

슬퍼 보이는 눈을 한 안제는 리온의 출세에 발트파르트 가문도 말려들었다는 사실에 미안한 마음을 품고 있었다.

시골에서 느긋하게 지내던 남작가가 지금은 궁정 싸움에 휘말린 처지가 되었다.

“리온도 리온의 본가도, 앞으로는 마냥 이전처럼 지낼 수는 없을 거다. 로즈블레이드 가문이 접촉해 온 것이 그 증거야.”

그 말을 듣고 가장 침울해진 건 노엘이었다.

노엘이 알제르 공화국에서 호르파트 왕국으로 오게 된 이유는 에너지를 만들어 내는 성수의 묘목 관리자—— 무녀이기 때문이다.

장래, 자원의 어려움을 타파할 터무니없는 식물을 관리하는 입장이다.

그런 노엘을 보호한 것이 리온이다.

노엘은 자기 때문에 리온이 말려들고 싶지 않은 권력 싸움에 억지로 나서게 되었다고 생각한 모양이었다.

“나 때문이야? 내가 리온한테 보호받고 있으니까…….”

권력자라면 반드시 손에 넣고 싶은 성수의 묘목을 관리할 수 있는 노엘은 어설프게 놓아주면 어딘가 다른 나라로 납치되고 말 것이다.

그 위험에서 지켜주고 있는 것이 리온이기에 민폐를 끼치고 있다고 생각했다.

하지만 안제는 그 이야기를 곧바로 부정했다.

"유감이지만 노엘을 만나기 전부터 리온은 궁정 싸움에 휘말릴 운명이었다. 나와 함께한 순간부터 말이지."

'애초에 아버님도 리온을 자신의 파벌에 넣기 위해 내 약혼을 인정한 것이니까.'

공작 영애를 약혼자로 두면, 싫어도 권력 싸움에 가세하게 된다.

공작인 안제의 아버지 빈스는 딸에게 무른 부분도 있지만, 그것만으로는 대귀족 당주를 맡아낼 수 없다.

당연히 리온의 힘을 기대하여 딸과의 약혼을 인정했다.

거기에 딸을 향한 다정함도 있었던 건 사실이지만, 한 대만에 벼락출세한 당시 자작인 리온에게 공작 영애를 시집보낸다는 건 이례적이었다.

딸을 향한 정도 있지만, 이익도 확실하게 고려하고 있다.

"덧붙여서 말하자면 현시점에서 노엘보다도 주목받고 있는 건 리온 본인이다."

안제의 설명에 노엘은 조금 의아하다는 듯한 표정을 지었다.

안제가 뒷말을 이으려고 하자, 방에 노크 소리가 강하게 울렸다.

노크 소리가 커서, 세 사람은 문 너머의 상대가 초조해하고 있는 것처럼 느꼈다.

"들어와도 괜찮다."

안제가 입실을 허가하자, 유메리아가 허둥거리며 뛰어 들어왔다.

"크, 큰일이에요! 또 다른 귀족님의 비행선이 항구에 왔다는 것 같아요!"

몹시 당황한 유메리아의 모습에서, 평소 교분이 있는 귀족들이 아니라—— 로즈블레이드 가문 같은 거물이 온 것이리라고 안제는 예상했다.

"사태가 성가셔지기 시작했군. 그래서, 어디 집안이지?"

유메리아는 메모한 종이를 꺼내 상대 가문 이름을 말했다.

"애틀리 씨 집안이네요."

마치 옆집 사는 누구누구 씨, 같은 가벼운 느낌으로 언급된 가문 이름에 안제의 표정이 굳었다.

"——클라리스인가."

예상할 수 있는 인물은【클라리스 피아 애틀리】다.

궁정 귀족으로서 영지는 가지고 있지 않지만, 왕도에서 대신 직책을 맡는 버나드 대신의 딸이다.

디어드리와 마찬가지로 대귀족 아가씨였다.

제03화 「예상 밖」

조금 전까지 닉스와 도로테아 씨가 맞선을 보던 장소는 어째서인지 심상치 않은 분위기에 감싸여 있었다.

나는 자리에 앉아 홍차를 마셨으나, 어째서인지 향도 맛도 평소보다 희미하게 느껴졌다.

겨울도 끝나 슬슬 따뜻해지는 계절인데, 왠지 묘하게 으스스하다.

팽팽하게 날이 선 긴장감에 감싸인 방에서 나는 말없이 홍차를 마시고 있었다.

다만 눈앞에 있는 여성── 학원을 졸업한 클라리스 선배는 기쁜 듯이 미소 짓고 있다.

"안심했어. 그러면 리온 군과 디어드리 선배의 맞선이 아니었던 거네."

"애초에 저한테는 약혼자가 있으니 맞선 이야기가 오는 일 자체가 없으리라 생각합니다만."

클라리스 선배는 무슨 이유에서인지 나와 디어드리 선배가 맞선을 본다고 착각하고 있었다.

그 착각 때문에 비행선으로 발트파르트령을 찾아와서는, 그대로 저택에 쳐들어온 거다.

그녀 곁에는 이전에 에어바이크 레이스를 같이 했던 남자 선배와 본 적 없는 학원 여학생 같은 인물이 자리를 지키고 있었다.

디어드리 선배는 정론을 말하는 내 옆에 앉아서, 입가를 가린 채 언짢은 듯한 시선으로 클라리스 선배를 보고 있었다.

"궁정 귀족은 추근추근 빈정대는 게 특기네. 로즈블레이드 가문이 그런 짓을 할 거라고 생각하는 걸까?"

나와의 맞선을 억지로 강행했다고 오해받은 디어드리 선배는 화를 내고 있었다.

클라리스 선배는 시원시원하게 반론했다.

"해도 이상하지 않다고 여겨지고 있는 게 애초부터 문제 아닌가요? 평소 행실을 반성해야겠네요."

남을 펫으로 삼고 싶다고 말하는 자매이니, 약혼자가 있는 상대한테 맞선 이야기를 꺼내도 이상하지 않다고 말하고 싶은 것이리라.

디어드리 선배는 한쪽 입꼬리를 치켜올리며, 미소가 끊기지 않도록 하며 받아쳤다.

내심으로는 속이 부글부글 끓어오르고 있는 듯했다.

뒤에서 대기하는 로즈블레이드 가문 사용인들은 조금 전부터 눈을 가늘게 뜨고 노려보고 있다.

"약혼을 파기 당해서 자포자기 상태가 되었던 사람의 말이라고는 생각할 수 없군요."

클라리스 선배의 약점이 있다고 한다면, 그건 질크한테── 그

질크한테 약혼을 파기 당하여 여름 동안 불량해졌던 일이다.
그 기간에는 상당히 도를 지나쳐서 놀고 있었기에, 숙녀답지 않은 행동이라는 말을 들었었다.
클라리스 선배 뒤에 있는 두 사람의 시선이 상당히 험악해져 있었다.
상반신만 돌려 뒤돌아본 나는 우리 집 사용인들한테 도움을 요청했다.
하지만 우리 사용인들은 시선을 싹 피했다.
유메리아 씨는 무슨 일이 일어나고 있는지 이해 못 한 것인지 태평한 표정을 짓고 있었다.
내가 뒤돌아봤기에 일단 손을 흔들기로 한 모양이다.
그런 모습에 힐링을 받고 있었더니, 홍차를 한 모금 마신 안제가 입을 열었다.
"기 싸움이라면 딴 데 가서 해라. 자, 그래서 클라리스는 어떤 용건으로 찾아왔지?"
이 자리를 이끌어 주는 안제가 있어서 안도하자, 루크시온이 내 옆에서 중얼거렸다.
『마스터, 안젤리카가 이끌어 줘서 안도하고 있지 않습니까?』
"할 수 있는 사람한테 맡기는 게 내 방식이야."
『정말로 도움이 안 되는 마스터로군요.』
"이해 못 한 상황에 뛰어들 정도로 어리석지 않을 뿐이라고."
어째서 분위기가 험악한지, 애초에 그 부분이 불명이다.

『알려고 하지 않는 것뿐 아닙니까?』

"인간이 모든 걸 알고자 하는 건 지나친 오만이라고 생각하지 않냐?"

『아무것도 모르는 채로 살아갈 수 있다고 생각하는 쪽이 제게는 오만으로 보이는군요.』

루크시온과 소곤소곤 이야기하고 있자, 클라리스 선배가 마실 것을 한 모금 마시고는 한 호흡 뜸을 둔 뒤 말하기 시작했다.

"실은 이것저것 여러 가지로 상담할 게 있어. 우리끼리만 이야기하지 않을래?"

우리끼리만, 이라는 것은 서로 사용인을 물려 놓고 이야기하고 싶다는 말인 듯하다.

안제가 시선을 디어드리 선배에게 향하자, 디어드리 선배는 부채를 펴서 입가를 가리고 시선을 어딘가로 향했다.

"딱히 상관없어. 이쪽도 이것저것 이야기해 두고 싶었는걸."

그대로 내 쪽을 힐끔 쳐다봤기에, 분명 도로테아 씨에 대한 닉스의 행동에 불만이 있는 것이리라.

닉스의 본심이 아니라 내 지시라고 전해 둬야만 하겠지.

이리하여 사용인들한테는 자리를 뜨게끔 지시했다.

◇

"어쩐지 있기가 불편해. 그야, 소개해서 만나게 한 건 우리 본가야. 하지만 나로서는 주눅이 드는 심정이야. 난 혼자인데, 주위는 사이좋게 지내고 있어서 괴로워."

사용인들이 사라지자 클라리스 선배는 어두운 표정으로 고개를 숙였다.

이유는 조금 전 뒤에서 대기하고 있던 두 사람이다.

졸업한 남자 선배인데, 애틀리 가문 소개로 한 여성과 맞선을 본 것이다.

나는 옆에 있는 리비아에게 소곤소곤 말했다.

"선배란 사람, 나랑 에어바이크 레이스에서 승부한 사람이지? 그 의협심 넘치는 사람은 클라리스 선배를 좋아하는 거 아니었어?"

리비아 쪽도 그렇게 생각하고 있었던 듯하다.

"그러네요. 분명 심경이 복잡할 거라고 생각해요."

에어바이크 레이스에서 활약한 남자 선배는 학원 졸업 후에는 에어바이크를 사용하는 일에 종사하고 있었다.

상당히 믿음직스러워 보이는 사람이었고, 오늘도 클라리스 선배의 시중으로 우리 집에 왔다.

이전에는 클라리스 선배를 위해 질크한테 복수하고자 했던 사람이다.

조금 전의 모습에서는 여전히 클라리스 선배를 소중히 생각하는 마음이 전해져 왔다.

노엘은 우리 대화를 듣고 복잡한 표정을 지었다.

"왕국 귀족도 참 힘들겠네."

셋이서 소곤소곤 이야기하고 있자, 클라리스 선배가 우리 쪽으로 고개를 향했다.

"마음 쓰지 않아도 돼."

아무래도 들리고 있었던 모양이다.

시선을 피해 얼버무리려 하고 있자, 루크시온이 분위기를 파악하지 않은 채 직설적으로 질문했다.

『클라리스를 사모했던, 학원을 졸업한 남성들이 있었을 터입니다. 그들한테서의 어프로치는 없었던 겁니까?』

측근 남학생들이 연모했던 클라리스 선배이니 한 명 정도는 고백했을지도 모른다고 생각했다.

하지만 아무래도 사정이 다른 모양이다.

클라리스 선배가 딱딱한 미소를 띠며 대답했다.

"시, 신분 차이가 있으니까."

측근으로 있던 건 보통 클래스 남학생들이다.

클라리스 선배와는 신분이 너무 달라 결혼 상대로서 걸맞지 않다.

디어드리 선배는 부채를 펴서 입가를 가리고 있지만, 제법 즐거워 보인다는 걸 눈매에서도 읽어낼 수 있다.

"사랑이 아니라 존경이었던 걸까? 주위가 결혼하는 와중에 혼자 남겨져서 불안해진 거네. 숙녀답지 않은 행동을 한 결과가 아닐까?"

질크한테 약혼을 파기 당하여 밤마다 놀러 다녔던 과거가 클라리스 선배를 무겁게 짓누르고 있었다.

남작가나 자작가야 어쨌건, 호르파트 왕국에서는 백작가 이상 집안은 어째서인지 정조 관념이 확실히 잡혀 있었다.

그 이유는 매우 유감스러운 것이었는데, 말하자면 클라리스 선배는 결혼 상대가 될 수 있는 집안 남성들에게서 '놀러 나다녔던 여자는 좀'이라며 기피당하고 있다.

본인도 자각하고 있는지, 디어드리 선배를 째릿 노려봤다.

"그래! 주위가 잇따라 결혼하는 와중에 난 혼자야! 그런데도 주위에서 다들 다정하게 대해 주니까, 괜히 더 불편한 기분이 든단 말이야!"

양손으로 얼굴을 가리며 침울해하는 클라리스 선배 앞에서 안제는 팔짱을 꼈다.

"그래서 푸념하러 왔다고? 본심을 말하는 게 어떻지?"

하지만 안제는 클라리스 선배의 이야기를 들어도 경계하고 있었다.

어째서일까 생각하고 있자, 클라리스 선배가 자세를 바로 고치고는 미소를 내보였다.

조금 전까지의 침울해졌던 모습은 어디에도 없다.

노엘과 리비아는 그런 클라리스 선배를 보고 놀라고 있었다.

"저 사람, 조금 무섭지 않아?"

"평소에는 상냥한 선배예요. 지금은 졸업생이지만요."

클라리스 선배와 디어드리 선배를 둘러본 안제는 대담한 미소로 대응하고 있었다.

그리고 클라리스 선배가 우리 집에 온 이유를 추측했다.

"로즈블레이드 가문이 발트파르트 가문에 접근했으니까, 네가 일부러 직접 알아보러 온 것이지? 리온과는 모르는 사이가 아니니까."

난 우리 집안 맞선 때문에 애틀리 가문이 일부러 움직일 거라고는 생각하지 않는다.

하지만 안제가 그렇게 말하는 거라면 뭔가 이유가 있는 것이리라.

클라리스 선배는 어째서인지 날 보며 미소 지었다.

"그것도 이유 중 하나이기는 해. 하지만 상대가 도로테아라면 어차피 실패로 끝나겠네. 혹은, 이미 실패했다든가?"

선배의 말에 내가 어깨를 움직여 반응을 내보이자, 클라리스 선배는 휴, 하고 한숨을 내쉬어 안심한 모습을 보였다.

"리온 군의 반응을 보면 실패한 모양이네. 이걸로 안심했어."

그리고 컵에 손을 뻗은 클라리스 선배가 그대로 홍차를 한 모금 마시려고 했을 때, 디어드리 선배가 말했다.

"어머? 언제 로즈블레이드 가문이 실패했다고 말했죠? 언니는 여태까지와는 비교가 되지 않을 정도로 진심이 되셨어요."

"하아윽?!"

홍차를 뿜어낼 뻔한 것을 참는 바람에 사레들리고 만 클라리스 선배가 가슴을 누르며 디어드리 선배를 봤다.

"거, 거짓말이지? 그 도로테아가 의욕을 보인 거야?"

디어드리 선배가 천천히 자리에서 일어나더니, 부채를 접어 클라리스 선배 쪽으로 향하며 선언했다.

"여동생인 제가 봐도 더할 나위 없다고 단언할 수 있을 정도로 진심이에요. 로즈블레이드 가문은 진심으로 닉스 경을 차지하러 갈 거예요."

아연실색한 클라리스 선배. 아무래도 맞선이 실패한다고 굳게 믿었던 모양이다.

그러나저러나, 이건 어떻게 된 거지?

노엘이 내 옷을 손가락으로 집더니, 몇 번 잡아당겼다.

"무슨 말이야? 실패한 거 아니었어?"

"나, 나도 뭐가 뭔지……."

그렇게나 끔찍한 계획을 실행시켰는데도, 도로테아 씨가 의욕적이라니 어떻게 된 거지?

혼란스러워하는 우리에게 루크시온이 말했다.

『저도 이 결과는 예상 밖이었습니다. 마스터는 지금까지도 줄곧 제 예상을 빗나가게 만들어 왔습니다만, 이번 결과는 예상이 의도치 않은 쪽으로 확 빗나가 버렸군요. 유감이지만 터무니없이 낮은 성공 확률을 맞혀 버린 모양입니다.』

의도치 않은 쪽으로 빗나간 결과── 아무래도 닉스는 도로테아 씨의 마음을 손에 넣은 모양이다.

"거짓말이지? 어째서 그런 방법으로 성공하는 거냐고……."

나는 닉스한테 뭐라 변명하면 좋단 말인가.

◇

"어째서 성공하는 건데?!"

긴박했던 다회에서 해방된 나는 도로테아 씨의 전언을 닉스에게 전했다.

그 결과, 닉스는 머리를 감싸 쥐고 있다.

나도 머리를 감싸 쥐고 있었다.

"나라고 어떻게 알겠어?! 목줄을 들고 펫이 되라고 말하면 어떻게 생각해도 보통은 파투 날 게 당연하잖아! 그런데도 상대는……!"

도로테아 씨의 전언은 「한 번 더 만나 뵙고 싶습니다」였다.

전언만이 아니라, 무척 공손한 장문의 편지도 전해 달라는 부탁을 받아 맡아 놓고 있었다.

정중하게도 선물까지 곁들여져 있었다고.

덧붙여서 그 자리에서 보였던 무례한 태도에 대한 사죄도 적혀 있었다.

맞선 때와는 딴사람 같다.

참고로 디어드리 선배한테서 들은 도로테아 씨의 모습은——마치 사랑에 빠진 소녀 같았다고 한다.

닉스는 내게 바싹 다가와 양어깨를 붙잡고 앞뒤로 몇 번이나 흔들어 댔다.

“네가 말했잖냐! 나는 실패 전문가라고 말했잖냐! 어째서 성공하는 거냐고!”

휙휙 흔들리는 날 대신하여, 루크시온이 유쾌한 듯한 전자 음성으로 대답했다.

『‘맞선이 성사되면 안 된다’가 전제조건이라고 한다면 훌륭히 실패한 게 되는군요. 마스터다운 결과입니다. 정보가 부족한 저로서는 끌어낼 수 없는 성공을 손에 넣었다고 한다면, 경이적인 결과입니다. 거의 실패로 끝난 일을 성공시킨 것이니 말입니다.』

맞선을 성사시키고자 했다면 루크시온이라도 상당히 어려웠던 모양이다.

그 상황에서 성공시킨 내가 대단하다는 것 같다.

칭찬하는 것처럼 들리지만, 난 조금도 칭찬 받은 기분이 들지 않았다.

닉스를 뿌리치고 거리를 벌린 나는 흐트러진 머리와 복장 그대로 호흡을 가다듬었다.

“보통 ‘내 펫이 되어라!’가 정답일 거라고는 생각하지 않잖아! 형도 내 의견에 찬성하지 않았냐고!”

“확실히 그렇긴 하지만 말이다! 나는 많은 걸 희생해서 노력했는데, 네가 고른 답이 완전 정답이라니, 그게 뭐냔 말이다! 나한테는 대실패라고!”

나는 조금 진지하게 생각한 뒤── 결론을 냈다.

“그냥 단념하는 게 어때?”

내가 팽개치듯이 내놓은 답에 닉스는 점점 귀신 같은 형상으로 변해 갔다.

내게 달려들더니 오랜만의 형제 싸움이 시작되었다.

"너는 좋겠네! 저렇게나 미인에 성격도 좋은 상대가 있으니까! 그런데 어째서 나는── 젠장하아아알!!"

닉스의 오른 주먹에 뺨을 맞아 날아가는 날 보고, 루크시온이 어째서인지 기뻐하는 것처럼 보인 건 기분 탓일까?

◇

로즈블레이드 가문 비행선.

도로테아는 자신의 방에서 안절부절못하며 돌아다니고 있었다.

"싫다 참. 이럴 줄 알았으면 더 좋은 옷을 가지고 올 걸 그랬어. 게다가 처음 얼굴을 뵈었을 때는 헤어스타일에도 신경을 안 썼고……. 닉스 님께 미움받지는 않았을까?"

무슨 일에도 흥미가 없었던 도로테아가 지금은 작은 일에 고민하는 모습을 보고, 디어드리는 곤혹스러워했다.

"문제없다고 생각해요. 애초에 언니는 옷에 집착하는 여자의 마음을 이해할 수가 없다고 말하지 않았던가요?"

평소에는 겉모습 같은 건 청결하고 어느 정도 단정하게 갖추어져 있으면 충분해, 라고 말하며 몸치장하는 여성들을 바보 취급했던 것이 도로테아였다.

그런데 지금은 그런 자신의 모습이 싫다는 듯한 태도였다.

도로테아가 디어드리한테 매달렸다.

"디어드리, 편지랑 선물은 제대로 전해 드린 거지? 닉스 님한테서 전언은 정말로 없었어? 호, 혹시, 미움받았으니까 답장을 못 받은 거라든가?"

"전언을 부탁했어요. 당장이라도 답변이 오지 않겠어요? 애초에 배에서 내려서 직접 말하면 되는 것 아닌가요?"

"시, 싫어! ――날 천박한 여자라고 생각하시면 어떻게 해?"

주위에 있던 사용인들은 주먹을 꽉 쥐고 '당신이 그런 말을 하는 거냐!'라는 말을 꾹 삼키고 있었다.

디어드리도 인내하여 약간 뜸을 두고 난 뒤 이야기를 계속했다.

"설마, 언니의 이상적인 남성이 이런 곳에 있으리라고는 생각지 않았어요."

도로테아는 손깍지를 껴서 기도하는 듯한 동작으로 성녀에게 감사했다.

성녀―― 그것은 신전이 숭배하는 신과 가장 가까운 위치에 있었다는 여성.

호르파트 왕국 건국에 관여했다고 전해지는 여섯 명째 모험가이며, 성녀로서 오랫동안 백성에게 존경받아 온 존재다.

모험가가 건국한 호르파트 왕국에서는 이미 신격화된 존재다.

성녀가 모험가였던 것도 있어서, 모험의 가호를 지녔다고 여겨져 귀족들에게도 인기다.

"성녀님께 감사를. 계속 바라면 꿈은 이루어지는 거군요. 설마 마지막에 멋진 남성과 서로 알게 될 거라고는 생각지 않았어. 어째서 재학 중에 만나지 못했던 걸까? 닉스 님과 만났더라면 학원 생활은 더 즐거웠을 텐데."

뺨을 발그레하게 물들이며 들뜬 도로테아를 보고, 디어드리는 한숨을 내쉬듯이 중얼거렸다.

"언니가 진심이 되어 주셔서 한시름 놓았어요."

◇

"맞선이 아니었다?!"

닉스한테 얻어맞은 나는 내 방에서 리비아한테 치료 마법으로 치료를 받는 중이었다.

얻어맞은 곳의 아픔은 조금 남지만, 아무것도 안 할 때보다 훨씬 편해졌다.

보라색으로 변색된 부분도 지금은 약간 빨갛게 부어오른 정도까지로 회복됐다.

그런 내 모습을 보며, 의자에 앉아 어처구니없다는 표정을 지어 보이는 안제가 우리의 착각을 지적했다.

"그래. 로즈블레이드 가문은 정식으로 맞선을 제안하지 않았어."

"하, 하지만, 아버지나 다른 사람들이!"

"정식으로 제안하고자 하면 더 성가신 절차가 있다. 이번 경우는 정말로 그저 서로 얼굴을 한번 보는 정도의 자리다. 마음이 맞으면 다음에도, 라는 정도지."

"디어드리 선배나 도로테아 씨도 진심이었고!"

"저쪽은 진심이었겠지. 느낌이 괜찮으면 그대로 정식으로 맞선을 신청하거나, 혹은 약혼까지 진행했을 거다."

——으에에엑?!

나 자신, 그리고 가족마저도 맞선을 제안받았다고 착각하고 있었던 건가?

루크시온을 노려봤다.

"너도 못 알아차린 거냐?"

『예상은 했습니다만, 마스터가 맞선을 전제로 움직이고 계셨기에 어쩔 도리가 없었습니다. 또한, 귀족 사회의 정보 수집은 명령받지 않았습니다. 판단하기에는 정보가 부족하여 확신을 가질 수 없었습니다.』

수상하다고는 생각했지만, 내가 의심하지 않았기에 지적하지 않은 듯하다.

"넌 생각했던 것보다 쓸모가 없구만."

『인공지능이 아무리 우수해도, 그걸 다루는 쪽에 문제가 있다면 능력을 충분히 발휘할 수 없습니다. 제 성능 문제가 아니라, 완벽하게 사용하지 못하는 마스터의 문제입니다. 개선을 요구합니다.』

루크시온이 저는 잘못 없습니다, 라고 어필했다.

"너는 그 마음가짐을 개선하는 게 어떠냐?"

『고려는 하겠습니다.』

그런 루크시온을 붙잡고자 일어섰지만, 리비아한테 팔을 붙잡혔다.

"아직 치료가 끝나지 않았어요."

"이제 안 아프니까 괜찮아. 그것보다도 이 배신자한테 제재를 가해야 한다고."

"리온 씨, 떽! 치료가 끝날 때까지 움직이지 마세요."

리비아한테 꾸중을 들어 마지못해 도로 앉아 치료를 재개하자, 루크시온이 여봐란듯이 다가왔다.

아슬아슬하게 내 손이 닿지 않는 범위에 와서, 일부러 도발해댄다.

『결과를 정리하겠습니다. 즉 마스터는 쓸데없는 짓을 하는 바람에, 실패로 끝나길 바랐던 형님의 결혼이 오히려 성사되도록 뒤에서 밀어준 꼴이 되고 만 겁니다. 상대는 물론이고 형님에게까지 지독한 짓을 시켜 놓고서는 실패한 것이지요. 조금은 반성했습니까?』

"아직 끝나지 않았어. 여기서부터 얼마든지 뒤집을 수 있다고."

나는 아직 포기하지 않았다.

루크시온은 못 말린다는 듯이 외눈을 가로젓고는 방에서 나갔고, 안제도 그 뒤를 따라갔다.

나와 리비아 두 명이 방에 남겨졌다.

리비아는 내 상처를 치료하며, 학원에 갓 입학했을 무렵을 떠올리고 있었다.
내 상처가 낫는 걸 보고, 뺨이 약간 누그러지며 온화한 표정을 지었다.
"이렇게 치료하고 있자니, 1학년 때가 떠오르네요. 제가 리온 씨와 같이 행동하게 되어서, 처음으로 던전에 도전했던 때를 기억하고 계시나요?"
그 무렵의 나는 결혼 활동을 하면서 리비아의 낌새가 신경 쓰여 이것저것 여러 가지로 돌봐줬었다.
그것이 옳다고 믿어 의심치 않고, 쓸데없는 일까지 돕는 바람에 리비아의 성장을 방해했다.
본래라면 굳센 아이로 자랐을 터인데, 나 때문에 정신적으로 약해지고 만 것은 지금도 후회 중이다.
다만, 그 후에 리비아는 스스로 강하게 성장했다.
내가 없어도 분명 리비아는 자력으로 문제를 해결했으리라.
루크시온이 없으면 아무것도 못 하는 나와는 정반대다.
"기억해. 방심해서 몬스터한테 공격받아 다쳤을 때지. 그 일이 있기 조금 전에 리비아를 다회에 권하고, 그러고 나서부터 자주 이야기하게 되었던가."
괴롭힘당하는 모습을 보고, 내버려 둘 수 없어서 말을 걸었다.
지금 와서 생각해 보면 그게 커다란 갈림길이었던 것 같다.
거기서 말을 걸지 않았더라면, 이런 상황은 되지 않았을 터다.

——딱히 후회는 하지 않지만, 돌이킬 수 없는 행동을 했다고는 생각한다.

리비아는 그 무렵을 떠올리고는 기뻐 보이는 표정을 지었다.

"몇 번이나 다회에 권해 주셨죠. 다회 전날에 들떠서 잠들지 못했던 적도 있었다고요."

"그랬어?"

내가 여는 다회에 참가하는 것만으로도 마치 소풍 전날에 잠들지 못하는 어린아이 같은 반응을 할 거라고는 생각지도 않았다.

"저한테 있어선, 다회에 초대받는 것도 특별한 일이었으니까요. 그러고 나서 여러 일이 있었고, 안제와도 사이가 좋아졌죠."

리비아가 여러 일이라고 뭉뚱그린 부분은 율리우스를 비롯한 다섯 바보와 싸웠던 일을 말하는 것이리라.

말하고 싶지도 않은 것인지, 한 마디로 끝내 버렸다.

리비아도 다섯 바보에 대한 반응은 차갑네.

본래라면 그 녀석들과 리비아는 연인이 되었어도 이상하지 않았는데 말이지.

"여러 일이 있기 전에는 아직 안제와도 친하지 않았었지."

"그러네요. 안제는 고귀한 집안 아가씨라, 이런 식으로 친해질 수 있으리라고는 생각지도 않았어요."

"확실히 가까이 다가갈 수도 없었던 사람이지."

리비아가 자신의 양손으로 내 오른손을 위아래에서 끼우는 것처럼 잡고는, 그리고 치뜬 눈으로 날 들여다봤다.

"리온 씨도 마찬가지예요. 그 무렵의 저는 이렇게 된다고 상상하지도 못했어요."

나는 리비아와 약혼할 수 있을 거라고는 생각지도 않았고, 설마 두 명—— 아니, 세 명과 약혼하게 되리라고는 상상도 하지 않았다.

처음 무렵에는 그 여성향 게임의 주인공이니까, 가까이 다가가면서도 미묘한 거리를 유지하자고 생각했었다.

누군가가 리비아를 행복하게 만들어 줄 테고, 그것이 정답이라고 믿어 의심치 않았다.

지금 와서 생각해 보면, 나는 뭘 하고 있었던 걸까?

그 다섯 바보가 리비아를 행복하게 만든다? 무리로군.

게임에서는 미남에 우수한 캐릭터였던 다섯 명이지만, 지금의 모습은 너무 유감스러워서 차마 눈 뜨고 봐줄 수가 없다.

리비아조차 다섯 바보를 '그 다섯 명은 절대 무리예요'라며 강하게 거부하고 있다.

"나도 이렇게 되리라고는 생각지 않았어. 그 무렵에는 남작 예정이었지만—— 지금은 뭘 잘못했는지 후작이야. 몇 년 전의 나한테 말해 주면 절대로 믿지 않았을걸."

미래에서 온 자신한테 '너는 장래 후작이 되어 아내가 세 명이 된다!'라는 말을 듣는다고 하더라도, 무슨 농담이라고 생각할 것이다.

정말로 여러 일이 있어서—— 어째서인지 공략 대상인 네 사람이 내 부하가 되었다.

덤으로 왕자님도 곁들여 바보들을 돌봐 줘야 하는 처지가 되다니, 예상 밖인 것에도 정도가 있다.

리비아는 내 어깨에 이마를 가져다 댔다.

내가 부드러운 냄새를 느껴 긴장하고 있자, 리비아는 기쁜 듯이 당시의 심정을 이야기해 주었다.

"저도 믿기지 않아요. 지금도 꿈이 아닐까 하고 생각해요. 제게 있어서, 리온 씨는 강하고 다정한 기사님이었으니까요."

"다정한 기사? 확실히 틀린 말은 아니지만, 나는 남들보다 조금 비겁해."

나는 수단을 고르지 않는 면이 분명히 있다.

하지만 그건 내가 평범한 인간임을 자각하고 있기 때문이다.

그렇기에 이기기 위해서 준비를 게을리하지 않는 건 당연하다.

"저기── 조금인지 어떤지는 저로서는 판단할 수 없지만요."

난처한 듯한 목소리로 말한 리비아는 고개를 들어 얼굴 가득한 미소를 보여주었다.

"리온 씨는 제게 지금도 다정하고 강한 기사님이에요."

어째서인지 끌어안고 싶어서 리비아의 어깨에 손을 뻗었지만, 정말로 만져도 되는지 한순간 고민하여 몸의 움직임이 멈췄다.

그러자 리비아 쪽에서 몸을 가까이 대 주었다.

하지만 리비아는 조금 슬퍼 보이는 표정을 짓고 있었다.

"그러니까 지금은 느긋하게 쉬어 주세요. 리온 씨는 여러 가지로 너무 열심히 하고 계세요."

"지나친 걱정이라고는 생각하지만 말이야. 그래도 리비아가 그렇게 말한다면 잠자코 따를게."

"정말인가요? 무리하고 계시진 않나요?"

"나는 거짓말은 안 해."

루크시온이 있다면『어라? 곧바로 거짓말입니까?』라고 말할 것 같지만, 여기 있는 건 리비아다.

내 농담 섞인 대답을 듣고, 리비아는 쿡쿡 웃었다.

"거짓말은 안 해, 인가요. 지금은 믿을게요. 하지만―― 만약 거짓말이면, 꽁꽁 묶어서라도 쉬게 할 테니까요."

――조금 오싹한 느낌이 들었지만, 날 생각해서 해준 말이겠지?

◇

방을 나온 루크시온은 복도에 나와서 안제를 기다리고 있었다.

안제가 루크시온을 보고 멈춰 섰다.

"뭔가 묻고 싶은 것이 있는 건가?"

『예. 안젤리카는 로즈블레이드 가문의 의도를 눈치챈 낌새였습니다. 그런데도 마스터의 착각을 정정하지 않았던 건 어째서인지요?』

"그건……."

단순히 얼굴을 한 번 보는 자리임을 알아차렸던 안제였으나, 당연하지만 로즈블레이드 가문의 의도는 그 외에도 더 있다.

그걸 알아차렸으면서도 리온에게는 아무것도 알려주지 않았다.

"——좋은 기회였다. 리온은 어째서인지 자기 평가가 낮아. 아니, 너무 낮다. 이 차제에 스스로 자신의 가치를 깨닫는 것을 기다리고 있었던 것뿐이다."

『로즈블레이드 가문이 마스터의 형님과 결혼해도 괜찮다는 말인지?』

"너도 눈치채고 있을 터다. ——리온은 너무 활약했어."

호르파트 왕국의 위기를 구하고, 그리고 방어전 무패라는 말을 들었던 알제르 공화국마저 쓰러뜨렸다.

영웅이라 불리고는 있어도, 모든 사람이 그걸 기뻐하리라는 보장은 없다.

리온이 방해라고 여기는 사람들은 물론, 앞으로는 리온에게 접근하여 이용하려는 자들도 경계해야 한다.

"앞으로는 여러 인간이 싫어도 관계를 맺고자 다가올 거다. 내가 어느 정도는 손을 쓸 수 있지만, 본인에게 자각이 없어서는 곤란하니까 말이지. ——그저, 목줄 이야기는 도가 지나쳤다. 실패해서 한 번 따끔한 맛을 보면 반성할 줄 알았는데 말이지."

설마 성공하리라고는 생각지 않았다, 라며 안제도 곤혹스러워했다.

루크시온은 안제에게 충고했다.

『마스터한테 불이익이 되는 경우가 생긴다면, 저는 당신이라도 용서하지 않을 겁니다.』

루크시온의 말에 안제는 미소 지었다.

"너는 그거면 된다. 그보다 너도 알아차리고 있었다면 어째서 리온한테 이걸 알려주지 않았지?"

루크시온이라면 눈치채고 있었던 것 아닌가?

그런 안제의 추측은 들어맞았다.

하지만 루크시온은 분명하게 대답하지는 않았다.

『마스터에게는 휴양이 필요합니다.』

"그 점에는 동의한다만, 휴양 중이라도 알려주는 정도는 가능했을 텐데?"

『쓸데없는 부담을 줄이기 위해서입니다.』

그 말을 들은 안제는 루크시온에게 다가가 쓰다듬는 것처럼 어루만졌다.

『무엇입니까?』

"너도 리온을 좋아하는 것이로군."

『안젤리카의 착각입니다. 마스터로 등록한 인물을 지키는 것은 저의 중요한 임무 중 하나에 지나지 않습니다. 인간처럼 좋아하고 싫어하는 감정은 없습니다.』

"평소에는 싫어한다고 말하는 주제에."

안제한테 놀림당했다고 느낀 루크시온은 약간 삐친 듯한 전자음성을 냈다.

『마스터한테 맞춰 주고 있을 뿐입니다. 이걸로 실례하겠습니다. 그리고, 안젤리카에게도 휴식이 필요한 것 같습니다. 판단력 저하가 보입니다.』

재빨리 날아가 버리는 루크시온을 지켜본 안제가 마지막으로 말을 건넸다.

"리온이 한 말대로군. 너는 솔직하지 않아."

◇

상처 치료가 끝나 밖으로 나오자, 이미 저녁이었다.

"오늘은 진한 하루였네."

닉스의 맞선으로 시작해서, 클라리스 선배까지 찾아와 어째서인지 긴장감 있는 다회에 참가하게 되었고―― 정말로 여러 일이 있었다.

내일은 어떻게 될는지 걱정하며 한숨을 내쉬자, 무언가 이야기하는 소리가 들려왔다.

"오늘의 아가씨도 멋지셨다."

"늠름하시지. 나도 저렇게 되고 싶어."

즐거워 보이는 대화가 신경 쓰여 살펴보러 가니, 거기에 있던 건 에어바이크로 알게 된 졸업생 선배와 여자였다.

여자는 나보다 연하로 보이니, 학원 후배일지도 모른다.

내가 얼굴을 내밀자 선배가 날 알아차리고 손을 들었다.

"여어! 아니, 이젠 후작님이었지. 실례했습니다, 후작님."

내게 인사하는 선배와 여학생한테 황급히 고개를 들도록 재촉했다.
"괜찮습니다. 딱딱한 건 익숙하지 않아서 말이지요. 그보다 무슨 이야기를 하고 있었습니까?"
선배와 여학생이 고개를 들더니, 서로 시선을 맞추고 나서 내 쪽을 봤다.
선배가 머리를 긁적이고는 쑥스러워하며 알려주었다.
"클라리스 아가씨 이야기다."
"클라리스 선배의?"
여학생도 수줍어하며 선배 팔에 자기 팔을 감았다.
"실은 저희는 애틀리 가문 소개로 알게 되었어요. 그때, 클라리스 아가씨 이야기로 들떠 올라서 의기투합했답니다. 저는 최근에 와서 이것저것 신세를 졌지만, 클라리스 아가씨는 정말 멋지지 않나요!"
눈동자를 반짝이는 후배에게 "으, 응" 하고 난감하다는 듯이 대답하자, 선배가 콧김 거칠게 몸을 앞으로 기울여 열변을 토했다.
"그렇단 말이지! 그 사람은 학생 시절부터 남을 잘 돌봐 주셨고, 게다가 무척 다정하셔서 말이다. 내가 학원을 졸업했더니 맞선까지 신경 써 주셨어. 그랬더니 아가씨를 동경하는 좋은 아이를 소개해 주셔서 말이다. 평소에 나누는 대화에도 자연히 클라리스 아가씨 화제가 늘어난다. 다른 녀석들도 마찬가지인 것 같지만 말이야."
"그, 그렇습니까."

나는 마음속으로 클라리스 선배의 푸념이 전부 거짓말은 아니었음을 알아차렸다.

측근 남자들이 잇따라 결혼하는데, 상대와의 대화에 나오는 건 클라리스 선배 본인.

주위가 들떠 있지만, 정작 본인은 결혼 전망이 서지 않은 모양이다.

답답한 마음이 드는 것도 어쩔 수 없다.

거기서 나는 신경 쓰였던 것을 물어봤다.

"어라? 그러고 보니 다들 클라리스 선배를 좋아했죠? 그런데 아무도 고백하지 않았습니까?"

내 질문에 선배와 후배 여자는 의아하다는 듯한 표정을 지었다.

그리고 둘이서 서로 얼굴을 마주 보고는 고개를 갸웃했다.

"아니, 신분 차이가 있다는 건 이해합니다. 그래도 좋아한다든가, 그런 감정이 있는 거 아닐까 싶어서 말이죠."

내 설명을 듣고 선배가 고개를 가로저었다.

"우리가? 황송하다니까. 그 사람은 우리가 그런 불순한 마음을 향해도 좋은 존재가 아니라고. 우리는 클라리스 아가씨가 행복하다면 그것만으로 충분해."

후배 여자도 가슴에 손을 대며 깊게 고개를 끄덕였다.

"그렇죠. 클라리스 아가씨는 저희에게 있어서 여신 같은 분이시니까요. 제 친정이 곤경에 처했을 때 손을 내밀어 주신 것이 클라리스 아가씨였어요. 다정하지만 심지가 강하고, 게다가 행동도 완벽한, 동경하는 사람이에요."

후배 여자가 양손으로 깍지를 끼고는 클라리스 선배와의 추억을 이야기했다.

――뭐지, 이 취급은?

클라리스 선배는 너무 존귀해서, 불순한 감정을 향할 수 있는 존재가 아니라는 것 같다.

이건 클라리스 선배도 고생하겠다는 생각이 드는데.

가까이에서 지탱해 준 선배 중에 본인도 마음을 허락할 수 있는 남자가 한 명이나 두 명은 있었을 터다.

그런데도 그 선배들이 '불순한 마음을 품다니 황송한 일'이라는 말을 하니까, 다른 의미로 충격일 것이다.

전생으로 말하자면 아이돌 이상? 하지만, 아이돌은 본래는 우상이라는 의미니까 숭배하는 존재로서 잘못된 건 아닌 건가?

두 사람은 내 앞에서 얼마나 클라리스 선배가 존귀한지를 이야기했다.

후배 여자가 내게 바싹 다가섰다.

"그보다 후작님이야말로 클라리스 아가씨를 보고 뭔가 느낀 게 없나요? 오늘은 특히 시간을 들여서 준비하고 오셨다고요. 아름답다든가, 귀엽다든가, 고귀하다든가, 뭐라도 칭찬해 주셨나요?"

"아, 아니……."

뒷걸음질 치자 곧바로 선배가 거리를 좁혔다.

"그건 좋지 못하군요! 지금부터라도 말을 걸어 주십시오. 클라리스 아가씨도 후작님한테 칭찬받으면 기뻐할 겁니다. 후작님을 만날 수 있다면서, 오늘은 평소보다 기합을 넣고 준비하셨던 클라리스 님이, 진짜로 정말 완전 귀여워서!”

체육계 선배가 존댓말을 쓰면서 핏발 선 눈으로 역설하면 무서워서 견딜 수가 없다.

나는 완전히 겁먹고 있었다.

“나, 나중에, 말하겠습니다!”

도망치다시피 이 자리를 벗어난 나는 일단 클라리스 선배한테 오늘은 예뻤다고 말해 두기로 했다.

말하지 않으면 내일 두 사람한테 위압당해 큰일을 겪을 것 같다.

그리고 두 사람한테서 멀어진 나는 클라리스 선배에게 동정했다.

“확실히 이런 상황이면 푸념이 나올 만도 하지.”

주위가 클라리스 선배를 찬양하는 게 생각보다 가혹하다.

본인이 바라지 않는데도, 필요 이상으로 클라리스 선배 이야기로 들떠 오르고 있는 것이리라.

게다가 전원이 커플이다.

자기는 혼자인데, 주위가 남녀끼리 다정하게 지내며 자기 이야기로 들떠 오르면 그야 화가 나겠지.

불평 한마디라도 내뱉을 수 있다면 좋겠지만, 주위는 자신을 사모하는 사람들뿐.

“푸념 정도는 어울려 줄까.”

내 본가에 체재 중일 때 정도는 평소의 불만을 입 밖에 내게끔 해주자.

◇

클라리스 선배가 체재하는 방으로 가던 도중, 사복 차림인 누나와 여동생을 발견했다.

두 사람은 복도에서 서로 마주 보고 말다툼하고 있었다.

누나인 제나는 키가 작은 여동생 핀리에게 손가락을 들이밀며 내려다보고 있었다.

"됐으니까 얌전히 있어!"

"왜! 단순한 손님이잖아?"

"바보야, 로즈블레이드 가문도 애틀리 가문도, 명문 중의 명문이야. 네가 창피를 당하면 내 평판까지 떨어진다고!"

아무래도 제나가 핀리한테 얌전히 있으라고 시키는 모양이다.

아직 학원에조차 다니지 않은 핀리는 아직 명문 귀족에 관해 지식으로는 알고 있어도 실감하지는 못하고 있다.

그 태도가 제나한테는 긴장감이 없는 것처럼 보였으리라.

하지만, 나는 생각했다.

"아직 더 내려갈 만한 평가가 있었나?"

낄낄 웃으며 말을 걸자, 제나가 찌릿 노려봤다.

"너, 클라리스 씨한테까지 손을 댔다는 소문은 정말이었구나."

"뭐?"

제나의 말에 고개를 갸웃하자, 핀리가 혐오감이 담긴 얼굴로 날 쳐다봤다.

"하아?! 약혼자가 두 명이나 있으면서 또 바람피운 거야? 최악이네."

또? 또라니 뭐냐?

나는 바람 따위 피우지 않았어!

"오류를 정정해 주지. 나는 바람 따위 피운 적이 없고, 애초에 약혼자는 세 명이다."

손가락 세 개를 세워 두 사람 앞에 들이밀고는 '그 부분은 틀리지 마라!'라고 강하게 강조했다.

제나와 핀리는 조금 전까지 말다툼하고 있었는데 서로 몸을 맞대고는 소곤소곤 이야기했다.

"핀리, 너도 이런 남자는 조심하렴."

"아가씨들은 이 오빠의 뭘 보고 좋아하게 된 거야? 최악의 쓰레기 자식이잖아. 나라면 절대로 고르지 않을 거야. 취미가 고약해."

"확실히 다들 취미가 고약하네. 좋은 집안 아가씨들은 미남을 너무 많이 봐서 리온 같은 얼굴이 신기해 보이는 걸까?"

"사치스러운 고민이지. 보통 무조건 미남을 고를 텐데."

누나와 여동생이 제멋대로 마구 지껄이고 있는데, 나로서도 한마디 하게 해줬으면 한다.

"남자도 너희들 같은 마음이 추한 여자는 고르지 않을걸. 애초에 제나는 졸업할 때까지 누구한테 선택받기는 했——컥?!"
"흥!!"
말이 끝나기 전에, 크게 파고든 제나의 주먹이 내 얼굴에 꽂혔다.
손바닥으로 뺨을 때리는 게 아니라, 주먹을 꽉 쥐고 있는 힘껏 후려갈겼다.

◇

"그 얼굴은 어떻게 된 거야?"
클라리스 선배의 방 앞.
문을 열어 나하고 마주 본 클라리스 선배는 내 얼굴에 생긴 푸른 멍을 보고 놀라고 있었다.
"진실은 때로 사람을 상처 입히죠."
제나한테 '누님은 졸업할 때까지 결혼은 하셨습니까?'라고 물어봤다고 설명하려 했지만, 잘 생각해 보니 클라리스 선배한테도 지뢰가 되는 이야기였다.
순간적으로 얼버무린 나. 스스로 나 자신을 칭찬해 주고 싶네.
——그렇게 생각하면, 제나한테는 말이 심했군.
나중에 사과해 두자.
어쩐지 최근에는 가족한테 사과만 하는 느낌이 든다.
전생에서도 지금도 나는 가족한테 폐를 끼치고 있군.
겉모습보다도 오래 살아온 경험이 있는데도, 안에 든 것이 성장하지 않았다는 사실에 슬퍼지기 시작했다. ──뭐, 인간은 나이를 먹는다고 할지라도 내면은 쉽게 성장하지 않지만 말이지.

클라리스 선배는 내 상처를 만졌다.

"치료는 올리비아 씨한테 부탁하는 편이 빠르겠네."

클라리스 선배가 치료하고자 생각한 모양이지만, 리비아가 있기에 자신이 치료하는 건 피한 모양이다.

"이 정도는 금방 낫습니다."

"남자애는 금방 허세를 부린단 말이지. 그건 그렇고, 뭔가 볼일이니?"

이미 갈아입고 편한 차림을 한 클라리스 선배에게 나는 미소를 지으며 오늘의 모습을 칭찬했다.

"오늘의 클라리스 선배는 근사했습니다."

"──어?"

"헤어스타일이라든가 복장이라든가, 제법 시간을 들였다고 들었습니다. 귀여웠어요. 그럼, 저는 이만."

손을 흔들며 떠나가자, 멍한 표정을 지은 클라리스 선배도 작게 손을 흔들어 주었다.

이걸로 내일은 선배한테 추근추근 불평을 듣지 않고 그치겠지.

제04화 「목줄」

다음 날.

저택 안은 아침부터 긴장감에 감싸여 있었다.

도로테아 씨는 얼굴을 빨갛게 붉힌 채 고개를 숙이고 있었고, 닉스 쪽은 어제 일을 떠올린 것인지 귀까지 새빨개져 고개를 숙인 채였다.

두 사람 모두 긴장하여 말을 하지 않았다.

“진짜 맞선 같구만.”

별실에서 상태를 엿보고 있는 우리는 루크시온이 벽에 투영한 영상을 뚫어지게 쳐다보고 있었다.

하지만 저번과는 상황이 달랐다.

디어드리 선배가 어제와는 태도가 다른 도로테아 씨를 보고 안달복달하고 있었다.

“언니, 평소의 대담함은 어디로 간 건가요! 어젯밤에는 그렇게나 대화 연습 상대를 시켜 놓고서는!”

두 사람은 어젯밤에 밤늦게까지 닉스와의 대화 연습을 하고 있었던 모양이다. 어떤 화제를 이야기할 것인가? 어떤 질문을 할 것인가? 그 때문에 디어드리 선배는 조금 잠이 부족한 듯했지만, 언니의 한심한 모습에 흥분하여 졸음도 싹 날아간 듯하다.

그 옆에서는 어제까지 서로 기 싸움을 벌였던 클라리스 선배가 둘의 모습을 진지한 표정으로 지켜보고 있었다.

"이래서는 어느 한쪽이 움직이지 않으면 아무것도 시작되지 않겠네요."

도로테아 씨가 어제와는 돌변해서 부끄러워하고 있다.

그 모습은 확실히 사랑에 빠진 소녀지만, 닉스 쪽은 격이 높은 상대한테 어제의 무례한 태도를 질책받지 않을까 하고 긴장한 기색이다.

"형이 먼저 움직일 일은 없어. 동생인 나는 알아. 한심한 형이야."

못 말린다는 듯이 어깨를 으쓱이자, 내 쪽을 보고 안제나 리비아── 노엘까지 놀란 표정을 지었다.

뭔가 말하고 싶은 듯했지만, 지금은 움직임을 보이지 않는 두 사람이 더 신경 쓰이는지 입을 열지는 않았다.

리비아는 조금 재미있어하는 것처럼 보였다.

"어떻게 되는 걸까요? 저는 두 분이 제대로 이야기를 나눠 주기를 희망해요."

리비아다운 대답에 안제는 조금 두근두근하며 자기 생각을 말했다.

"어느 한쪽이 이야기를 시작하지 않으면 움직임이 나오지 않겠군. 아예 누군가가 자리를 이끌어서 화제를 던지는 게 어떻지? 내가 가도 괜찮다만?"

안제가 들어가서 억지로 대화를 시키겠다고 말하자, 디어드리 선배도 입후보했다.
“그러면 제가 적임이에요. 자매고, 닉스 경과는 동급생이니까 말이에요.”
클라리스 선배는 그런 디어드리 선배의 의견을 납득하지 못한 모양이다.
“반이 달랐지요? 동급생이라도 접점 같은 건 없었을 터예요. 그렇다면 차라리 무관한 저는 어떤가요?”
어째서인지 여성진이 어제보다도 들떠 있는 듯한 느낌이 든다.
노엘이 휠체어에 앉아 화면을 바라보고 있었다.
“어쩐지 신경 쓰여서 눈을 뗄 수가 없네.”
즐거워하는 여성진에게서 거리를 둔 나는, 같이 따라온 루크시온과의 잡담을 즐겼다.
“연애 이야기에 푹 빠진 것 같군.”
『오락이 적은 세계이니, 어쩔 수 없는 것일지도 모릅니다.』
전생 세계와는 다르게, 이 세계는 오락이 넘친다고는 말하기 어렵다.
그 때문에 다른 사람의 연애 사정인데도 흥미진진한 여성진이 많다.
『그런데 조금 전의 한심한 형 발언에 관해서입니다만.』
“아무 말 않고 입을 다물고 있는 형을 보고 그렇게 생각한 것뿐이잖냐. 실제로 한심하고.”
『거울을 보고 발언할 것을 몇 번이나 진언했습니다. 애초에 형님의 한심한 모습보다도 마스터 쪽이 문제라고 주위가 인식하고 있으니까 말이지요.』

"아니, 아무리 그래도 형만큼 심하지는 않잖냐."

그렇게 말하고 여성진을 봤더니, 다들 화면에서 시선을 떼고 내 쪽을 보고 있었다.

리비아가 안제한테 말했다.

"리온 씨가 평소에 하는 농담이라고 생각하시나요?"

안제는 상당히 고민하며 대답했다.

"어떠려나? 농담이었으면 한다는 게 내 바람이다."

노엘은 완전 질색한 기색으로 내 말을 부정했다.

"리온은 연애에 관해서 말하자면 닉스 씨보다도 심각하니까 말이야."

혹평에 충격을 받자, 디어드리 선배와 클라리스 선배도 얼굴을 가까이 대고 작은 목소리로 서로 이야기했다.

"어느 쪽이 심하다고 생각하지요?"

"양쪽 다 심각하지만, 어젯밤에는 제 방에 와서 옷차림을 칭찬해 줬으니까 아슬아슬하게 리온 군의 승리일까요?"

"——잠깐, 뭐라고요? 저한테는 아무 말도 안 했는데요?!"

어젯밤의 일이다.

남자 선배의 말을 듣고 클라리스 선배의 방을 찾아가 옷차림을 칭찬했다.

약속을 지킨 것뿐인데, 어째서인지 여성진의 시선이 험악해졌다.

곁에 있는 루크시온에게 도움을 요청하자, 영상을 투영하며 어이없다는 목소리를 냈다.

『한 명만 칭찬하면 문제가 생긴다는 걸 깨닫지 못한 겁니까?』

"내가 칭찬해 봤자 기뻐하지 않을 줄 알았지."

『다른 사람이 같은 행동을 하면, 마스터는 분명 그 인물을 비난하겠지요. 자기 평가가 무른 것에도 정도가 있습니다.』

어째서 난 이렇게나 질책당하고 있는 걸까?

좀 더 나한테 상냥하게 대해 줬으면 좋겠다고 생각하고 있었더니, 영상에서 움직임이 생겼다.

『형님 쪽에서 먼저 움직였군요.』

◇

"도, 도로테아── 씨!"

닉스가 자리에서 일어나 큰 목소리로 말하자, 고개를 숙이고 있던 도로테아도 얼굴을 들고 대답했다.

"네, 넵!"

서로 마주 보는 두 사람.

하지만 닉스는 내심 식은땀이 멈추질 않았다.

'어제와는 딴사람 같군.'

저번의 도로테아는 닉스를 보려고도 하지 않는 차가운 태도가 눈에 띄는 여성이었다.

하지만 지금 눈앞에 있는 건 나이보다도 귀엽게 보이는 여성이다.

닉스는 어느 쪽이 진짜인지 판단이 되지 않았다.

'하, 하지만, 분명하게 말해야만 한다.'

자신은 사정이 있어서 갑작스럽게 남작가의 후계자가 된 남자다.

학원에서 제대로 된 교육도 받지 못했고, 아버지를 도우며 여러 일을 습득하는 중이다.

진짜배기 아가씨인 도로테아가 그런 자신의 아내가 될 수 있다는 생각이 들지 않는다.

신분이 어울리지 않는 것도 있지만, 뼛속까지 고귀한 집안 아가씨인 도로테아가 시골에서 살아갈 수 있다고는 생각하기 어렵다.

"발트파르트 가는 도회지와 비교하면 시골입니다. 그것도 엄청난, 이라는 말이 붙을 정도의 시골이지요. 도로테아 씨, 당신은 여기서 살고 싶다고 생각합니까?"

어제와는 다른 말투에, 도로테아는 조금 망설임을 보였다.

"시집가겠다고 정했다면, 어떠한 장소여도 살아갈 수 있어요. 그, 그걸로는 안 될까요?"

어제는 '펫이 될 각오는 있나?'라고 물었던 도로테아의 조신한 태도에 닉스는 당황했다.

"아, 안 되는 건 아니지만── 그래도, 진지하게 생각하는 편이 좋아요. 도회지 생활에 익숙한 사람한테는 이곳은 시시할 테니까요."

"그, 그건……."

두 사람 다 당황하고 있었다.

닉스가 자리에 앉아 입을 다물자, 또다시 대화가 멈춰 침묵의 시간이 이어졌다.

이번에는 도로테아가 움직였다.

"저기── 저도 말씀드리고 싶은 게 있어요."

쩔그럭, 하는 소리를 내며 테이블에 놓인 건 사슬이 달린 목줄이었다.

닉스는 한순간 어제의 목줄을 자기가 놓고 갔나 싶었지만── 거기서 도로테아가 목줄을 들고 있는 게 이상하다는 걸 알아차렸다.

"어?"

'어째서 이 사람이 목줄을 가지고 있지? 어제는 목줄을 보고 방에서 뛰쳐나갔고, 그러고 나서 저택에는 돌아오지 않았을 터다. 게다가── 리온이 준비한 목줄과 다르잖아?!'

그 목줄 말인데, 사슬 양 끝에 각각 목줄이 달려 있었다.

두 목줄 중 하나를 도로테아가 자기 목에 장착했다.

그리고는 다른 한쪽을 닉스한테 내밀었다.

'뭐야, 이거? 정말로 뭐냐고, 이거?! 어, 무슨 의미지? 혹시, 이게 도시 스타일 농담인가?!'

혼란에 빠진 닉스에게, 도로테아는 얼굴이 빨개지면서도 미소 지었다.

“어제는 도망쳐서 죄송했어요. 저는 줄곧 기다리고 있었답니다. 제게 목줄을 채워 줄 사람을.”

“엥? 어라? 그렇지만, 목줄이 두 개?”

목줄을 받아 들고 혼란에 빠져 제대로 대답하지 못하는 닉스에게 도로테아는 뒷말을 이었다.

“솔직히 말씀드려서, 펫으로 만족하는 남성분께는 흥미가 없어요. 제가 바랐던 것은 어느 한쪽이 주도권을 잡고 아슬아슬할 때까지 겨룰 상대예요. 상대한테 따를지, 아니면 상대를 복종시킬지. 서로 겨룰 수 있는 라이벌이야말로 제가 원했던 남성분이랍니다. 닉스 님한테서 도전장을 받았을 때는 정말 운명을 느꼈어요.”

닉스한테서 표정이 사라졌다.

그리고 깨닫고 말았다.

‘이건 위험해. 기쁜 듯이 목줄을 들고 오는 시점에서 이상하지만, 부부간에 주도권 싸움을 하고 싶다든가, 이해를 못 하겠어. 애초에 내가 바라는 건 부모님 같은 금실 좋은 부부라고. 완전히 반대잖냐!’

닉스의 이상은 도로테아의 이상과 대극(對極)이다.

이래서는 절대로 마음이 맞지 않겠다는 것을 이해한 닉스는 어떻게든 거절하고자 이것저것 생각했다. 하지만 어떻게 해도 리온의 웃는 얼굴이 머릿속에서 아른거렸다.

‘이런 이상한 상황에 내몰린 것도 전부 리온 잘못이야! 그 자식이 쓸데없는 짓만 하지 않았더라면, 도로테아 씨가 나한테 반할

일도 없었는데!'

어째서인지 도로테아가 자기한테 반하고 말았다.

미녀가 자신에게 흥미를 느껴 주는 건 닉스도 기쁘지만, 어떻게 생각해도 마음이 맞지 않는 상대다.

하지만 그래도 상대는 격이 높은 아가씨다.

온건하게 거절하기 위해 말을 고르고 있자, 도로테아가 손을 뻗었다.

닉스가 들고 있던 목줄을 자기 손에 쥐더니, 그대로 닉스 목에 장착시켰다.

사슬로 서로의 목줄이 이어져 있어서, 뭐라 말하기 힘든 광경이 펼쳐졌다.

"한 번이라도 좋으니까, 이렇게 이상적인 남성분과 이어져 보고 싶었어요."

황홀한 표정으로 그런 말을 꺼내는 도로테아를 앞에 두고, 닉스는 식은땀이 멈추질 않았다.

'이거, 분명히 구제 불능인 사람이야아아!'

마음속으로 리온한테 자신이 지닌 모든 욕설을 쏟아부으면서, 이 상황에서 도망칠 방법을 필사적으로 생각하는 닉스였다.

◇

"무리야! 절대로 무리라고!"

제2회 대면을 끝낸 닉스는 나와 작전 회의를 하고 있었다.
목표는 도로테아 씨와의 결혼을 온건하게 회피하는 것이다.
도로테아 씨의 닉스를 보는 눈은 열을 띠고 있어서, 마치 포식자 같은 분위기를 내뿜고 있었다.
절대로 놓치지 않겠다는 강한 의지가 느껴졌단 말이지.
"서로 목줄을 채우고 긴장감을 소중히 하는 부부가 되고 싶다니, 형의 이상과는 정반대군. 그만 포기하는 게 어때?"
주먹을 치켜드는 닉스한테 나는 양손을 들어 항복 포즈를 보였다.
"좋아, 이야기를 나누자. 이렇게 되면 귀족 사회에 밝은 안제한테 의지하자고."
안제한테 고개를 향하자, 닉스에게 조금 미안한 듯한 표정을 짓고 있었다.
"나도 이렇게까지 잘 풀릴 거라고는 생각지 않았는데 말이지. 어떻게든 해주고 싶지만, 이야기가 이렇게까지 꼬여 버리면 여러 가지로 어렵다. 차라리 닉스 경한테는 도로테아와 결혼한다는 선택지도 괜찮다고는 생각한다만?"
닉스는 고개를 몇 번이고 좌우로 내저어 강하게 거부를 표했다.
"무리입니다!"
"도로테아가 의욕적이지 않았다면 거절할 수 있었겠는데 말이지."
안제의 당초 계획으로는 거절한다 한들 단순히 얼굴을 보는 자리니까 문제없었다는 것 같다.
닉스가 싫어하면 거부해도 문제없었다는 모양이다.
다만, 도로테아 씨가 진심이 되고 말았다.
"성가시군. 도로테아는 본가의 힘을 빌려 정식으로 맞선을 제안해 올 거다. 로즈블레이드 가문도 진심이 되면 전력으로 절차를 진행하겠지."
딸인 도로테아 씨를 결혼시키기 위해 백작가가 진심을 발휘한다는 듯하다.
나도 모르게 본심이 흘러나왔다.
"진심을 낸 백작가라니, 무섭구만."
그러자 닉스가 울상이 되어서는 내 멱살을 잡았다.
"너 때문이라고! 어째서 내가 백작가의 표적이 되어야만 하는 건데!"
"상대가 노리는 건 목숨이 아니라 정조지만 말이지."
미녀가 정조를 노린다니 포상이잖아, 하고 엄지를 치켜세우자 닉스는 말없이 내 목을 졸랐다.
우리 형제의 대화를 보고 있던 리비아가 이마에 손을 대고 한숨을 내쉬었다.
"이야기가 복잡해지고 말았네요."
안제도 반성하는 모양이다.
"손을 대지 않아도 무난하게 수습된다고 생각해서 방치한 게 좋지 못했군. 하지만 이 혼담은 나쁜 이야기는 아니다."

안제의 말을 들은 닉스의 움직임이 멈췄고, 나는 풀려났다.

목을 누르며 콜록거리고 있자 루크시온이 다가왔다.

『자업자득입니다.』

“가볍게 장난칠 생각으로 말한 거였는데. 그보다 나쁜 이야기가 아니라니 무슨 의미야? 형한테는 최악인 것 같은데?”

말없이 몇 번이고 고개를 끄덕이는 닉스에게, 안제는 조금 곤란해하면서 설명했다.

“개인의 의견을 무시하고, 집안끼리 이어지는 거라면 나쁘지 않다는 이야기다. 로즈블레이드 가문은 명문 중의 명문이다. 재력도 권력도 있지. 그러한 집안과 맺어지면 쓸데없는 번잡함에서 해방될 거라고. ――말려드는 번잡함이 있기는 있겠다만.”

안제가 말하는 번잡함이란 앞으로도 발트파르트 가문에는 여러 사람이 모여들 거라는 말인 듯하다.

그럴 때, 로즈블레이드 가문의 이름이 악랄한 패거리로부터 지켜줄 거라는 모양이다.

닉스는 그 이야기를 듣고 고민했다.

“가문을 위해서는 괜찮은 이야기가 되는 건가? 아니, 하지만 그런 걸 위해 결혼을 결정하는 건 조금…….”

집안을 지키기 위해 결혼을 생각하는 닉스였지만, 시골 귀족은 좋은 의미로든 나쁜 의미로든 귀족 사회에 어둡다.

최소한의 규칙만 지키면 나머지는 자유롭게 할 수 있었다.

권력 싸움과는 연이 없다고는 말하지 않겠지만, 진짜배기 권력

투쟁을 하는 귀족이 보기에는 미적지근한 환경일 것이다.
집안을 위해 결혼한다는 생각도 있지만, 자신의 행복에 관해서도 생각하고 있다――라고 생각했는데, 닉스는 달랐다.
"――그녀가 반한 나는 가짜야. 나와 결혼해도 그녀는 속았다고 생각하겠지. 집안을 위해 결혼해서, 사랑도 없이 속아 버렸다는 건 끔찍하잖아? 본가의 이익을 위해 그렇게까지는 시킬 수 없어."
닉스가 고민한 것은 아무래도 도로테아 씨에 관해서였던 모양이다.
"형……."
상대의 사정까지 생각하고 있다니 의외였다.
루크시온이 내게 말을 건넸다.
『훌륭한 형님입니다. 그런데도 마스터는 쓸데없는 짓을 해서 곤란하게 만들고―― 두 사람에게 실례였군요. 반성하시는 게 어떻습니까?』
"아픈 곳을 찌르지 말라고! ――뭐, 뭐어, 반성은 하겠지만 말이다."
상대한테 미움받으면 된다는 생각에 넘어서는 안 되는 선을 넘어 버린 건 사실이다.
닉스가 심호흡하고 나서 우리한테 억지로 웃어 보였다.
"모두에게도 민폐를 끼쳤네. 사과하고 오겠어. 얻어맞는 정도는 각오하고 있고, 불만은 어떻게든 나 개인한테 그쳐 두도록 부탁할 거야."

"형, 나도 사과할게."

"네가 있으면 성가셔질 것 같으니까 됐어. 뭐, 날 위해서 움직여 준 건 사실이니까. ──그래도, 반성만큼은 해라. 꼭이니까 말이다!"

이러니저러니 해도 마음 따뜻하네.

가족이라는 건 실로 훌륭하다.

다만, 자매는 제외하고.

저녁때의 정원.

"결국 형한테 민폐를 끼쳤을 뿐이었네."

한숨을 내쉬는 내 옆에는 루크시온과 휠체어에 탄 노엘이 있었다.

안제와 리비아는 닉스를 따라갔다.

도로테아 씨한테 사죄할 때, 안제가 있으면 저쪽도 과격한 행동은 할 수 없을 거다──라는 것 같다.

결국 난 안제한테까지 뒤치다꺼리를 시키고 말았다.

일이 성가셔지면 안제한테 움직여 달라고 할 생각이었지만, 실제로 그렇게 되니 이것저것 여러 가지로 생각하고 만다.

루크시온은 의기소침한 날 보고 어이없어했다.

『고민할 정도라면 안 했으면 되는 겁니다. 입으로는 강한 태도를 보여 놓고, 실제로 문제가 발생하면 침울해하는 겁니까? 질이 나쁘다고요.』

"나도 반성 정도는 해."

『조금 더 사려 깊게 움직여 주었으면 하는군요.』

"멍청한 사람한테는 무리인 상담이로군. ──애초에 그게 가능했다면 지금처럼 고생하지 않았을 테니까 말이야."

정원에 있는 화단 가장자리에 앉아 루크시온과 대화하고 있자, 노엘이 내 기운을 북돋워 주고자 했다.

"디어드리 씨도 용서해 주셨으니까, 이제 침울해하지 않아도 되잖아."

"상처 입혔지만 말이지."

그 뒤에 나는 금방 디어드리 선배한테 사정을 이야기했다.

목줄 건은 본심이 아니라, 맞선이라고 생각해서 파투 낼 생각이었다──라고.

디어드리 선배는 말했다──'어설픈 연극 따위 하지 말고, 솔직하게 말해 주길 바랐어요'라고 말이야.

내 사과는 받아들여 줬지만, 조금 슬퍼하는 것 같았다.

디어드리 선배한테는 사전에 설명해 두었어야만 했다.

안제한테서는 '이번 실패로 얻은 경험을 다음에 잘 살려라'라는 말을 들었고.

처음부터 안제는 실패한다고 생각했던 모양이다.

나한테 실패를 경험시켜 두면, 뼈에 사무치게 느끼고 다음부터 조심하겠지——라고.

어느 의미로 아는 사이인 디어드리 선배가 상대니까 쓸 수 있었던 방법이다.

하지만 앞으로는 제대로 된 관계도 맺을 수 없을 것 같군.

도로테아 씨한테 너무 큰 실례를 저질렀다.

——뭐, 오십보백보라며 디어드리 선배는 이번 건은 없었던 일로 해주겠다고는 말했지만 말이다.

침울해하는 날 북돋워 주고자 몇 번이나 말을 건네는 노엘이었으나, 저택에서 코린이 다가왔다.

"노엘 누나! 이제 저녁이니까 추워질 거야. 얼른 방으로 돌아가자."

코린은 곧바로 노엘 뒤쪽으로 돌아가더니, 휠체어를 밀기 시작했다.

"잠깐만 기다리렴. 아직 리온과 할 이야기가 있으니까."

노엘은 코린한테 기다리게끔 하려 했으나, 슬슬 추워지기 시작했다.

역시 날이 저물면 춥기에, 노엘은 저택으로 들여보내기로 했다.

"괜찮아. 코린, 노엘을 에스코트해."

"맡겨줘!"

휠체어를 미는 코린은 노엘을 신경 써주고 있다.

"가자, 노엘 누나."

"항상 미안해, 코린."

"아니야. 나, 나도 좋아서 하는 거니까 괜찮아."

두 사람이 떠나가는 걸 보고, 코린의 모습이 이전보다 커졌다는 사실을 깨달았다.

"코린도 성장했구나."

『육체적으로도 정신적으로도 건강하게 성장 중이라고 판단합니다. 마스터도 성장하시는 게 어떻습니까?』

"성장하고 싶다고 생각해서 할 수 있는 거였으면, 아무도 고생하지 않는다고."

다음 날의 항구는 심상치 않은 분위기였다.

"신세를 졌습니다. 이러한 결과로 끝나 유감스럽게 생각합니다."

도로테아 씨가 우리 가족에게 머리를 숙이고는 그대로 로즈블레이드 가문 비행선으로 향했다.

고개를 숙이고 눈물을 띤 도로테아 씨는 주위 사용인들의 시중을 받으며 우리 얼굴도 보지 않고 비행선에 올라탔다.

닉스가 진실을 알려줬을 때, 도로테아 씨는 눈물을 흘렸다는 것 같다.

초췌한 그녀의 모습에 가슴이 옥죄인다.

로즈블레이드 가문 사용인이나 기사들이 닉스에게 향하는 시선은 무척 험악했다.

닉스 옆에 선 나는 작은 목소리로 말을 걸었다.
"왜 내 이름을 꺼내지 않은 거야?"
"이 형한테도 오기가 있어. 너한테 보호받는다니, 꼴사납잖냐."
닉스는 그렇게 말하고는 도로테아 씨를 배웅한 뒤 항구를 떠났다.
대신에 안제가 내 쪽으로 다가왔다.
"그 말을 곧이곧대로 받아들이지는 마라. 닉스 경은 너한테 민폐를 끼치고 싶지 않다며 리온의 계획을 덮어준 거다. 디어드리도 그걸 듣고 잠자코 있어 준 모양이야."
"날 위해서?"
"다정한 형님이군. 얻고자 생각해도 얻을 수 없는 존재다. 리온, 너는 자신의 가족을 소중히 여겨라."
로즈블레이드 가문 비행선이 항구를 출발하여 멀어져 간다.
디어드리 선배도 결국 내게 말을 거는 일은 없었다.
"──많은 걸 잃었네."
안이한 행동의 결과로 여러 가지를 잃고 말았다.
안제는 말했다.
"어차피 거절하면 소원해졌을 거다. 그건 저쪽도 각오하고 있을 테지."

◇

로즈블레이드 가문 비행선.

선내의 한 방에서는 디어드리가 도로테아를 위로하고 있었다.

"우연이란 무서운 법이네요."

"그러네."

"지금의 언니에게 신경 쓰지 말라고 말해도 헛된 일이겠죠."

"그러네."

"남자는 별의 수만큼 있어요. 그중에는 언니가 이상적으로 여기는 남성분이 있을지도 몰라요."

"——이제 됐어."

침대에 누워 베개를 끌어안은 도로테아는 디어드리에게 등을 돌리고 있었다.

그리고 지금의 심정을 이야기했다.

"언제까지고 이상을 좇는 건 그만둘 거야. 돌아가면 아버님께는 모쪼록 정략결혼에 이용해 주십사 전하겠어. 바라는 게 손에 들어오지 않는다면, 아무것도 없는 편이 차라리 나아."

디어드리는 도로테아의 모습을 보고 중상이라고 생각하여 한숨을 내쉬었다.

'평범하게 거절해 줬다면 얼마나 좋았을지.'

리온의 엉뚱한 계획 때문에 쓸데없이 꼬이고 말았다.

앞으로 발트파르트 가문과 로즈블레이드 가문은 연을 맺는 일은 없으리라고 디어드리는 생각했다.

'그렇다고 해서 적대할 수도 없는 노릇—— 정말로 성가신 일을

저질러 줬어요.'

지금의 로즈블레이드 가문한테 발트파르트 가문에 보복할 의사는 없다.

리온 뒤에 레드글레이브 공작가가 있는 것도 성가시지만, 가장 큰 문제는 리온 본인이다.

'아버님께도 한동안은 언니를 가만히 내버려 두도록 진언해 둘까요.'

디어드리가 방에서 나가려 하자, 기사가 황급히 방에 들어왔다.

본래라면 무례한 행동이었지만, 그 당황한 모습에서 디어드리는 긴급사태임을 눈치챘다.

"무슨 일인가요?"

"공적입니다! 10척 이상이 이쪽을 향해 다가오고 있습니다!"

"10척이라고요? 어째서 그만한 수의 공적이 이곳에 있는 거죠?!"

로즈블레이드 가의 가문(家紋)을 내건 비행선에 공적들이 습격해 왔다.

◇

"리온 님, 슬슬 기운 내주세요."

배웅을 끝마친 나는 거실에 있는 소파에 누워 이것저것 생각하고 있었다.

그 모습이 침울해진 것처럼 보였는지, 메이드복 차림인 유메리아 씨가 걱정해 주었다.

노엘도 휠체어에 앉아 케이스에서 해방된 성수의 묘목── 묘목을 무릎 위에 올려놓고 있었다.

아무래도 바깥 공기를 마시게끔 해주기 위해 옮기는 도중인 듯하다.

"쭈뼛쭈뼛 생각하게 되는 기분도 이해하지만, 태도는 좀 더 어떻게든 하는 편이 좋아. 안젤리카 씨, 리온이 침울해하니까 걱정하고 있었어. '도가 지나쳤다'라고."

의기소침한 내 모습을 보고 안제까지 도가 지나쳤다며 반성하고 있다는 것 같다.

내가 여러 경험을 쌓을 수 있도록 지켜봐 주고 있었던 안제를 걱정시키는 건 본의가 아니다.

"신경 쓰지 않아도 괜찮은데."

"아니, 신경 쓰이지. 그러면 차라리 이 애의 일광욕 같이 시킬래?"

노엘이 묘목을 양손에 들고 내게 내밀었다.

"묘목의?"

유메리아 씨가 양손을 잡고 미소를 띤 얼굴로 알려주었다.

"네! 이 애는 원래는 바깥을 더 좋아해요. 하지만 어디든지 심을 수 있는 건 아니라서, 지금은 이렇게 때때로 바깥에 내보내 주고 있어요."

묘목은 성수이기 때문에 어디든지 심을 수 있는 건 아니었다.

도둑맞는 것도 걱정이지만, 심은 장소에 따라서는 장래 이권 문제가 발생한다.

그 때문에 지금은 좁은 화분으로 참게끔 하고 있었다.

"묘목을 심을 수 있는 장소라도 찾을까."

한가하니까 루크시온을 데리고 찾으러 갈까 생각하고 있자, 저택 안이 어수선해졌다.

"뭐지?"

일어서서 복도로 나오자, 평소에는 항구에 있을 터인 우리 집안 관리가 와 있었다.

사무를 담당하는 관리로, 전생으로 말하자면 옛날 사무원 같은 차림을 한 남성이다. 하얀 셔츠에 검은 토시를 착용하고 있다.

마른 몸에 안경을 쓴, 연약한 느낌을 지닌 사람이다.

그런 사람이 급히 저택에 뛰쳐 들어와 있었다.

지금은 현관에서 아버지와 이야기 중이다.

"공적 수는 10척 이상?! 로즈블레이드 가문 비행선은 무사한 건가!"

"네, 넵! 로즈블레이드 가문 기사분이 갑옷을 타고 항구에 불시착했습니다. 10척 이상의 공적한테 쫓기고 있는 모양이라, 구원을 요청하고 있습니다."

관리한테 바싹 다가선 아버지는 이야기 내용을 듣고 난처한 표정을 지었다.

우리 같은 시골 남작가는 군함 비행선 수가 매우 적다.

군함을 한 척 소유하는 데도 많은 유지비가 발생한다.

다만, 최근에 와서 돈을 벌게 된 발트파르트 가문은 군함을 늘려 군사력을 증강하고 있다.

그렇다고 해도, 아직은 세 척 밖에 없다.

단순히 세 배 이상인 적에게 덤비는 건 무모하지만, 도움을 요청한 것은 로즈블레이드 가문이다.

여기서 저버리기도 곤란하다.

그런 복잡한 판단을 요구받고 있는 아버지에게, 나는 가까이 다가가 이야기에 가세했다.

"장소를 알려주면, 내가 아인호른으로 구하러 가겠어."

아버지는 갑자기 자신에게 말을 거는 목소리에, 상반신만 뒤돌아서 놀란 표정으로 날 봤다.

"리온? 아니, 하지만 너라면 괜찮나?"

아버지는 아인호른의 속도를 알고 있다.

하지만 어째서인지 망설이고 있었다.

"――역시 안 된다. 어쨌든 사람을 모아서 출항 준비만큼은 해주게."

"예."

관리가 뛰쳐나가자, 나는 아버지한테 바싹 다가서서 따졌다.

"어째서야? 내가 가는 편이 빠르다니까!"

"너는 조금 더, 주위를 보는 게 어떠냐?"

아버지는 저택을 나갈 때, 내 뒤로 시선을 향했다.

뒤돌아보니 거기에 있던 건 리비아였다.

"또 싸우시는 건가요?"
무척 걱정하는 표정을 지은 리비아는, 고개를 숙이고 있다.
"리비아? 괜찮대도. 루크시온도 있고, 아인호른이라면 공적 정도는 쳐부술 수 있어. 아로간츠도 있으니까 안심이야."
리비아가 고개를 들었지만, 표정은 흐려진 채다.
"지금은 쉬겠다고 말해 주셨죠?"
"그래도, 디어드리 선배가……."
몇 명의 발소리가 들려왔는데, 루크시온을 대동한 안제 일행이었다.
클라리스 선배의 모습도 있다.
안제는 서둘러서 온 건지 조금 호흡이 흐트러져 있었다.
"리온은 나가지 마라. 항구에는 우리 가문과 애틀리 가문 비행선이 있다. 수는 합쳐서 네 척이지만, 남작의 전력도 더해지면 어떻게든 된다."
날 내보내고 싶지 않은 건 안제뿐만이 아니라 클라리스 선배도 마찬가지인 듯하다.
"로즈블레이드 가문은 강하니까 말이야. 공적 상대로 쉽게 지지 않아. 애틀리 가문도 힘을 보탤 테니까, 리온 군은 쉬고 있으렴."
"――아니요, 나가겠습니다. 그편이 빠릅니다."
레드글레이브 가문, 애틀리 가문―― 그리고 공적과 싸우는 로즈블레이드 가문은 모두 호르파트 왕국에서는 명문이다.
군사력에도 힘을 쏟고 있고, 의지가 된다는 건 틀림없다.

하지만 내가 나가는 편이 쉽게 정리된다.

"디어드리 선배나 도로테아 씨에게는 민폐를 끼쳤으니까요. 하는 김에, 사과도 겸해서 제가 나가겠습니다."

"기다려라, 이 벽창호가!"

안제가 내 손을 잡으려 하자, 복도를 뛰어온 닉스가 내 멱살을 붙잡고 벽에 밀어붙였다.

"형……?"

닉스는 인상을 찌푸린 채 날 노려봤다.

"리온, 날 도와라. 네 힘이 필요해."

"뭐? 아니, 지금부터 내가 나간다니까?"

"내가 구하겠어. 도로테아 씨는 내 쪽에서 어떻게든 할 거다. 네 비행선을 빌리고 싶어."

제05화 「귀축 기사의 형」

로즈블레이드 가문 비행선은 구름 속으로 도망치고 있었다.

10척을 넘는 공적 비행선에 포위당하여 이길 수 있을 리도 없고, 전속력으로 도망친 곳이 구름 속이었다.

시야가 나빠 한 치 앞조차 보이지 않지만, 덕분에 적한테도 발견되지 않는다.

하지만 흘러가는 구름 속에 언제까지고 숨는 것도 불가능하기에 조만간 밖으로 나가면 공적한테 발견될 거다.

디어드리와 도로테아는 방안에서 창밖을 봤다.

창문은 젖어 있어 시야가 나빠 아무것도 보이지 않았다.

"구원을 요청하러 간 기사들이 무사히 도착해 주면 좋겠는데 말이에요."

구름 속에 들어갔을 때, 기사들이 갑옷에 올라타고 뛰쳐나갔다.

각자가 다른 방향으로 날아간 건 도움을 요청하기 위해서다.

한 명이라도 어딘가의 아군한테 다다를 수 있다면, 이곳의 생존율이 오른다.

가장 가깝고, 의지가 되는 아군은 발트파르트 가문일 것이다.

'불성실한 행동을 한 빚도 있으니, 도우러 와 줄 거라고는 생각하지만, 문제는 늦지 않게 올 수 있을지 어떨지…….'

자기들이 살아있는 동안에 구하러 와 주기를 기도하고 있자, 도로테아가 손을 꽉 잡고 가슴에 갖다 대고 있는 게 보였다.

불안한지 안색이 좋지 못했다.

"디어드리는 태연해 보이네. 나하고는 무척 달라."

떨고 있는 도로테아를 보고, 디어드리는 미소를 띠며 긴장을 풀어 주려고 했다.

사실은 무서워서 견딜 수가 없다.

하지만 몇 번인가 위기 상황을 경험했기에, 도로테아보다는 침착함을 유지할 수 있었다.

첫 번째는 학원 행사에서 공국 군대와 조우했을 때다.

두 번째는 공국이 왕도에 쳐들어왔을 때였다.

전장을 가까이에서 느끼고, 두려운 상황도 겪었다.

"이래 보여도 몇 번이나 위기를 극복했답니다. 저는 강한 운의 소유자니까, 이번에도 무사히 극복할 수 있을 거예요."

"믿음직하네."

디어드리의 태도를 보고 방에 있던 메이드들도 안심한 듯한 표정을 지었다.

하지만 본인은 강한 척하고 있을 뿐이다.

'그 두 번 모두, 도움을 받은 것이지만 말이에요.'

두 경우 모두 리온이 구해 준 것이고, 그걸 떠올린 디어드리는 항구를 떠날 때의 태도를 반성했다.

'조금 더 제대로 인사를 해뒀어야만 했어요. 이번 생에서의 이

별이 된다면, 정말이지 섭섭하겠네요.'

그러자 창문으로 빛이 비쳐 들어왔다.

"구름을 빠져나왔어? 바깥 상황은?!"

숨어 있던 구름에서 빠져나온 비행선이었으나, 공적 비행선이 창문으로 보였다.

방에 있는 건 여성뿐으로, 작은 비명이 여럿 들려왔다.

창밖으로 보이는 것만 해도 공적 비행선 세 척을 확인할 수 있었다.

"노련한 녀석들인 것 같네요."

디어드리가 씁쓸하게 중얼거렸다.

로즈블레이드 가문은 영주 귀족 중에서도 무투파에 위치한다.

그런 로즈블레이드 가문의 딸들이 타는 비행선에는 당연히 실전 경험 풍부한 자들이 배치되어 있다.

그런 그들이라도 도망칠 수 없다면, 상대도 실력자일 것이다.

애초에 10척 이상을 이끄는 시점에서 공적도 상당한 거물이란 의미다.

다만, 디어드리는 공적들의 깃발을 봐도 아무런 이름이 떠오르지 않았다.

그 때문에 타국에서 흘러 들어온 새로운 공적 무리라고 생각하고 있었다.

"어디서 흘러 들어온 공적인지는 모르겠지만, 로즈블레이드 가문에 손을 대고 그냥 끝나리라고는 생각하지 말아야 할 거예요."

로즈블레이드 가문 비행선이 대포를 가동하여 공적들을 요격할 준비에 들어갔다.

열세 속에서도 훈련대로 움직이고 있다.

공적들도 그 움직임을 보고 경계한 것인지 부주의하게 접근하지는 않았다.

하지만 함선의 대열을 갖추고는 대포를 늘어세워—— 그대로 포격을 개시했다.

대포에서 발사된 포탄이 로즈블레이드 가문 비행선을 지키기 위해 전개된 마법 장벽에 막혀 폭발을 일으켰다.

충격이 내부에 전해져 선내가 격렬하게 흔들린다.

주위에 배치된 가구는 고정되어 있기에 움직이지 않지만, 격한 진동에 사람은 쓰러지고 작은 집기 등이 흩어졌다.

"어째서 공격하지 않는 거야!"

도로테아가 혼란스러운 상태로 외쳤지만, 디어드리는 바깥의 모습을 보고 공격 태세로 전환해 봤자 뭇매를 맞아 이쪽이 격침되리라고 예상했다.

'여기서는 상황을 자세히 알 수가 없네요.'

디어드리도 도로테아도 로즈블레이드 가문의 딸이지만, 군인은 아니기에 방해가 된다고 판단되어 현재 함교 입실은 거부당한 상태였다.

창밖에서는 공적들의 비행선으로부터 험악한 장식을 단 갑옷이 잇따라 날아오르고 있다.

그 수가 많은 걸로 보아 충분한 전력을 보유한 공적인 모양이다.

디어드리는 공적들의 움직임이나 전력에 오싹해졌다.

'마치 군대네요.'

공적치고는 연계가 잘 잡혀 있고, 게다가 전력도 지나치게 충실한 것처럼 느껴졌다.

요격하기 위해 로즈블레이드 가문 갑옷도 잇따라 출격했지만, 수는 명백히 뒤처진다.

디어드리가 최악의 전개를 그리고 있자, 공적들한테 돌격하는 비행선 한 척이 나타났다.

그 모습을 보고 디어드리는 부채를 펼치고 중얼거렸다.

"믿음직한 모습이에요, 아인호른."

리온이 탄 특징적인 비행선인 만큼, 주위도 금방 아군이 도착했음을 알아차린 듯하다.

안도의 한숨과 환성이 이곳저곳에서 일어나는 와중에, 디어드리는 혼자 식은땀을 흘리고 있었다.

당당한 것처럼 굴었지만, 사실은 무서워서 견딜 수가 없었다.

안심하여 맥이 빠지는 바람에 주저앉을 뻔한 것을 필사적으로 버텼다.

하지만 디어드리가 보기에 아인호른의 낌새가 이상했다.

"아로간츠가 나오지 않아?"

◇

아인호른 함교는 꾀죄죄한 남자들로 가득했다.
그 필두가 아버지다.
“정말로 적진에 돌격했어?! 너, 너희들, 서둘러 출격이다! 갑옷은 전부 내보내!”
함교에서 우왕좌왕하는 발트파르트 가문 병사들이 익숙지 않은 비행선을 조종하고 있었다.
나는 함장이 앉는 의자에 꽁꽁 매여 있어 아무것도 할 수 없다.
“어째서 내가 여기 묶여 있는 거지?”
“네가 무모한 짓을 하기 때문이다. 원래라면 데려오고 싶지 않았어.”
아인호른은 루크시온이 없으면 전력을 발휘할 수 없다.
그리고 루크시온은 내 명령에만 따른다.
결과적으로 나도 동행하게 되었지만, 그 대신 아무것도 시켜주지 않았다.
“이상하잖아. 내 배라고!”
“그러니까 태웠잖냐. 그보다 닉스는 괜찮은 거겠지?”
아버지가 걱정하는 건 갑옷에 올라타고 출격한 닉스다.
루크시온이 닉스가 탄 갑옷에 관해 설명했다.
『제 공장에서 생산한 갑옷이니 성능은 보증합니다. 공적들과의 전력 차이를 계산했습니다만, 문제없다고 판단합니다.』
그래도 아버지는 납득하지 않았다.

"전쟁에 100%라는 건 없으니까 말이다."

걱정이 지나친 아버지한테, 나는 풀어 줬으면 좋겠다고 요청했다.

"그러면 나도 출격해서 형을 서포트할 테니까 말이야. 일단 풀어 주지 않겠어?"

"너는 금방 무모한 짓을 하니까 안 된다."

『여성진이 출격시키지 말라고 제게 단단히 일러두었습니다.』

아버지도 루크시온도 절대로 날 출격시키지 않을 셈인 듯하다.

형은 괜찮을까?

금속 색깔을 띠고 장식이 적은 갑옷에 올라탄 닉스는 주위 동료와 함께 공적들이 탄 갑옷과 싸우고 있었다.

하늘은 적과 아군이 뒤섞여 난전 상태였고, 아인호른이 대포로 공적 비행선을 공격하여 잇따라 격침하고 있었다.

갑자기 나타난 아인호른에 공적들도 혼란스러워하고 있다.

하지만 적이라는 건 깨달았는지, 공적들은 곧장 닉스와 동료들한테 덤벼들었다.

"네놈들, 누구 손님한테 손을 댄 건지 알고 있는 거냐!"

전장에 나와 평소보다 입이 험해진 닉스는 적을 욕하며 공격하고 있었다.

닉스가 탄 금속 색깔 갑옷은 왼손에 방패를 들고 있다.

오른손에 들린 글레이브—— 나기나타 같은 무기로 공적 중 한 기를 찔러 쓰러뜨렸다.

공적 갑옷은 그대로 추락했지만, 아래쪽은 바다이기에 운이 좋다면 살아남을 수 있으리라.

하늘 위에서 적한테 신경 써 줄 여유도 없고, 닉스는 다음 적을 찾았다.

"칫!"

혀를 찬 닉스는 바로 위에서 급강하하는 갑옷 한 기를 왼손에 든 방패로 막아냈다.

그대로 두 기체가 낙하하며 서로 무기를 부딪쳤다.

제법 노련한 파일럿이 타고 있는지, 적은 만만치 않았다.

접근함으로써 상대의 목소리가 들려왔다.

「외뿔이 달린 비행선! 귀축 기사의 배로군!」

아인호른은 특징적인 모습을 지닌 비행선이라 제법 유명한 듯하다.

또한 리온의 별명까지 알고 있었다.

「그렇다면 뭐 어쨌다는 거냐?」

닉스의 갑옷이 적을 걷어차자, 서로 거리가 벌어졌다.

공중에서 선회하며 이따금 접근해서는 무기를 부딪치는 싸움을 시작했다.

「네가 귀축 기사냐?」

「그 녀석은 내 동생이다.」
「귀축 기사한테 형이 있었던 건가?」
「눈에 띄지 않는 형이라 미안하게 됐군!」
대화를 주고받으며 싸우고 있자, 아무래도 공적들한테까지 리온의 이름이 퍼져 있는 듯했다.
그걸 듣고 닉스의 열등감이 자극됐다.
'뛰어난 동생이 있는 탓에, 눈에 띄지 않는 수수한 형인가——.'
리온은 학원에 입학하고 곧바로 유명해졌다.
그 언동부터도 눈에 띄었고, 이것저것 여러 가지로 화제가 되는 일이 많은 학생이었다.
그런 리온한테 형이 있다는 게 알려지면 싫어도 비교당하는 경우 역시 많아진다.
리온의 행동에 비해 수수한 닉스는 뒤에서 자주 '못난 형'이나 '눈에 띄지 않는 형'이라는 등의 말을 들었다.
그런 학원 생활도 1년으로 끝났지만, 그 후에도 리온이 활약할 때마다 이야기를 듣고 자신과 비교하고 말았다.
아무리 노력해도 리온처럼은 될 수 없다고 생각하고, 어째서 형제간에 이렇게나 다른 것일까 하고 고민했다.
질투하지 않았다고 하면 거짓말이다.
영웅처럼 화려하게 활약한 리온은 대 출세를 이루었고, 깨닫고 보니 아름답고 성격 좋은 약혼자가 세 명이나 있다.
부러워해봤자 별수 없다는 건 이해하고 있다.

하지만── 닉스는 그 이상으로 마음 착한 남자였다.

'이 녀석이고 저 녀석이고, 리온은 영웅이라느니 굉장한 녀석이라느니── 그런 녀석이 나한테 얼마나 민폐를 끼쳐 왔는지 아냐고!'

닉스 안에서는 리온은 언제까지고 손이 가는 동생이었다.

「귀축 기사가 나오지 않는다면 무서울 게 없군. 널 쓰러뜨리고 나는 도망치도록 하겠다!」

쫓아오는 닉스를 쓰러뜨리고, 적이 이 전장에서 도망치려 했다.

닉스는 갑옷으로 전속력을 내어 적에게 접근하고는, 방패로 후려갈겨 자세를 무너뜨렸다.

「네놈들 따위한테는, 그 녀석이 나설 필요까지도 없다고!」

닉스는 아인호른에 올라타기 전의 일을 떠올렸다.

◇

"리온을 싸우게 하지 말라고요?"

"부탁드립니다."

아인호른에 탑승하기 전.

닉스를 찾아온 것은 안제와 리비아── 그리고 노엘 세 사람이었다.

안제는 공작 영애지만, 지금은 닉스 앞에서 머리를 숙이고 있다.

"제가 제지해 봤자 그 녀석은 멋대로 나갈 텐데요?"

“그걸 멈춰 주었으면 하는 겁니다.”

안제한테 부탁받아 곤혹스러워하는 닉스에게, 이번에는 리비아가 사정을 이야기했다.

“리온 씨는 짧은 기간에 너무 많이 싸워서 자기가 생각하는 것 이상으로 정신적으로 막다른 곳에 내몰려 있다고 생각해요. 공화국에서도 무모한 행동만 하는 바람에 잠들 수 없게 되어서 약에 손을 댔어요. 그러니까!”

약에 손을 댔다는 이야기를 듣고, 닉스는 생각했던 것보다도 리온이 괴로워하고 있음을 깨달았다.

걱정스러워하는 듯한 리비아가 더 말을 잇지 못하고 있자, 노엘이 뒤이어서 말했다.

“닉스 씨에게는 죄송하다고 생각하고 있어요. 하지만 루크시온도 지금은 쉬게 하는 편이 좋다고 말했으니까요. 부탁이에요. 리온이 싸우려고 하면, 멈춰 주세요.”

세 사람이 리온을 몹시 걱정하는 모습을 보고, 닉스는 작게 고개를 끄덕였다.

‘부럽군. 리온── 너, 사랑받고 있잖냐.’

◇

“애초에 그 녀석은 언제나 자기가 나서서 끼어드는 주제에 무리하고, 주위를 걱정시키는 민폐인 녀석이라고! 후작님이 되었는데도 아직껏 나한테 뒤치다꺼리를 시키고 말이지!"

화풀이하는 느낌으로 공적 갑옷을 걷어차고, 들고 있던 글레이브로 적 무기를 튕겨냈다.

닉스가 거리를 좁히자, 적은 황급히 거리를 벌리고자 등을 보였다.

거기에 글레이브가 꽂혔다.

파일럿은 무사한지 커다란 비명이 들려왔다.

「아, 알았어. 항복하지! 항복할 테니까 그만 봐줘!」

「이미 늦었다고. 머리 식히고 와라!」

꽂혔던 글레이브를 뽑자, 갑옷은 바다로 추락했다.

닉스는 흐트러진 호흡을 가다듬으며, 주위에 남아 있는 적을 찾기 위해 시선을 움직였다.

"그 녀석은 정말로── 주위에 얼마나 걱정을 끼칠 셈이냐고. 이쪽 입장도 되어 보란 말이다. 나도 너한테만 신경 쓰고 있을 수는 없어."

리온의 몸을 걱정하는 마음 따뜻한 제수씨들을 떠올렸다.

동시에 닉스는 안심했다.

"──그래도, 그런 애들이 곁에 있으면 리온은 이제 안심이려나."

어릴 적에 돌봐줘 왔던 동생이 자립해 가는 모습에 쓸쓸함도 느낀다.

손이 많이 가는 동생한테서 해방된다고 마음속으로 농담을 내뱉던 도중, 시선 끝에서 로즈블레이드 가문 비행선에 올라타는 적 갑옷을 발견했다.

"포기할 줄을 모르는 녀석들이구만!"

로즈블레이드 가문 비행선 갑판을 향해 날아갔다.

공적 갑옷이 갑판에 내려서서, 최후의 발악으로 날뛰려 하고 있었다.

닉스가 거기에 돌격했다.

방패를 들고 몸통 박치기를 먹이자, 적 갑옷은 갑판에서 튕겨 나가 추락했다.

충격이 너무 강했는지, 아무래도 지금 일격으로 행동 불능이 된 모양이다.

그건 닉스도 마찬가지였다.

"저질러 버렸군."

콕핏 안에 위험을 알리는 경보가 울려, 기체 각부에 문제가 발생했음을 알렸다.

다만, 전투도 끝난 듯하다.

주위는 조용해졌고, 닉스는 안전을 확인하고 나서 해치를 열어 밖으로 나왔다.

"루크시온한테 혼나려나?"

닉스가 빌린 갑옷을 망가뜨린 걸 걱정하며 갑판에 내려서자 로즈블레이드 가문 사람이 모여들었다.

그중에는 항구에서 출항할 때 자신을 노려봤던 기사의 모습도 있다.

지금은 미소를 띤 얼굴로 닉스의 손을 양손으로 잡고 있다.
"정말로 살았습니다! 당신은 생명의 은인입니다."
"어? 아, 아니, 뭐어……."
애매하게 웃으며 얼버무린 닉스는 약간 마음이 편해졌다.
'이걸로 민폐를 끼친 만큼은 빚을 갚은 게 되었으려나?'
사람이 모여 떠들썩해지자, 선내에서 여성들이 나왔다.
그중에는 도로테아의 모습도 있었다.
"닉스 님?"
감사를 표하러 온 것이리라.
하지만 갑판에 있던 게 닉스라는 걸 알아차리자, 도로테아는 무척 놀란 표정을 지었다.
그건 닉스도 마찬가지다.
"아, 도로테아 씨……."
조금 전까지 축하 무드였던 갑판이었으나, 두 사람이 얼굴을 마주하자 정말이지 미묘한 분위기로 변하고 말았다.
닉스는 미안해하는 듯한 태도였으나, 도로테아 쪽은 고개를 숙이고 슬퍼하는 것 같았다.
도로테아가 닉스에게 감사를 표했다.
"로즈블레이드 가문을 대표하여, 감사 말씀을 드립니다. 구해주셔서 정말로 감사합니다. 닉스 님은 저희 생명의 은인입니다."
닉스는 생명의 은인이라는 말을 듣고, 양손을 내저으며 부정했다.

"그, 그리 대단한 건 아닙니다."

도로테아는 닉스의 말을 듣고 슬픈 듯이 미소 지었다.

"겸손도 지나치면 비아냥이 됩니다. 당신은 확실히 목숨을 걸고 저희를 구해 주셨습니다. 이를 가볍게 여기는 발언은 저희의 목숨이 그 정도라고 말씀하시는 것과 같습니다."

시골에서 느긋하게 지내 온 닉스는 저자세였으나, 그것도 도가 지나치면 실례가 된다는 말을 듣고 태도를 고쳐 사과했다.

"그렇군요. 제가 잘못되었습니다."

감사의 말을 받아들였지만, 두 사람이 그대로 서로 마주 본 채 입을 열지 않는 시간만이 지나갔다.

주위가 두 사람의 모습을 보며 안달복달하고 있자, 디어드리가 호들갑스럽게 부채를 펼쳐 입가를 가렸다.

그리고 주위에 지시를 내렸다.

"손님의 시중은 언니에게 맡기기로 하고, 다른 사람들은 전원 담당 구역으로 돌아가도록 하세요. ――언니, 손님을 배 안으로."

도로테아한테 안내하도록 재촉하고 나서, 디어드리는 접근해 오는 아인호른으로 시선을 향했다.

"저는 저쪽과 이야기를 하겠어요."

아인호른과 로즈블레이드 가문 비행선은 공중에서 나란히 섰다.

주위에서는 아군 비행선이 공적들을 구속하고 있었다.

아인호른 갑판으로 온 디어드리 선배를 상대하는 건 어째서인지 지금까지 구속당했던 나였다.

옆에는 루크시온도 있지만, 다른 사람들은 바쁘게 움직이고 있다.

아버지도 이유를 대며 디어드리 선배와의 대화를 피하고 있었다.

──격이 높은 상대와 이야기하는 것으로부터 도망쳐 버렸다.

뭐, 상대는 내 지인이니까 이야기를 한다면 적임이라고 생각한 것이리라.

디어드리 선배는 기분이 좋아 보였다.

"몇 번이나 도움을 받았네요. 이 답례는 반드시 하겠어요."

그러면 차라리 날 강등시켜 달라고 요청하고 싶었다.

하지만 어차피 뭘 해봤자 롤랜드가 방해하겠지.

"답례라면 이번 건을 없던 일로 해주셨으면 합니다. 사실은 형── 닉스가 아니라, 제가 민폐를 끼친 일이라는 것도 도로테아 씨한테 전해 주세요."

"제 쪽에서 전해 두겠어요. 그건 그렇다 치고, 다시금 감사를 표하고 싶으니 로즈블레이드 가문 본령으로 초대하고 싶은데 말이죠?"

생명의 은인을 집에 초대하여 답례 연회라도 열려는 것이리라.

그만한 공훈이기는 하겠지만, 우리 일가는 딱딱한 파티를 좋아하지 않는다.
참가해도 분명 즐길 수 없을 것이다.
하지만 초대받았는데 거부하는 것도 문제다.
이번 일의 사과도 겸하여, 로즈블레이드가를 방문하자.
아마 거기서 내가 사과하고 이 이야기는 끝——으로 해줬으면 좋겠군.
"딱딱한 파티는 별로 좋아하지 않으니, 가벼운 것이 좋겠군요. 시골 사람이라 아무래도 매너가 부족해서."
"맡겨 두세요. 손님에게 창피한 꼴을 겪게 하지는 않는답니다."
나중에 다시 가족 모두가 로즈블레이드가를 방문하기로 하고, 나는 고개를 움직여 닉스를 찾았다.
"그보다 우리 형은 어디에 있습니까?"
닉스가 탔던 갑옷이 다른 갑옷 두 기에 안기다시피 하여 운반되었다.
하지만 파일럿의 모습이 없다.
디어드리 선배가 부채를 펴서 입가를 가렸다.
"언니와 이야기 중이에요."

◇

선내에 있는 응접실.
테이블을 사이에 끼고 서로 마주 본 닉스와 도로테아. 메이드

가 준비한 차를 다 마셔, 컵은 비어 있다.

도로테아가 메이드를 퇴실시켰기에, 둘뿐이다.

'나는 여기서 뭘 하는 거지?'

상처 입힌 상대와 이야기할 것도 없다.

이 이상 불쾌한 기분이 들게 하고 싶지 않았지만, 다시금 사과하기로 했다.

하지만 도로테아가 먼저 말을 걸었다.

"하나 들려주세요."

"네, 넵!"

목소리가 뒤집히고 만 닉스는 무릎 위에 주먹을 올려놓고 등을 쭉 폈다.

마주 보고 있는 도로테아는 상당히 지친 표정을 짓고 있었다.

공적한테 습격당하여 무척 무서웠던 것이리라.

닉스는 연약한 모습인 도로테아가 눈물을 짓고 있다는 걸 알아차렸다.

그녀가 띄엄띄엄 이야기하는 건 닉스가 자신을 받아들이지 않은 것에 관해서였다.

"저는 안 되는 건가요?"

"예?"

"닉스 님은, 제가 싫으신가요? 어디가 문제인지 알려주셨으면 좋겠어요. 고칠 수 있는 부분은 고치겠어요. 그러니……."

도로테아는 마지막 말을 집어삼키고는, 고개를 가로저은 뒤 등을 쭉 펴고 닉스한테 미소를 향했다.

"——실례했습니다. 이후를 위해 어떤 점을 받아들일 수 없으셨는지 묻고자 생각한 것뿐이에요."

"그, 그렇습니까. 저기—— 딱히 당신이 싫다든가 그런 건 아닙니다. 무척 아름답고, 저한테는 아까울 정도입니다."

"그러면, 뭐가 좋지 못했던 걸까요? 모, 목줄인가요?"

도로테아도 자신의 취향이 평범하지 않다는 자각은 있었던 것이리라.

닉스도 '맞아'라고 말하고 싶었지만, 어른이기에 완곡하게 말하기로 했다.

"취미는 사람마다 제각각이라고 생각합니다만, 갑자기 목줄은 좀 그렇지 않나 생각합니다. 좀 더 서로를 알고 나서가 좋으려나요? ——제가 말해도 설득력은 없지만요."

'리온이라면 솔직하게 안 좋은 점을 지적할 것 같군.'

동생의 자기주장이 강한 면이 닉스는 부러워졌다.

하지만 자신은 리온과는 다른 인간이라는 것도 이해하고 있었다.

도로테아가 고개를 숙이자, 닉스는 자신의 이상을 이야기했다.

"저는 시골 사람이니까, 도회지의 화려한 삶은 성미에 맞지 않습니다. 귀족이라면 정략결혼이 보통이겠지만, 부모님이 느긋한 부부였으니까 말이죠. 저렇게 될 수 있다면 좋겠다고는 생각하고 있습니다."

바르카스와 류스 같은 부부가 될 수 있다면 좋겠다.

“어느 한쪽이 다른 한쪽을 복종시키는 건 좀 아니라고 할지, 제게는 맞지 않습니다. 그러니 저와 당신은 함께하지 않는 편이 좋을 겁니다.”

성격의 불일치로 양자 모두 불행해지는 미래를 예상했다.

도로테아한테 맞추면 닉스의 부담이 커지고, 그 반대로 하면 도로테아는 불만스러울 것이다.

도로테아가 고개를 들었다.

“처음에 이렇게 이야기를 나눠 뒀어야 했네요.”

조금 슬픈 듯이 미소 짓는 도로테아의 얼굴은 딱딱했던 표정이 사라지고 온화하게 바뀌어 있었다.

거기엔 남을 다가오지 못하게 막는 차가운 여성의 인상은 없었다. 닉스도 넋을 잃고 볼 정도였다.

“그, 그러네요. 제대로 대화를 나눴더라면 이런 성가신 일이 되지 않았을 텐데요.”

닉스도 도로테아한테 상처를 입히지 않고 그쳤을 것이다.

‘리온한테 의지하지 않고, 내가 정신 똑바로 차리고 행동하면 됐던 거야. 한심한 형이군.’

닉스는 고개를 숙이고 자조했다.

고개를 들어 자세를 바로잡은 뒤, 도로테아한테 머리를 숙였다.

“정말로 죄송했습니다.”

도로테아가 말을 건네 닉스는 고개를 들었다.

“이미 충분히 사과는 받았어요. ──다만, 이것만큼은 말하게 해주세요.”

불평 하나쯤은 들을 각오를 하자, 도로테아가 쑥스러워했다.

“저희의 궁지에 달려와 주신 닉스 님은, 눈에 띄지 않는 수수한 사람이 아니었어요.”

“예? 호, 혹시, 듣고 계셨던 겁니까?”

공적과의 대화가 들렸다는 걸 알자 부끄러워진 닉스의 얼굴이 빨개졌다.

도로테아는 그런 닉스가 재미있는지, 미소를 지어 보였다.

“위기에 씩씩하게 달려와 주시는 기사님도, 부끄러워하는군요.”

“아니, 뭐어, 네에…….”

“당신은 훌륭한 사람이에요. 더 자신감을 가지는 편이 좋겠네요.”

“잘난 동생을 지니면, 어떻게 해도 비교하기 마련인지라.”

“어머, 역시 동생분께 느끼는 바가?”

“없다고는 할 수 없겠죠. 하지만 리온처럼 할 수 있냐고 묻는다면, 저는 불가능할 테지요.”

그대로 대화가 활기를 띠어, 두 사람은 메이드가 부르러 올 때까지 웃으며 이야기를 계속했다.

처음 만났을 때보다도 평온하게 이야기하는 두 사람의 모습이 그곳에 있었다.

◇

로즈블레이드 가문의 본거지는 도시로 되어 있어, 커다란 성을 가지고 있다.

성주인 로즈블레이드 백작은 딸 두 명이 공적한테 습격당했다는 말을 듣고 매우 걱정하고 있었던 모양이다.

"둘 다 무사히 돌아온 것을 기쁘게 생각한다."

키도 크고 단련된 육체를 지니고 있었으며, 엄격해 보이는 얼굴 생김새였다.

하지만 성에 돌아온 두 사람을 끌어안고 있다.

도로테아도 디어드리도 그런 아버지를 약간 어처구니없는 표정으로 쳐다봤다.

여하간 주위에는 가신들이 아직 남아 있다.

두 딸에게 무른 모습을 보게 되어, 가신들도 곤란해하고 있었다.

"아버님, 주위 사람들이 곤란해하고 있사와요."

"내가 얼마나 너희를 걱정했다고 생각하는 거냐! 너희가 습격당한 장소에는 로즈블레이드 가문에서 토벌군을 보내겠다. 그 주변에 있는 공적들은 전부 침몰시켜 주마!"

디어드리는 상대하는 게 귀찮아졌는지 시선을 돌리고는 대꾸하려 하지 않았다.

과격한 발언을 반복하는 아버지에게 도로테아가 진지한 눈빛으로 상담했다.

"아버님, 부탁드릴 것이 하나 있습니다."

"무엇이냐? 이번에는 인연이 없었다고 들었다만, 너라면 분명 다음이 있다. 그러니 이 차제에 취미는 숨기는 방향으로――."

좋지 못한 부분을 살포시 지적하는 아버지에게, 도로테아는 약간 부루퉁해지면서도 부탁에 관해 이야기했다.

"이야기를 들어주세요. 실은――."

제06화 「결혼」

"로즈블레이드 가문의 본거지는 상상했던 것과 다르군."

『어떤 광경을 상상했던 겁니까?』

"그야, 파락호 같은 모험가들이 주변을 활보하는 그런 광경이지. 모험가로서 긍지가 강하다고 들었으니, 모험가가 더 많은 땅이라고 생각하잖아?"

『모험가에 대한 마스터의 이미지를 잘 이해했습니다. 마스터는 자신을 포함하여 모험가는 파락호라고 생각하고 있었던 거군요.』

"그리 다르지 않잖아? 이 나라의 국왕부터가 파락호 같은 놈이라고."

겉모습은 정상이지만, 내용물이 끔찍하다.

우리가 지금 있는 곳은 초대받아 찾아온 로즈블레이드 가문 영지다.

지금은 루크시온과 둘이서 도시 내부를 산책하고 있었다.

루크시온은 주위를 확인하고 나서 말했다.

『확장을 계속해 온 것이겠지만, 쓸데없는 부분이 많군요. 효율 측면에서 보면 개선할 장소가 몇 군데나 있습니다.』

"게임이 아니라고. 뭐든 쉽게 할 수 있을 거라고 생각 마."

전생에서도 도로를 만들기 위해 주변 주민한테 설명회를 여는 것부터 비롯하여 토지 매수 등 여러 문제가 발생한다.

효율만을 추구하여 대규모 변경을 가하면 분명 많은 문제가 나올 것이다.

『귀족이 존재한다면 마스터가 생각하는 것보다도 쉽게 개선할 수 있으리라고 생각하지만 말입니다. 절대적인 권력자 체계의 이점은 톱-다운 방식에 의한 빠른 행동입니다.』

"애초에 다른 사람의 영지고, 내가 참견할 권리도 없어."

『정론이로군요.』

로즈블레이드 가문의 성이 있는 곳은 벽으로 둘러싸인 성채도시다.

왕도만큼 크지는 않지만, 그래도 내 본가와 비교하면 무척 발전되었다.

석조 거리는 운치가 있어 산책하는 것만으로도 즐겁다.

『그보다 멋대로 빠져나와도 괜찮았던 겁니까?』

"파티는 오늘 밤이야. 그때까지는 자유잖아? 게다가 이번 주역은 아버지와 형이라고. 나는 조역이니까 없어도 괜찮아. 여하간 나는 배 안에서 구속당한 채였을 뿐이니까 말이지."

루크시온을 원망스러운 눈으로 쳐다보자, 본인은 내게서 시선을 피하는 것처럼 렌즈를 어딘가로 향하고 말았다.

『안젤리카와 올리비아, 노엘의 판단입니다. 본래라면 전장에도 보내고 싶지 않았겠지요.』

안제를 비롯한 그녀들의 부탁이라면 단호히 거절할 수도 없다,

같은 루크시온의 반응에 나도 작게 한숨을 내쉬었다.
"걱정이 과하다니까."
바지 주머니에 손을 넣고 걸었다.
오른쪽 어깨 근처에 떠 있던 루크시온은 오늘도 잔소리가 많다.
『한동안은 정신적인 휴양을 권장합니다. 여하간 마스터는——긴급회피!』
루크시온이 그 자리에서 재빠르게 이동하자, 돌멩이가 내 바로 옆을 통과했다.
"위험해라! 누, 누구야!"
뒤돌아보니 거기에는 그야말로 악동이라는 느낌인 남자애들이 있었다.
코 밑을 손가락으로 쓱 문지르며, 오른손에는 돌멩이를 들고 있다.
"뭔가 이상한 게 있다고. 저거에 맞춘 녀석이 이기는 거니까 말이다."
갑자기 튀어나와 루크시온을 표적 삼아 놀기 시작했다.
사람한테 돌을 던진다니, 제법 과격한 놀이를 하는군.
내가 단출한 차림을 하고 있어서 일반인이라고 생각한 것이리라.
『——신인류가.』
나는 불온한 말을 중얼거리는 루크시온을 오른손으로 감싸 쥐고는, 뛰어서 아이들한테서 도망쳤다.
루크시온은 불만스러워 보였다.

『어째서 도망치는 겁니까? 백작가에 전해서 마땅한 벌을 주어야만 합니다. 마스터는 이 나라의 후작이고, 그들은 중죄로 다스려져야 할 대상입니다.』

"됐으니까 도망친다. 난 귀찮은 건 딱 질색이라고!"

어린아이라 할지라도 귀족한테 거스르면 죄를 심판받는다.

그것이 이 세계의 가치관이다.

호르파트 왕국은 내 가치관으로 보면 백성에게 따뜻한 나라다.

하지만 귀족한테 이유도 없이 거역하면 당연하다는 듯이 처벌받는다.

여기서는 내가 도망치는 편이 성가신 일도 적을 거라며 큰길로 도망쳤다.

이곳은 그들의 앞마당 같은 장소일 테니, 골목길로 들어가면 내가 막다른 곳에 내몰린다.

도리어 당당히 큰길로 도망치는 편이 낫다.

"젠장, 저 녀석 빨라!"

쫓아오는 아이들과의 거리가 벌어진다.

"얕보지 말라고, 꼬맹이들! 던전에서 단련한 도주 속도를 보여주마!"

루크시온을 안고 어린아이들을 뿌리친 나는 적당한 찻집에 들어갔다.

"하아~, 지쳤다."

자리에 앉아 루크시온을 놓아주니, 점원이 주문을 받으러 왔다.

마실 것을 부탁하고, 점원이 멀어져 가는 것을 가늠하여 루크시온이 내게 항의하는 것처럼 따져 댔다.

『어째서 도망친 겁니까? 그들은 저와 마스터에게 명확한 적의를 품고 공격해 왔습니다.』

“어린애잖아? 그냥 봐줘.”

『――그건 명령입니까?』

“그래. 그러는 김에―― 그래 줬으면 한다는 부탁이기도 하지.”

『부탁?』

어린아이를 어떻게 한다는 건 개인적으로 용납할 수 없는 선이다.

전생을 경험했기 때문에 지니는 가치관일지도 모르지만, 개인적으로 싫으니까 하지 않는다.

“봐줄 수 있는 범위라면 봐줄 거야. 아니, 잠깐. 어린애들 부모한테 알려서 꾸짖도록 하는 게 좋으려나? 이번에는 내가 물러났지만, 이게 다른 귀족이라면 큰 문제가 돼.”

몇 번인가 고개를 끄덕이더니, 루크시온이 내 의견을 정리했다.

『그 말인즉, 제재는 하지 않겠지만 보복은 하겠다는? 어린아이한테 손을 대지 않는다는 방침 아니었습니까?』

“화나니까 갚아 주기는 할 거야.”

『그릇이 작군요.』

“그런 내가 싫지 않다고 전에도 말했잖아? 게다가 지금 꾸지람을 듣는 편이 애들을 위한 일도 돼. 그들의 장래를 걱정하는 거라고. 어린아이들의 미래까지 생각하는 나는, 오히려 그릇이 크다고 생각하지 않냐?"

내가 듣고 있어도 뻔뻔한 대사지만, 그 애들은 지금 꾸중을 들어 두는 게 좋을 것이다.

사람이 많은 장소에서 돌을 던진다든가, 위험하니 그만뒀으면 한다.

『그릇이 큰 인간은 애초에 앙갚음 따위 하지 않고 자기가 직접 꾸짖지 않겠습니까?』

"그것도 그러네. 뭐, 됐어. 좋아, 그 애들의 신원을 조사해서 부모한테 알려주자고. 밤까지 시간 때우기다."

『──그걸로 직성이 풀린다면, 부디 마음대로 하시길.』

◇

"그리하여 악은 사라졌다!"

아이들의 집을 조사하여 큰길에서 돌을 던지고 있었던 걸 부모에게 알려줬다.

아니나 다를까, 애들은 부모한테서 호된 꾸중을 들었다.

로즈블레이드 가문의 성으로 돌아온 나는 가족도 있는 커다란 방에서 일의 전말을 안제와 리비아, 노엘에게 들려주고 있었다.

안제는 날 보고는 뭐라 말하기 힘든 표정을 짓고 있다.

"빠져나가서 뭘 하나 싶더니만, 애들한테 앙갚음하고 있었다고?

리온, 좀 더 차분해지는 게 어떻지?"

리비아는 내 행위에 이것저것 고민하고 있다.

"뭐, 뭐어, 장래에 문제를 일으킬 가능성도 있고, 지금 혼이 나두는 건 괜찮다고 생각해요. 하지만 집까지 조사하는 건 좀."

휠체어에 앉은 노엘은 뺨을 씰룩거렸다.

"그렇게까지 해? 상대는 어린애라고? 그 자리에서 혼내고 끝내면 되잖아."

세 사람은 내 방식을 부정하지도 않지만, 찬성하지도 않았다.

약간 나한테 질색하는 세 사람과 이야기를 하고 있자, 코린이 다가왔다.

"노엘 누나, 엄마가 저쪽에서 불러."

"어, 그러니? 그럼 가야지."

휠체어를 손으로 움직이려 한 노엘이었으나, 거기서는 착한 아이인 코린이 재빨리 뒤로 돌아가 밀기 시작했다.

우리 코린은 악동 녀석들과는 천지 차이구만.

형으로서 기쁘다.

"내가 밀게."

"언제나 고마워."

노엘한테 칭찬받아 기뻐하는 코린은, 얼굴을 빨갛게 물들이며 고개를 살짝 숙였다.

두 사람이 멀어져 가자, 그걸 보고 있던 안제가 이마에 손을 댔다.

"첫사랑은 이뤄지지 않는다는 것 같다만, 조금 불쌍하군."

리비아도 쓸쓸한 표정으로 코린을 보고 있었다.

"코린 군, 평소부터 노엘 씨의 휠체어를 밀고 있으니까 얼굴을 마주할 기회는 적단 말이죠. 얼굴을 마주쳐도 쑥스러워하면서 도망친다는 것 같아요."

그대로 안제와 리비아는 뭔가 심각한 듯이 이야기했다.

"그 때문에 노엘이 못 알아차리는 건가. 주위에서 보면 일목요연한데 말이지."

"부끄러워해서 뒤로 돌아가는 탓에 노엘 씨가 코린 군의 얼굴을 똑바로 못 보는 게 문제네요. 대화해도 말수가 적어진다는 모양이에요."

"악순환이군. 하지만 주위에서 알려줘야 할지 고민되는데."

"으음~, 저라면──."

──무슨 이야기일까?

"둘 다 무슨 이야기야?"

내가 솔직하게 묻자, 안제와 리비아가 놀란 표정으로 날 쳐다봤다.

두 사람은 서로 얼굴을 마주 봤지만, 고개를 가로젓고는 내게는 아무것도 알려주지 않았다.

"어, 뭐야? 루크시온, 넌 알고 있냐?"

『──마스터는 정말로 둔감하군요. 어느 의미로 존경할 만합니다.』

"그러니까 뭐냐고? 알려달란 말이다."

『스스로 생각해 주십시오.』

결국, 아무도 답해 주지 않았다.

◇

로즈블레이드가에서의 파티는 아버지나 형의 희망에 따라 관계자만 참석하여 열리게 되었다.

형식은 입식 파티로, 딱딱하지 않고 분위기는 평온하다.

내가 요리를 접시에 담는 중, 아버지와 형은 로즈블레이드 가문 관계자한테 둘러싸여 공적 퇴치에 대한 감사의 말을 듣고 있었다.

두 사람 다 있기 거북해하는 듯했고, 나는 그 모습을 떨어진 장소에서 보고 있었다.

로즈블레이드 백작 근처에는 디어드리 선배와 도로테아 씨의 모습도 있었다.

"파티 주역은 힘들어 보이는군."

남의 일처럼 중얼거렸더니, 옆에 있던 루크시온이 그걸 듣고 대화했다.

『파티에 익숙하지 않은 것이겠지요. 마스터, 조금 전부터 고기 요리에만 손을 대고 있습니다. 채소 섭취를 강하게 권장합니다.』

"마음이 내키면 선처하지."

『──그렇습니까.』

얼마 전에 루크시온이 한 대답을 흉내 내어 줬더니, 그걸 이해하고 언짢아하는 듯했다.

인공지능인데 감정이 풍부한 녀석이다.

주위를 보니 휠체어에 탄 노엘한테도 사람이 모여 있었다.

아무래도 알제르 공화국의 사정 등을 질문받고 있는 듯하다.

묘목의 무녀라는 입장도 있어서, 다들 흥미진진한 것 같다.

노엘 곁에는 어머니와 코린도 있었다.

무슨 일이 있으면 내가 도우러 갈 생각으로 신경 쓰고 있자, 리비아가 다가와 내 팔을 붙잡았다.

"리온 씨, 제 드레스는 이상하지 않나요?"

"잘 어울려."

익숙하지 않은 드레스 차림인 리비아는 자신의 옷차림이 신경 쓰이는 모양이다.

"안제 것과 같이 준비해 주신 건데요, 이렇게 비싼 드레스를 입을 기회가 그리 없어서요. 이상하지 않나요?"

하얀색과 파란색으로 정리된 드레스는 리비아의 이미지에 딱 맞았다.

불안해 보이는 리비아에게 다가가 팔짱을 낀 건 빨간 드레스 차림인 안제다.

이쪽은 당당한 태도였고, 드레스 차림에 익숙했다.

"잘 어울리니까 걱정하지 마라. 그보다도 로즈블레이드 백작이 리온과 이야기를 하고 싶다는 것 같더군."

"어? 나는 딱히 할 말이……."

거부하려고 했지만, 안제는 용납해 주지 않았다.

마치 어린아이를 부드럽게 꾸짖는 것처럼, 날 설득했다.

"저쪽도 후작을 초대해 놓고 무시할 수는 없다. 잡담을 나누면 될 뿐이야. 지금 기회에 익숙해져 둬라."

초대해 준 로즈블레이드 백작에게 인사하는 것뿐이라고 듣고, 마지못해 납득했다.

안제는 리비아에게 부탁을 하나 했다.

"노엘도 데리고 와다오."

"네."

리비아가 노엘을 부르러 가자, 안제가 내 팔에 자신의 팔을 감았다.

팔짱을 낀 형태가 되자, 얼굴을 가까이 대고 귓가에서 속삭였다. 숨결이 귀에 닿아 간지럽지만, 그 이상으로 안제의 목소리가 요염하게 들려왔다.

"파티 분위기가 조금 이상하군."

"――앙갚음할 생각이려나?"

나는 평소와 다른 드레스 차림에 흥분하고 있었는데, 안제 쪽은 파티의 낌새를 신경 쓰고 있었다.

무례한 행동에 대한 보복을 이 자리에서 당하는 건가 싶어 경계했지만, 루크시온이 부정했다.

『그건 아닙니다. 주위에 위험은 없고, 요리에도 독은 들어 있지 않았습니다. 안젤리카의 착각이 아닙니까?』

그 말을 듣고 일단 안심했지만, 안제는 의견을 바꾸지 않았다.

"아니, 뭔가 이상하다. 적의는 아니지만, 아무래도 신경이 쓰이는군."

안제의 감—— 아니, 감각일까?

어쨌든 이 자리의 분위기에 위화감을 느낀 모양이다.

나도 신경 쓰여 주위를 경계했지만, 딱히 이상한 점은 없다.

파티에는 클라리스 선배도 참가했는데, 사람들한테 둘러싸여 북적이는 무리 속에 있었다.

파티가 시작된 후로 쭉 같은 상황이다.

말을 걸려고 해도, 가까이 다가갈 수 없을 것 같기에 클라리스 선배와는 대화도 못 하고 있다.

"으음~, 특별히 이상한 기색도 없는데 말이지."

그리고 리비아가 노엘을 데리고 오자, 타이밍을 잰 것만 같이 로즈블레이드 백작이 디어드리 선배와 함께 다가왔다.

다만 도로테아 씨의 모습은 없었다.

시선만을 움직여 찾아보니, 사람들한테서 풀려나 벽 쪽으로 도망친 닉스와 함께 있었다.

안제도 그걸 알아차린 것이리라.

"이런 점까지 형제는 닮는 법이군."

"뭐가?"

"아무것도 아니다."

쿡, 하고 웃은 안제는 로즈블레이드 백작이 오자 커트시(curtsy)라고 하는 한쪽 다리를 뒤로 빼고 몸을 숙이는 인사를 했다.

리비아도 조금 늦게 따라 했지만, 역시 동작은 안제 쪽이 익숙해서 깔끔하게 보였다.

로즈블레이드 백작은 내 앞으로 오더니 쾌활하게 말을 걸었다.

"이렇게 얼굴을 뵙는 건 처음이군요. 소문은 여러 가지로 들었습니다, 발트파르트 후작. 우선은 딸들을 구해 주셔서 감사드립니다."

연하라도 내가 후작이기에 로즈블레이드 백작의 말투는 정중했다.

――어른한테 존댓말을 듣는 건 난감하군.

"이, 이쪽이야말로, 초대해 주셔서 감사합니다."

어색한 인사부터 시작하자, 디어드리 선배가 도와주었다.

"그건 그렇고, 영웅님의 주변은 제법 화려하네요."

"제게는 아까울 정도입니다."

어찌어찌 미소를 지어 대답했다.

잘난 어른들한테 둘러싸여 대화하는 것보다도, 아는 사람한테 살짝 비아냥을 듣는 편이 그나마 나았다.

하지만 로즈블레이드 백작이 농담을 하기 시작했다.

"영웅호색이라고 하니까 말입니다. 후작께는 아직 부족할 정도 아닙니까?"

"아뇨, 오히려 많은 게 아닌지?"

"그렇지 않습니다. 새로운 영웅의 피는 반드시 남겨야만 하지요. 남작가의 삼남이 대모험 끝에 지금은 후작이 되지 않았습니까. 한 대만에 여기까지 출세한 영웅은 호르파트 왕국에서도 단 한 명입니다. 그러한 영웅이라면 더 많은 아내를 거느려도 용납될 겁니다."

로즈블레이드 가문도 모험가가 시작이다.

날 좋게 평가해 주는 것도 분명 모험가로서 성공했기 때문이리라.

어쩐지 친척한테 연애 사정을 놀림당하고 있는 듯한 기분이 들어 근질근질하다.

세 사람을 힐끔 봤더니, 웃는 얼굴로 이야기를 듣고 있다.

이 정도 대화로 화내지는 않겠지.

"그런데, 저희 디어드리는 어떻습니까?"

"예? 아름답다고 생각합니다."

디어드리 선배에 관해 질문을 받아도, 여전히 아름답다고밖에 대답할 수 없다.

세로로 롤처럼 말린 우아한 금발에, 안제와는 다르게 파란 드레스가 잘 어울린다.

디어드리 선배가 부채를 펼치고 입가를 가렸다.

"당연한 반응이네요."

내 대답을 듣고 로즈블레이드 백작은 호쾌하게 웃었다.

“영웅님께 그런 말을 들어 딸도 기뻐하고 있습니다. 그러면, 오늘은 즐겨 주십시오.”

떠나가는 로즈블레이드 백작과 디어드리 선배.

나는 안도하여 작게 한숨을 내쉬었다.

“아~, 긴장했다.”

『상당히 어색한 인사였군요. 권력을 앞에 두고 위축되었습니까?』

“부정은 하지 않겠어. 여하간 나는 소심한 인간이니까.”

익살스럽게 말해 봤더니, 루크시온은『소심한 사람은 더 겸손합니다』라고 말했다.

다만 안제의 표정은 조금 험악했다.

입가는 미소를 띠고 있지만, 눈이 웃고 있지 않다.

그 시선이 향한 곳에는 로즈블레이드 백작과 디어드리 선배가 있다.

“로즈블레이드 가문은 지나치게 욕심을 부리는군.”

“뭐가?”

기분이 언짢은 안제를 보고 내가 고개를 갸웃하자, 긴장에서 해방된 노엘이 조금 전의 질문에 관해서 확인했다.

“그 질문, 리온은 못 알아들었지만, 네 명째로 어때? 라는 의미지?”

“하하, 설마. 그건 아니겠지.”

아무리 그래도 딸을 네 명째로 어때? 라고 말할까?

나라면 절대로 그러지 않는다.

성격이 좋은 미인을 세 명이나 거느린 녀석이 있다면, 남자라면 질투 때문에 후려갈기고 싶어서 견딜 수가 없을 터다.

거기에 한 명 더, 라는 건 절대로 용납할 수 없다.

하지만 리비아도 두 사람과 같은 생각이었던 모양이다.

"백작님의 눈매 말인데요, 한순간이기는 해도 무척 예리했죠. 그거, 절대로 농담이 아니에요."

로즈블레이드 백작도 분명 날 보고 '미인을 세 명이나 끼고 다니고 말이야'라며 괘씸하게 느꼈던 것이리라.

같은 남자로서 그 마음은 이해할 수 있다.

"질투 아냐? 나는 미인을 세 명이나 데리고 있는 남자가 있으면, 마음속으로 그 자식이 불행해지면 좋을 텐데, 라고 계속 바랄 거라고."

상대의 불행을 원해 봤자 자신은 행복해지지 않는다.

그건 알고 있지만, 질투하지 않을 수 없으리라.

──내가 질투받는 쪽에 서게 될 거라고는 생각지도 못했지만 말이지.

그러자 여느 때처럼 루크시온이 빈정거렸다.

『처음 만났을 때부터 전혀 성장을 느끼지 못하겠군요. 조금은 제 기대를 좋은 의미로 배신해 주실 수 없겠습니까?』

이미 우리 사이에서는 비아냥이나 비꼬는 게 일상 대화구만.

"마음이 내키면 검토하겠어. 그보다 형은 어디야?"

대화하며 가족이 있는 장소를 찾아봤지만, 닉스만은 보이지 않았다.

안제가 조금 전과는 달리 즐거운 듯이 알려주었다.

"지금쯤 막다른 곳에 몰려 있지 않겠나?"

"닉스가 막다른 곳에 몰려? 어, 잠깐 기다려 봐!"

◇

파티 회장에서 발코니로 이동한 닉스는 긴장에서 해방되어 심호흡을 한 번 한 뒤 난간에 몸을 기댔다.

"긴장했네~."

뭘 먹고 마셔도 맛 같은 건 알 수 없고, 그저 있기가 거북했다.

평소 얽힐 일이 없는 귀족들과의 대화에 지쳐 이제 두 번 다시 참가하고 싶지 않다고 생각하고 있자, 같이 회장을 빠져나온 도로테아가 쿡쿡 웃었다.

"전장에서는 대활약이었는데, 파티는 서투르신 거군요."

닉스는 뺨을 손가락으로 긁적였다.

"이런 장소에는 익숙하지 않습니다. 저희 집안에서 파티라고 하면 좀 더 활기찬 느낌이니까 말이죠."

활기차다고 칭했지만, 실제로는 소란스러운 수준이다.

매너에 까다롭지도 않고, 웃음소리나 다툼이 끊이지 않는 그런 파티다.

닉스는 그것이 약간 싫었다.

일부러 소란스럽게 굴지 않아도, 평소대로면 괜찮다고 생각하고 있었다.

하지만 진짜 파티에 참석해 보니, 마음 편한 파티가 그리웠다.

"학원에서 참석하지 않았었나요?"

"그때는 친구도 있었고, 학생이니까 좀 지나쳐 버리는 바보 녀석도 있었으니까요. 뭐, 저희 보통 클래스와는 상관없는 세계라고 생각하고 있었습니다."

학원 시절 이야기를 하자, 도로테아가 쓸쓸한 표정을 보였다.

"저는 혼자 있는 게 좋아서, 그러한 추억은 적어요. 지금 와서 생각해 보면 좀 더 여러 아이와 이야기를 해뒀어야 했네요. 그랬다면 이럴 때 난처하지 않았을 테니까요."

"이럴 때?"

'무슨 말을 하고 싶은 거지? 혹시, 나랑 친구가 되고 싶다든가? 설마.'

최악의 대면을 가졌던 자신에게 친구가 되고 싶다는 말 따위를 할 리가 없다.

그렇게 생각하여 닉스는 도로테아의 말을 기다렸다.

도로테아는 긴장했는지 호흡이 흐트러져 있었다.

결의를 굳혔는지, 진지한 표정으로 닉스를 쳐다보고는 가슴에 손을 댔다.

"닉스 님, 한 번만 더 제게 기회를 주실 수 없나요?"

"기회? ——예? 기회라니?!"

도로테아가 무슨 말을 하고 싶은 것인지, 몇 초 늦게 깨달은 닉스는 놀라고 말았다.

"저는 진심이에요. 진심으로 당신을 좋아하게 되었어요. 부디, 한 번만 더 기회를 주세요."

"아니, 저기?! 그래도, 저는 그 왜! 전에도 말씀드렸지만 느긋한 부부가 좋으니까, 서로의 취향이 맞지 않는다고 생각합니다."

아무리 미녀라 할지라도, 남을 펫으로 삼고 싶다고 말하는 도로테아는 닉스의 취향이 아니다.

하지만 도로테아는 진심이었다.

"먼저 사랑하게 된 쪽이 진 거예요. 펫이 되는 건 저로 상관없어요. 아뇨, 닉스 님께서 바라시는 아내가 될게요."

"그, 그런 무리는 좋지 않다고 생각합니다. 참는 건 몸에 독이고 말이죠."

'애초에 결혼 상대를 펫 취급이라든가 무리라고! 내 정신이 못 버틴다니까!'

어떻게든 이 자리를 벗어나려 하는 닉스였으나, 유감이지만 이곳은 로즈블레이드 가문의 본거지—— 성안.

발코니 출입구로 시선을 향하니, 커튼이 쳐진 커다란 유리창 너머로 사람의 그림자가 보였다.

도로테아가 양손을 쥐고 고개를 숙인 채 눈물을 흘렸다.

"그러면, 어떻게 하면 좋나요? 어떻게 하면, 닉스 님께서 절 받아들여 주실 수 있나요?"

"이, 일단, 눈물을 닦는 게 좋다고 생각합니다! 그리고 그 왜, 이런 건 가족도 허락하지 않지 않겠습니까? 저는 당신께 실례되는 태도를 보였고요."

"피차일반이지 않나요. 저도 목줄을 준비했었어요."

마음 한구석에서 '무슨 이런 지독한 대화가 다 있지'라는 생각을 하며, 닉스는 잘 생각해 봤다.

눈앞의 여성은 어째서 자신에게 집착하는 것일까, 하고.

"처음이에요."

"뭐, 뭐가 말입니까?"

"이렇게나 가슴이 두근거린 건 태어나서 처음이라 어떻게 하면 좋을지 알 수가 없어요."

차가운 인상을 주는 어른 여성이 마치 어린아이처럼 우는 모습에 닉스는 가슴이 아파졌다.

그 모습을 보고 있을 수 없어서, 끌어안아 위로하고 말았다.

달빛에 비치는 도로테아가 아름다워 보였다든가, 우는 모습에 자기가 어떻게든 해줘야만 한다는 마음이 들었다든가——평소 형으로서 힘내고 있는 닉스로서는 여하튼 내버려 둘 수가 없었다.

닉스한테 안긴 도로테아가 깜짝 놀라 굳어지고 말았다.

서로의 고동이 거세진다.

"저, 저기."

이 뒤를 생각하고 있지 않았던 닉스도 망설였지만, 도로테아 쪽에서도 안겨들어 두 사람은 한동안 발코니에서 시간을 보냈다.

◇

"뭐 하는 거야, 형!"

발코니를 엿보던 나는 도로테아 씨를 끌어안은 닉스를 보고 눈이 휘둥그레져서 혼잣말을 내뱉었다.

어떻게 봐도 닉스의 취향이 아닌 여성인데, 자기 쪽에서 끌어안는다니 무슨 생각을 하는 거지?

함께 발코니를 엿보고 있던 리비아가 얼굴이 새빨개져 머뭇머뭇했다.

"가, 갑자기 껴안는 건 예상 밖이었죠."

의견을 요구받은 노엘은 눈동자를 반짝이며 닉스와 도로테아 씨를 보고 있다.

"그래도 이상적이지. 좋아하는 사람한테 고백하는 건 용기가 필요하니까 말이야."

자기 때를 떠올리고 있는 것인지, 노엘도 뺨을 빨갛게 물들이고 있었다.

안제 쪽은 내 옆에 서서 날 곁눈질했다.

"형제간에 닮았다고 생각했다만, 닉스 경은 자기 쪽에서 손을 댔군. 리온도 조금은 본받는 편이 좋을 거다."

"한때의 감정에 휩쓸린 걸로밖에 보이지 않는다만?"

닉스가 여성에게 저렇게 대담하게 행동한다니 말도 안 된다.

나는 뭔가 마법에라도 걸려, 정상적인 판단을 하지 못했다는 예상을 세웠다.

안제는 작게 한숨을 내쉬고 어처구니없어하더니, 시선을 우리 뒤로 향했다.

거기에는 태도에 짐짓 꾸며낸 티가 나는 로즈블레이드 백작이 있었다.

"이거이거, 도로테아도 여간내기가 아니군. 설마 좋아하는 남성이 있으리라고는 생각지 않았어."

회장에 들릴 듯한 성량이었기에 우리 부모님도 다가왔다.

"리온이 아니라, 닉스가 설마?!"

성실한 닉스가 여성을 끌어안고 있는 것에 놀라는 건 이해하지만, 거기서 왜 내 이름이 나오는 걸까?

어머니 쪽은 멍하게 벌린 입에 손을 가져다 대고 있었다.

너무 놀라서 반응하지 못하는 듯하다.

아버지가 로즈블레이드 백작에게 사죄했다.

"저, 정말로 죄송합니다."

소중한 딸을 끌어안아 송구하다는 마음일 것이다.

하지만 로즈블레이드 백작은 차분했다.

"자기를 구해 준 기사한테 연심을 품는 것도 어쩔 수 없는 일이겠지요. 지금은 둘만 있게 해줍시다."

로즈블레이드 백작이 아버지와 어머니를 데리고 파티로 돌아가자, 안제가 팔짱을 꼈다.

"뻔뻔하군. 처음부터 둘만 있게 할 예정이었을 텐데 말이다."

"어? 왜 그런 짓을?"

"도로테아가 닉스 경에게 반했기 때문이지."

"형한테? 하지만 목줄 운운은 거짓말이라고 알려줬잖아? 좋아하게 될 이유가 있나?"

도로테아 씨의 취향과는 다를 거라고 말했더니, 여성진이 '정말로 뭘 모르네'라는 어이없는 표정을 지어 보였다.

리비아가 내게 도로테아 씨의 마음을 알려줬다.

"리온 씨, 자기를 구해 주는 기사님께 동경심을 품는 여자아이는 많아요."

"그건 들은 적이 있지만 말이야."

노엘은 몸을 움츠려 양손 손가락 끝을 맞대고는 쑥스러워하고 있었다.

"알 것 같아~. 목숨을 걸고 구하러 와 주면, 그것만으로도 의식해 버리지."

힐끔힐끔 날 쳐다보는 노엘은 공화국에서의 일을 떠올리고 있는 듯하다.

그때의 나는 힘냈다고 생각한다.

그러자 디어드리 선배가 다가와 대화에 끼어들었다.

"제게도 경험이 있네요. 공국 군대에 습격당했을 때였죠. 그때의 리온 군은 정말로 믿음직했답니다."

다가온 디어드리 선배 앞에, 안제가 허리에 손을 대고 섰다.

"기묘한 우연이군. 나도 기억하고 있다. 그때도 리온은 날 구하러 와 줬으니까 말이지. 그건 그렇고, 공들인 짓을 하는군."

"무슨 말일까요?"

디어드리 선배는 안제한테 시치미를 떼며, 펼친 부채로 빙긋이 웃음 띤 얼굴을 가리고 있었다.

"클라리스는 만일을 위해 파티 회장에서 꼼짝 못 하도록 손을 써 뒀더군. 일부러 닉스 경과 도로테아가 같이 있을 수 있도록 움직여서, 발코니로 유도한 것이지? 오늘은 달도 아름다워서 분위기도 좋다. 조금 약한 모습을 보이면, 대부분 남자는 참지 못하고 안아 버리겠지."

"――거짓말이지? 전부 연기였던 건가?"

발코니에 있는 두 사람을 보고 나는 닉스가 속아 버렸다고 생각했다.

하지만 디어드리 선배가 도로테아 씨의 명예를 지키기 위해 반론했다.

"둘만 있게 될 기회를 마련한 것뿐이랍니다. 그 이상의 일은 본인에게 맡겼어요. 연기라니 유감이로군요."

"연기가 아니야? 그, 그럼, 괜찮은 건가?"

고민하는 내 옆에 있던 루크시온은 이 화제에 그다지 흥미가 없는 듯하다.

『남의 의견에 너무 좌우되는 것 아닙니까?』

"시, 시끄러워. 난 이런 게 서투르단 말이다."

『비단 연애뿐만이 아니라, 마스터한테는 서투른 분야가 많군요.』
매번 쓸데없는 한 마디가 많은 녀석이다.

제07화 「로즈블레이드 백작」

다음 날.

성에 있는 환담실에 모인 우리 가족은 머리를 감싸 쥔 채 소파에 앉은 닉스를 둘러싸고 있었다.

"닉스, 시집가기 전의 아가씨를 끌어안다니 뭘 생각하고 있는 거냐!"

아버지가 몹시 쩔쩔매며 그렇게 말했지만, 이게 평범한 여성이라면 문제가 되지 않았다.

상대가 미혼인 백작 영애니까 문제다.

닉스가 어젯밤 일을 변명했다.

"그런 게 아니야. 내버려 둘 수가 없어서. 게다가, 어제는 무척 아름다워 보여서 그만……."

약한 모습을 보게 되어 내버려 둘 수 없었다고 말하는 닉스. 그런 닉스를 보는 가족의 시선은 차가웠다.

그중에서도 제일 지독한 건 제나와 핀리 두 사람이었다.

"분명 다 계산된 행동이었던 거 아니겠어?"

"아~, 알 것 같아. 분위기 만들면 승리! 같은 면이 있지."

두 사람은 도로테아 씨의 함정에 닉스가 걸렸다고 생각하는 모양이다.

애초에 백작 영애한테 닉스가 쉽게 다가갈 수 있을 리가 없다며 말이다.

제나는 어젯밤 파티를 떠올렸다.

"뭔가 부자연스러운 점이 많았어."

수상하게 여기고 있었다는 발언에 닉스는 고개를 들었다.

"알고 있었으면 알려달란 말이다!"

"네 연애에 흥미 없어. 그건 그렇다 치고, 우리 집안 남자들은 어째서 인기가 많은 걸까? 리온도 그렇지만, 설마 닉스까지 그럴 거라고는 생각지 않았어. 형제가 모두 구름 위 존재인 아가씨들한테 사랑받는 체질인 걸까?"

핀리는 소파에 앉아 고개를 갸웃하는 코린을 봤다.

"이대로 코린도 어딘가의 좋은 집 아가씨와 결혼하려나?"

"겨, 결혼?! 나, 난 딱히."

당황하는 코린을 보고, 핀리는 놀려 주고 싶어진 것이리라.

거리를 좁혀 코린의 코끝에 손가락을 내밀었다.

"꼬맹이인 코린한테는 무리인 이야기네. 항상 노엘 뒤에 숨어 있는 겁쟁이 코린."

"겁쟁이 아니야!"

누나 동생 싸움이 시작될 것 같자, 어머니가 둘을 떼어 놓았다.

"남의 집까지 와서 싸우는 건 그만두렴. 정말, 어째서 우리 집 애들은 차분하지 못한 건지."

제나는 부루퉁해진 핀리를 보고 웃었다.

"코린하고 싸움이라니, 너도 어린애네."

"젊다는 증거예요~. 언니와는 다르다구."

"뭐라고!"

"사실이잖아? 어제도 학원을 막 졸업한 참이라고 말했더니 남자들이 떠나갔잖아. 내 쪽은 입학 전이라는 걸 알게 된 멋진 남자들이 몇 명이나 왔었어."

"나, 나보다 어린애인 핀리를 고르다니, 보는 눈이 없는 남자들뿐이네!"

"반대 아니야? 장래성이 없는 언니보다, 미래가 있는 날 선택하는 보는 눈 있는 남자들이지."

——남작가 딸로 학원을 갓 졸업한 참이라면, '끔찍한 세대'라는 의미가 된다. 그래서 경원시 당한 것이리라.

얼마 전까지 남작가나 자작가 딸들은 아인 노예를 전속 사용인이라 칭하며 데리고 다녔다.

그게 보통이었지만, 지금은 가치관이 변하고 있다.

아니, 교정되고 있다는 것에 가깝나? 어쨌든 상황이 변화하는 중이다.

그런 와중에 핀리도 입학을 앞두고 있어, 봄방학이 끝나면 1학년이다.

제나와 서로 노려보는 핀리를 본 나는 작게 한숨을 내쉬는 것처럼 중얼거렸다.

"여동생이란 끔찍하군."

핀리도 끔찍하지만, 전생의 여동생인 마리에를 떠올리고 만다.
알제르 공화국에서 누나에 대한 내 안의 평가는 루이제 양 덕분에 '피가 이어지지 않은 누나는 좋은 사람'이 되었다.
제나한테 시선을 옮기자, 무시무시한 얼굴로 핀리와 노려보고 있었다.
그걸 본 어머니가 머리가 아픈 듯이 이마를 손으로 눌렀다.
나는 생각했던 것이 입 밖으로 나오고 말았다.
"루이제 양과 제나를 트레이드할 수 없을까?"
그런 내 본심을 듣고, 루크시온이 여느 때처럼 날 바보 취급했다.
『누나라는 존재는 해악이라고 말하지 않았습니까? 루이제 쪽이 해는 적다는 판단일까요?』
"루이제 양을 보고 있으면, 누나도 나쁘지 않다고 생각하게 되잖아? 내 어리광을 받아 주는 상냥한 거유 누나라면 대환영이라고."
루이제 양을 떠올리며 그렇게 말하자, 자매끼리 쏘아보고 있던 제나가 혐오감이 그대로 드러난 표정을 이쪽으로 향했다.
"넌 정말로 역겹네. 누나한테 뭘 원하는 거야?"
누나를 성적으로 원하고 있는 건가? 그런 식으로 착각한 제나가 자기 자신을 부둥켜안다시피 하며 내게서 거리를 벌렸다.
그렇게 싫어할 필요는 없을 텐데.
"아무도 널 성적인 눈으로 안 본다고. 네 알몸을 봐도 조금도 흥분하지 않고 말이다."
『그럼, 대상이 루이제라면?』

"성적인 눈으로 볼 대상이 아니야. 루이제 양의 알몸을 본다면, 이라니 너 실례가 지나치다고."

『그 실례인 말을 누님에게 한 것은 마스터라고요.』

"친누나에 대한 취급 따위 이런 법이잖아?"

낄낄 웃었더니 가족이 '이 녀석은 또'라며 질렸다는 표정을 지었다. 하지만 루이제 양 화제가 나오자 어머니의 시선이 험악해졌다.

아버지는 억지로 화제를 닉스로 되돌리고는, 앞으로의 일을 생각하기 시작했다.

"어쨌든 백작은 눈을 감아 주셨다. 지금부터 닉스랑 같이 사죄하러 갈 건데, 너희는 얌전히 있어라. 특히 리온!"

"어?"

"너는 이 이상 소동을 크게 만들지 마라. 알겠냐, 절대로다!"

"난 기본적으로 얌전하다고. 오히려 문제는 제나나 핀리잖아?"

문제아 자매한테 눈길을 주자, 날 보고는 '이 녀석은 뭐라는 거야?'라는 의아하다는 듯한 표정을 짓고 있었다.

"이 바보 동생은 정말로 이해하지 못하고 있네."

"우리는 오빠처럼 상식에서 벗어난 행동 같은 건 안 해. 조금은 자신을 돌아보는 게 어때?"

정말로 열 받는 자매다.

누나의 평가는 조금 바뀌었지만, 역시 여동생은 글렀군.

루이제 양 덕분에 누나라는 존재는 인정할 수 있게 되었으나── 핀리나 마리에가 있는 나한테는 여동생이라는 건 역시 해악이다.

아버지와 닉스가 사죄하러 간다고 하기에, 나도 소파에서 일어섰다.

두 사람이 내게 미심쩍은 표정을 지어 보였기에, 같이 따라가는 것을 제안했다.

"나도 갈게. 이래 보여도 후작님이니까 말이지. 조금은 이 직함이 도움이 될지도 모른다고?"

이름뿐인 후작이지만, 사죄의 자리에 없는 것보다는 나을 것이다.

두 사람은 고민한 끝에 내 동행을 허가해 주었다.

"자네 같은 사위를 둘 수 있어서 나는 행복하다네!"

로즈블레이드 백작과 면회한 곳은 성안에 있는 응접실이었다.

고급 가구가 설치된 이 장소는 로즈블레이드 가문의 재력을 과시하는 의미도 있어서인지 상당히 휘황찬란하다.

가난한 남작가인 우리는 위축되고 말 것 같은 호화로운 방에서── 로즈블레이드 백작은 얼굴 한가득 미소를 띠고 맞이해 주었다.

닉스를 향해 양팔을 펼치고 있는데, 본인은 곤혹스러운지 한순간 아연실색했다가 뒤늦게 되물었다.

"사, 사위라고요?!"

"도로테아를 받아들여 주었으니까 발코니에서 끌어안은 것 아닌가?"

로즈블레이드 백작은 시종 미소가 끊이지 않았지만, 어조는 '딸한테 손을 대 놓고서 책임을 지지 않을 셈인가?'처럼 들렸다.

아버지를 봤더니, 당황하여 쩔쩔매고 있는지라 도움이 될 것 같지 않았다.

"아, 아니, 백작. 저, 정말로 결혼시킬 생각이십니까? 저희는 시골 귀족이고, 애초에 격이 다릅니다만?"

신분제도가 남아 있는 세계에서는 결혼에도 여러 가지로 성가신 규칙이 있다.

때로 신분 차이가 나는 결혼을 이루기 위해, 지위나 명예를 버리고 사랑의 도피를 하여 모든 걸 잃는 사람들도 있다.

──참고로 마리에를 위해 그 짓을 한 게 다섯 바보다.

듣기에 따라서는 미담도 되려나?

그 녀석들의 경우, 실제로는 마리에한테 속아서 형편없는 상황이 되었다.

속인 마리에도 돈을 변변히 벌지 못하는 무직 다섯 명을 끌어안는 처지가 되었으니 웃기지만 말이다.

단, 무슨 일에든 예외는 존재한다.

로즈블레이드 백작의 시선이 한순간이나마 내게 향했다.

"걱정할 필요는 없네. 닉스 군의 친동생인 리온 경은 후작일세. 한 대만에 후작으로 출세한 영웅의 가족에게 공공연히 불만을 제기할 녀석은 없어."

내가 후작으로까지 승작해 버렸기 때문에, 작위 관계가 애매해져 있다.

닉스한테 미안한 마음이 든 나는 로즈블레이드 백작과 이야기를 했다.

"도로테아 씨는 시골에서 살아갈 수 있는 겁니까? 도회지와 다르게, 저희는 정말로 시골입니다."

아버지도 닉스도 몇 번이나 고개를 끄덕였다.

도회지에서 자란 여자가 시골에서 살아갈 수 있을 것인가?

이 세계의 생활 수준은 같은 나라라도 크게 다른 경우가 많다.

전생의 세계처럼 어디에 살든 전기, 가스, 수도를 쓸 수 있습니다! 같은 혜택받은 환경이 아니다.

그 때문에 학원 여자들은 시골 귀족을 꺼렸었다.

하지만 로즈블레이드 백작은 걱정 없다고 말한다.

"도로테아도 각오하고 있네. 닉스 군의 아내가 될 수 있다면, 어떤 땅에서든 살아가겠다는 것 같아. 여차하면 로즈블레이드 가문이 지원해 주겠네."

딸을 위해 발트파르트가를 지원해 준다는 것 같다.

고마운 이야기지만, 우리한테는 너무 형편이 좋은 이야기다.

나는 실례라고 생각하면서도 로즈블레이드 백작에게 묻지 않을 수 없었다.

"지극정성이로군요. 뭔가 뒤가 있는 게 아닐까 하고 의심해 버리고 맙니다."

긴장하면서 묻자, 내 질문 방식이 무례하다고 느낀 로즈블레이드 백작의 호위병들이 공격할 자세를 갖추려 했다.

하지만 로즈블레이드 백작이 그걸 제지했다.

"달콤한 이야기에 신중하게 나오는 것도 중요하지. 눈앞에 있는 보물에 경계심 없이 달려드는 자는 오래 살지 못하니까 말일세. 그 주의 깊은 점을 높이 평가하겠네."

아무래도 저쪽 마음에 든 모양이다.

로즈블레이드 백작은 우리한테 등을 돌리고── 조금 고민하는 것처럼도 보였다.

그리고 작게 한숨을 내쉰 뒤 다시 이쪽을 향했다.

그 표정은 뭐라고 할지, 곤란해하는 표정이었다.

"앞으로 연을 맺게 되는 것이니 숨겨 봤자 소용없겠지. 애초에 닉스 군과 리온 경은 도로테아의 취미를 알고 있지 않나?"

닉스가 목줄 건을 떠올리고는 난처해하면서도 긍정했다.

"네, 넵. 물론 절대로 떠벌리거나 하지 않을 것입니다."

"당연하지 않나. '가족'의 치부는 숨겨야만 하지."

가족, 이라는 부분이 묘하게 강조되어 있었다.

마치 '이제 너도 가족이고, 그 비밀을 공유하는 인간이다'라고 말하고 있는 듯했다.

닉스는 자신을 부정하는 말만 했다.

"저, 저로서는 균형이 맞지 않을 테고, 도로테아 씨에게는 어울리지 않습니다. 게다가 대단한 건 리온이지 제가 아니니까 말입니다."

"자신의 나약함을 인정하는 것도 중요한 일일세. 자네는 성실하고 좋은 남자로군!"

"실적 같은 건 아무것도 없습니다만?"

"나는 자네의 장래성을 높이 사고 있네. 게다가 닉스 군은 공적 퇴치로 활약하지 않았나. 내 딸들을 구해 주었으니까 말이야. 실적이라면 충분하다네!"

"저희는 가난하니까, 아가씨가 괴로움을 겪고 말 겁니다!"

"로즈블레이드 가문이 전력으로 지원할 테니 괜찮네! 사람, 돈, 물건, 부족한 것이 있으면 뭐든 말하게나!"

"저는 모험가로서도 평범하고, 무엇 하나 이뤄낸 것이 없습니다!"

닉스는 학원에서 모험가가 되었지만, 나처럼 던전을 공략했다든가 보물을 발견하는 등의 명확한 실적이 없다.

모험가라는 부분을 중요시하는 로즈블레이드 가문으로서는, 닉스는 평가 이전의 문제일 것이다.

하지만 그래도 로즈블레이드 백작은 태도를 바꾸지 않았다.

"모험을 하고 싶은 건가? 그렇다면 우리가 기획 중인 모험에 함께 하게나. 새로운 부유섬 발견을 목표로 하는 팀을 모집하고 있어서 말이지. 성공하면 닉스 군의 공적으로 해도 좋네."

"아, 아니요, 그건 실례가 되는 일입니다. 그런 건 스스로 이루지 않으면 의미가 없다고 생각합니다."

"뭐라! 스스로 이뤄내고 싶다? 닉스 군도 훌륭한 모험가로군!"

무슨 말을 해도 로즈블레이드 백작은 호의적으로 받아들인다.

서로 착각하고 있다? 아니, 이건 다르다.

내 옆에 떠 있는 루크시온이 로즈블레이드 백작의 마음을 알아차린 모양이다.

『지금 대화의 흐름에서 추측건대, 로즈블레이드 백작은 마스터의 형님을 어떻게 해서든 손에 넣고 싶은 것이겠지요.』

"그런 거 같다. 형은 이제 도망칠 수 없을지도 모르겠어."

로즈블레이드 백작의 말을 의역하면, '너만큼은 절대로 놓치지 않겠다!'일까?

무슨 말을 해도 좋은 쪽으로 구르자 닉스는 혼란스러운지 상당히 초조해했다.

그런 닉스에게 로즈블레이드 백작은 말했다.

"아직 좀 더 우리 쪽에 체재하는 것이지? 그동안에 서로에 관해 더 알면 되네. 누가, 도로테아를 불러 안내시키도록 해라."

"옙!"

기사가 도로테아 씨를 부르러 가자, 이야기에 따라오지 못한 아버지가 그제야 입을 열었다.

"나는 어떻게 하면 좋지?"

그건 나도 같은 기분이야.

◇

로즈블레이드 가문의 성 안뜰.

닉스가 도로테아 씨한테 성안을 안내받는 동안, 우리는 디어드리 선배한테서 차를 마시자는 권유를 받았다.

안뜰에는 의자나 테이블이 마련되어 있었고, 로즈블레이드 가에서 준비한 홍차를 즐겼다.

차나 다과는 맛있지만, 화제는 역시 닉스에 관해서였다.

어두운 이야기는 아니나, 밝은 이야기라고도 할 수 없었다.

"닉스는 이미 외통수에 몰린 것 아닐까?"

파티에 참석한 수많은 사람이 닉스와 도로테아 씨가 끌어안고 있는 모습을 봤다.

이야기를 들었던 사람도 많으리라.

주위는 결혼식까지 초읽기인가? 라는 등 소문이 돌고 있다.

애초에 로즈블레이드 가문이 발트파르트 가로 찾아온 시점에서 소식이 빠른 사람들한테는 널리 알려져 있었다는 것 같다.

파티에서 발이 묶여 있던 클라리스 선배가 약간 불만스러워하는 듯했다.

"로즈블레이드가는 은인에게 실례인 집안이지. 디어드리 선배를 구하기 위해 애틀리 가문에서도 비행선이나 전력을 보냈는데 이 처사는 너무해."

발이 묶여 있던 것에 꽁해진 모양이지만, 화내고 있는 것도 아니다.

디어드리 선배는 웃으며 비아냥을 받아들였다.

"우리 집안과 발트파르트 가문 사이의 이야기에 끼어든 건 그쪽이 아닌가요? 본가에서 넌지시 속을 떠보라는 말을 들은 거겠죠?"

컵을 손에 든 클라리스 선배는 대답하지 않고 홍차를 한 모금 마셨다.

껄끄러운 분위기는 아니지만, 서로 속을 떠보는 탐색전은 피곤하기에 이야기를 되돌렸다.

"디어드리 선배 앞에서 죄송하지만, 형이 결혼을 거부하면 저도 형에게 찬성할 겁니다."

정말로 닉스가 싫어한다면 나는 혼담을 거절하는 것을 도울 생각이었다.

그런 내 결의를 들어도, 디어드리 선배는 조금도 타박하지 않는다.

"바꿔 말하면, 그가 받아들이면 반대도 하지 않는 거지? 안젤리카는 어떨까? 방해할 생각이야?"

모두의 시선이 안제에게 집중되자, 본인은 컵을 조용히 내려놓았다.

"나는 리온의 의견에 따르지. 단, 리온한테 손을 대면 너희들이라도 용서하지 않을 거다. 디어드리, 발트파르트 가문을 포섭한 것만으로 참아라. 클라리스도 묘한 기대는 하지 마라. ——나는 진심으로 말하고 있다."

안제의 빨간 눈동자는 홍옥 같은 빛을 내뿜으면서 두 사람을 위압하고 있었다.

하지만 디어드리 선배도 클라리스 선배도 전혀 동요한 기색이 없다.

둘 다 미소 지으며 아무 대답도 하지 않았다.

다만, 신경 쓰이는 건 내 이름이 나온 점이다.

"루크시온, 왜 내 이름이 나온 거야?"

『눈치가 나쁜 마스터는 어떤 의미로 이 자리의 힐링 담당이군요. 마스터 같은 존재가 힐링이 될 정도로, 이 자리의 분위기가 좋지 않다는 말이긴 합니다만.』

상황을 이해하지 못한 내게 루크시온이 비아냥댔다.

매번 있는 일이기에 갚아 주기로 했다.

"나는 순박한 청년이니까, 서로 속을 떠보는 탐색전은 서투르다고. 그래도 너는 특기잖아?"

『무슨 의미입니까?』

"인공지능인데 속이 시꺼머니까 말이지."

『마스터보다는 못합니다. 게다가 스스로 순박하다니 어느 입으로 그런 말을 하는 겁니까?』

나와 루크시온이 대화하기 시작하자, 안제가 작게 한숨을 내쉬었다.

"리온이 질린 것 같으니까 이 이야기는 이걸로 끝이다. 두 사람의 일은 본인들에게 맡기고 외야는 지켜보면 돼."

닉스와 도로테아의 판단에 맡겨도 된다는 것 같지만, 귀족으로서 그걸로 괜찮은 걸까?

나로서는 안제의 의견은 고마운 일이다.

하지만 내가 상상하는 귀족 사회는 결혼 같은 것에 까다로울 것 같은데?

실제로 여러 가지로 성가신 일이 많으니까 말이지.

나는 루크시온을 얻어, 마구 날뛰고 있었더니 어느샌가 대 출세를 이루고 말았기에 그러한 성가신 굴레를 무시하고 올 수 있었다.

그래서 보통은 더 힘들다고 생각했다.

뭐, 결혼 이외의 굴레도 있고 실제로 일이 성가셔지기는 했지만.

"어느 쪽이라도 괜찮은 건가? 귀족의 결혼은 제법 느슨하네."

안제가 눈을 가늘게 떴다.

"네가 관계되면 특별해질 만도 하지. 그보다도 뭔가 즐거운 화제는 없나? 리온이 속이 시꺼먼 대화를 싫어하니까, 다른 화제로 즐겁게 보내고 싶군."

날 위해 화제를 바꾸고 싶다는 안제였으나, 은근슬쩍 디어드리 선배나 클라리스 선배를 향한 비아냥이 되고 있지 않나?

그리고 속을 떠보는 탐색전 운운했던 나한테 넌지시 비꼬아 말하는 거려나?

그러자 리비아가 손뼉을 쳤다.

"그러면 부유섬 이야기를 듣고 싶어요!"

리비아가 화제로 삼은 건 새로운 부유섬을 찾는 이야기다.

"리온 씨한테서 들었는데, 로즈블레이드 가문에서는 새로운 부유섬을 찾고 있는 것이죠? 부유섬이 그렇게나 쉽게 발견되는 건가요?"

리비아한테 질문을 받은 디어드리 선배는 "간단하지는 않아요"라고 말한 뒤 자세하게 설명해 주었다.

"지금은 대륙 발견은 어려우니까 말이에요. 적당히 큰 부유섬을 발견하면, 그걸 옮겨서 연결함으로써 토지를 넓히는 거예요."

"작은 부유섬이라도 엄청나게 크죠? 정말로 옮길 수 있는 건가요? 저는 실제로 본 적이 없어서 아직 믿기지 않는데요."

"대지를 띄우는 부유석을 마법으로 조작해서 옮기는 것이니까요. 다만, 옮기는 것도 큰일이랍니다. 실패하면 큰 사고로 이어져도 이상하지 않아요."

이 세계의 대지가 허공에 떠 있는 건 부유석이라 불리는 중력을 무시하는 광석이 존재하기 때문이다.

그걸 이용하면 비행선도 쉽게 만들 수 있다.

여하간 부유하는 힘은 항상 얻을 수 있으니까 말이다.

나머지는 추진력만 손에 넣으면 비행선은 움직일 수 있다.

디어드리 선배는 부유섬을 발견하는 것이 얼마나 힘든지를 이야기했다.

"어떤 부유섬이든 좋은 건 아니에요. 아무것도 없는 황무지 같은 부유섬을 옮겨 와서 연결해 봤자 아무런 의미도 없으니까 말이에요. 바위투성이인 황폐한 부유섬이라면 비교적 쉽게 발견되지만 말이죠. 원하는 건 토양이 풍요로운 부유섬이랍니다."

그 이야기를 듣고 있던 클라리스 선배가 바위투성이인 황폐한 부유섬 이용 방법을 말했다.

"황폐한 부유섬이라면 부유석을 캐내서 팔면 좋은 돈벌이가 돼. 게다가 그런 부유섬에서는 다른 광석이 발견되는 경우도 있어. 요는 이용 방법 나름이 아닐까?"

"그게 쉽게 되면 고생은 하지 않아요. 바위투성이인 부유섬을 파내며 조사해서, 아무것도 발견하지 못하면 막대한 손해라고요."

두 사람의 대화에 흥미를 느꼈는지 안제도 가세했다.

"옮기는 것만으로도 돈이 든다면, 조사단이라도 만들어서 보내면 어떻지?"

디어드리 선배는 조사단을 보내 자원이 발견되면 옮기면 된다는 안제의 의견을 부정했다.

"나름 규모가 되는 집단을 아무것도 없는 황무지에서 활동시키기 위해 얼마나 많은 물자가 필요하다고 생각하나요? 아무것도 없으면 부유석을 회수해도 적자가 되고 말아요."

"해볼 가치는 있다. 몇 번인가 실패해도, 한 번 성공하면 흑자가 될 가능성은 있는 것이지? 최종적으로 흑자라면 문제없어."

세 사람은 그대로 열띠게 이야기를 나눴지만, 질문한 리비아는 끼어들지 못한 채 곤란해하고 있었다.

대신에 내가 이야기 상대가 되어 주자.

"어째서 부유섬에 흥미를 가진 거야?"

"노엘 씨가 이것저것 여러 가지로 신경 쓰고 계셨어요. 그 왜, 묘목을 언제까지고 화분에 심어둔 채로는 불쌍하다면서요."

휠체어에 앉은 노엘을 보니, 홍차를 다 마시고 컵을 내려놓은 참이었다.

나와 리비아의 이야기를 듣고 있었는지, 부유섬에 흥미를 지닌 이유를 이야기했다.

"그렇단 말이지. 그래도, 심는 장소는 중요하니까 조건이 괜찮은 부유섬이 있으면 거기가 좋으려나, 하고 생각했어."

묘목은 장래 필시 이권 문제를 발생시키니까, 심는 장소가 중요해진다.

내 본가도 문제다.

장래 나나 닉스── 가족의 아이들이나 손자녀들이 묘목의 이권을 원하여 골육상쟁을 벌이게 되면 웃을 수 없다.

『이미 몇 군데의 부유섬을 조사하여 골라 놓았습니다.』

"어, 그래?"

『예. 마스터의 새로운 영지도 마련해야만 하니까요.』

"그렇단 말이지. 내 이상향은 왕국에 헌상했으니까 말이야."

본래라면 내 영지가 될 터였던 온천이 있는 부유섬은 마리에 일행을 연금하기 위해 왕국에 헌상해 버렸다.

그 녀석들 때문에 내가 루크시온한테 준비시킨 이상적인 슬로 라이프를 보낼 수 있는 장소를 잃고 말았다.
리비아나 노엘과 대화하고 있을 때, 디어드리 선배와 클라리스 선배가 우리 쪽을 힐끔힐끔 쳐다봤던 느낌이 든다.
루크시온이 두 사람에게 외눈을 향했다.
말없이 두 사람을 보는 루크시온의 행동이 신경 쓰여, 나는 이유를 물어봤다.
"왜 두 사람을 보고 있어?"
『――아무것도 아닙니다.』

한편.
그 무렵 닉스는 리온 일행과는 다른 안뜰에서 도로테아와 벤치에 앉아 있었다.
두 사람은 주먹 세 개 크기 정도의 간격을 두고 나란히 앉아 있었다.
"그 녀석 때문에 정말로 고생이 이만저만이 아니라고!"
"어머."
닉스는 어느샌가 도로테아한테 푸념을 늘어놓고 있었다.
어느샌가 평소의 모습을 드러내고, 편한 말투로 이야기하고 있다.
"학원에서는 제멋대로 날뛰니까 형인 나까지 백안시당하고 말이지! 귀축의 형, 같은 취급이야. 아니라고. 난 평범해! 그 녀석 한 명이 우리 가족 중에서 이질적인 거야!"

"그건 큰일이었겠네요."

"——남자한테서는 그 리온의 형이라면서 원망받고, 여자들은 날 무서워하고. 게다가 리온이 이상하게 출세하니까 결혼도 하지 못하고."

리온의 형이라는 입장은 닉스 처지에서는 여러 가지로 큰일이다.

출세한 동생의 입장을 이용해서, 라는 생각을 하지 않는 점에서 닉스의 선량한 본성이 나오고 있다.

도로테아는 긴장하면서 닉스의 손을 만졌다.

"저, 저라면, 그러한 평판에 미혹되거나 하지 않아요."

"도로테아 씨……."

손을 잡혀 얼굴이 빨개지는 닉스였다.

"형 자식, 아주 싫지만도 않은 거 아니야?! 남을 이렇게나 안달복달하게 만들어 놓고 자기는 데이트를 즐긴다니, 믿기지 않는데."

루크시온한테 명령하여 두 사람의 상태를 확인하고 있었다.

테이블 위에 투영된 두 사람의 모습에 여성진은 흥미진진이다.

디어드리 선배가 눈물을 손가락으로 훔쳤다.

"그 언니가 평범한 데이트를 하고 있어요. 옛날의 언니라면 남성분에게 목줄을 채워 데리고 돌아다녔을 텐데."

평범하게 데이트하는 것만으로도 감동적이라는 듯한데, 지적하지 않을 수가 없었다.

"디어드리 선배도 절 펫으로 삼고 싶다든가 말하지 않았습니까?"

수학여행에서 돌아오는 길에 공국과 조우했을 때다.

하지만 이 이야기를 몰랐던 안제가 디어드리 선배를 노려봤다.

"나는 그런 이야기는 듣지 못했다."

안제가 리비아를 보자, 리비아가 숨김없이 전부 이야기했다.

"확실히 그런 말을 하셨어요. 리온 씨가 안제는 저버릴 수 없지만, 다른 사람들은 아무래도 상관없다는 식으로 말했더니, 그 뻔뻔한 태도가 마음에 들었다고 하면서요."

"그, 그런가? 으, 으음, 그건 좋지 못하군."

리비아의 설명을 듣고 안제가 날 힐끔힐끔 보며 얼굴을 빨갛게 물들였다.

――그만해. 나도 부끄럽다고.

그때는 안제를 구하고자 초조했던 것도 있어서, 평소라면 하지 않을 그런 대사를 말해 버렸다.

양손으로 얼굴을 가리는 날 보고, 리비아는 방글방글 미소 짓고 있었다.

"남성은 한 번 정도는 공주님을 구하는 기사가 되고 싶은 거죠? 리온 씨, 그렇게 말하면서 안제를 구하고자 분발했었어요."

내가 침묵해 버리자, 안제가 쑥스러워하며 헛기침했다.

"크흠! 리비아, 그 정도까지만 해줘라. 리온이 곤란해하고 있지 않나."

"그러네요. 하지만 그때의 리온 씨는 정말로 멋졌어요."

얼굴이 빨개진 나를 보고, 디어드리 선배도 클라리스 선배도 예리한 눈초리로 리비아를 쳐다봤다.

눈앞에서 연인 자랑을 하면 그야 화도 날 것이다.

노엘이 영상에 움직임이 생겼다며 목소리를 높였다.

"아, 손을 잡았어! 닉스 씨, 기뻐하는 것 같지 않아? 어떻게 봐도 잘 어울리네."

두 사람의 모습을 행복하게 보고 있던 리비아도 노엘의 의견에 찬동했다.

"그러네요. 두 분 모두 어쩐지 즐거워 보여요."

나는 고개를 들어 영상을 봤다. 즐거운 듯한 닉스를 보니 부러워졌다.

나한테도 귀여운 약혼자들이 있지만, 한 명의 여성과 마주하고 있는 닉스가 부럽기도 하다.

여러 여성과 맺어진 나한테는 닉스 같은 순애는 눈부셔 보인다.

——분명하게 말하지.

나는 지금 상황을 후회하고 있지는 않다.

하지만 닉스가 부러운 것도 사실이다.

그리고 루크시온이 결정적인 발언을 했다.

『양자의 심박수와 체온이 급상승하고 있군요.』

"루크시온, 분명하게 말해줘. 그건 즉, 어떤 상태야?"

『흥분한 상태입니다.』

"싫다든가, 그런 느낌은 일절 없는 거로군?"

『가능성은 적다고 판단합니다.』

"——그러냐."

나와 루크시온의 대화를 듣고 있던 모두는 '좀 더 완곡하게 말할 수도 있을 텐데'라는 표정을 짓고 있었다.

아무리 겉꾸리고자 해도, 닉스는 몹시 기뻐하고 있다고 모든 데이터가 증명한다.

조금 전까지 나와는 걸맞지 않다느니, 성격이 어쩌니 불평만 하고 있었던 주제에 지금은 흥분 중이라니 기가 막히는군.

뭐냐고, 저 녀석은?

"실컷 불만을 늘어놓았던 주제에 역시 미인한테는 쉽게 넘어가는군. 거절할 생각이라면 도와줄 생각이었지만, 이젠 아무래도 상관없어."

될 대로 되라는 태도를 보이자, 루크시온이 내게 확인했다.

『그러면 도로테아 씨와의 결혼에 찬성하시는 겁니까?』

"그도 그럴 것이, 기뻐 보이잖냐."

영상 속의 닉스는 도로테아 씨와 풋풋한 커플로밖에 보이지 않았다.

나는 의자에서 일어나 그 자리를 떴다.

『어디로 가시는 겁니까?』

"아버지랑 어머니한테. 형은 도로테아 씨와 사이가 좋아 보였다고 말하려고. 아버지와 어머니도 그걸 들으면 조금은 안심하시겠지."

정말로 주위를 떠들썩하게 만드는 형이야.

◇

닉스가 도로테아 씨와 헤어져 방으로 돌아오자, 발트파르트 가문이 사용하는 방인데 어째서인지 로즈블레이드 백작이 있었다.

"사위여!"

그리고 닉스를 향해 사위라고 불렀다.

"백작님? 어, 어째서 여기에?"

로즈블레이드 백작은 닉스에게 다가가더니 양손으로 닉스의 오른손을 잡고 위아래로 크게 흔들었다.

"이야기는 들었네. 마침내 각오를 굳혀 준 모양이라 기쁘군."

"——예?"

놀라는 닉스였으나, 주위에 있는 가족은 자신들을 둘러싸고 박수를 보냈다.

부모님은 눈에 눈물을 띠면서도 기뻐하고 있었다.

"닉스, 네가 선택한 거라면 나는 뭐라 하지 않으마."

"아, 아버지?"

"백작가의 아가씨와 잘 지낼 수 있을지 걱정이지만, 너는 옛날부터 착실했으니까 안심해도 되겠지? 닉스, 축하한다."

"어머니?! 무슨 말을 하는 거야?!"

상황을 이해하지 못한 닉스에게 로즈블레이드 백작이 기쁜 듯이 이야기했다.

"후작── 리온 경에게서 이야기는 들었네. 아주 싫지만도 않은 거라면, 먼저 알려주게나. 하지만 자네는 성실하고 조금 늦된 거겠지. 딸을 가진 아버지로서는 안심할 수 있어."

"아, 아니, 아직 받아들이겠다는 말은 하지 않았습니다만?"

대화는 들떠 있었고, 닉스 역시 아주 싫지만도 않았다는 건 사실이다.

하지만 결혼 운운하는 이야기는 일절 하지 않았다.

게다가 자신들의 대화를 누군가가 듣고 있었다고는 생각되지 않는다.

'어째서 즐겁게 대화하고 있었다는 걸 아는 거지?'

당황하는 닉스에게, 미소를 지은 표정이었던 로즈블레이드 백작이 눈을 가늘게 떴다.

백작한테 잡힌 손에서 끼릭끼릭 하는 소리가 나고 있었다.

"우리 딸로는 불만이려나?"

"그, 그런 건 아닙니다. 하지만, 저로서는 안 어울리는 것 아닐까 해서."

'멋진 사람이라고는 생각하지만, 나와는 성격이 안 맞겠지.'

로즈블레이드 백작이 다시 미소를 지어 보였다.
“그렇다면 문제없네. 자네는 딸에게 걸맞다고 내가 보증함세!”
누구도 트집 잡지 못하도록 하겠다는 태도였다.
어째서 일이 이렇게 된 거지? 닉스가 자문하고 있자, 시야에 히죽히죽하며 박수를 치는 리온의 모습이 들어왔다.
‘서, 설마 이 자식?!’
닉스는 리온에게 물었다.
“리온, 설마 네가 흑막이냐?”
“흑막? 무슨 말을 하는 거야. 사이 좋아 보였으니까, 그걸 아버지랑 어머니한테 알려준 것뿐이라고. 그랬더니 닉스가 결정한 거라면, 하고 두 분이 말하니까.”
“사이 좋은 분위기였다는 걸 어떻게 안 거냐? 너는 그 자리에 없었지?!”
그에 관해서 대답하는 건 루크시온이었다.
『제가 보고했습니다. 덧붙여서 심박수, 체온, 표정 등으로부터 두 분은 흥분 상태에 있다고 판단하여 그쪽도 보고하였습니다.』
“루크시온, 너도 협력한 거냐! 평소처럼 리온을 멈추란 말이다!”
『제삼자가 보기에 지금의 형님은 도로테아에게 반한 상태입니다. 안젤리카를 비롯한 여성진 전원의 의견도 일치하였기에, 틀림없으리라고 생각합니다. 손을 잡았을 때의 심박수 변화를 표시할까요? 도로테아한테 흥분하고 계셨지요?』
손을 잡혀서 두근거렸잖아? 그런 식으로 말하면 닉스도 창피하다.

"완곡한 말투라는 게 있잖냐!"

이야기를 듣고 있던 로즈블레이드 백작이 싱글싱글 웃었다.

"도로테아로에게 흥분한 건가. 아버지로서는 복잡한 심경이네만, 딸에게 호의를 가지고 있다는 점에 변함은 없지. 곧바로 약혼 절차에 들어가도록 하지."

"마, 마음의 준비가!"

이 상황을 여전히 이해하지 못하고 있는 닉스의 태도에 어처구니가 없었는지, 리온이 한숨을 내쉬며 말했다.

"형은 겁쟁이구만."

닉스는 생각했다.

'네가 그런 말 말라고, 이 겁쟁이 자식이!'

그 광경을 보고 있던 안제나 리비아, 노엘── 그리고 가족들도 생각한 바를 루크시온이 대변했다.

『그건 마스터가 말해도 괜찮은 대사가 아닙니다.』

제08화 「묘목의 진실」

도로테아는 자신의 방에서 침대에 앉아 천장을 올려다보고 있었다.

닉스한테 성안을 안내한 것뿐이지만, 지금도 고동이 빠르다.

자신은 잘 해낸 것일까? 미움받지는 않았을까?

그런 식으로 생각하고는 때때로 몹시 부끄러워진다.

작은 실수를 떠올리고는, 어째서 거기서 그런 짓을 한 거지 하고 후회한다.

혼자서 이것저것 생각에 잠겨 있자, 문을 노크하는 소리가 들려 가슴이 덜컥했다.

"뭐, 뭐야?"

「언니, 디어드리예요.」

"열려 있어."

자세를 바로 고치고 아무 일도 없었다는 듯이 디어드리의 입실을 허락했다.

방에 들어온 디어드리는 얼굴 한가득 미소를 띠고 있다.

"낭보예요, 언니. 정식으로 약혼하는 방향으로 이야기가 진행되고 있어요."

"하헷?!"

약혼이라는 말을 듣고 이상한 목소리가 나와 버린 도로테아한테 디어드리가 다가가 손을 잡았다.

"이것저것 여러 가지로 절차는 남아 있지만, 거의 약혼 성립으로 틀림없어요."

"어, 어째서? 저기, 닉스 님은 뭔가 말씀하지 않으셨어?"

성을 안내했을 때는 약혼에 관한 이야기는 아무것도 없었다.

그 때문에 자신은 실패했다고 생각하고 있었다.

하지만 약혼 성립이라는 말을 듣고 놀라서 어찌할 바를 모르고 있었다.

디어드리는 도로테아한테 축하의 말을 전했다.

"본인한테서는 아직이에요. 그건 언니가 직접 확인해 주세요. ──그리고, 축하드려요."

"고, 고마워."

"그건 그렇고, 언니가 결혼인가요. 자칫했다가는 누구와도 결혼하지 않는 게 아닐지 생각했었어요. 그래서, 목줄은 어떻게 할 생각인가요? 상대는 그다지 목줄을 바람직하게 여기지 않으니, 별로 권장하지는 않아요."

"이제 됐어."

"어머?"

의외인 반응이라고 생각했는지, 디어드리는 도로테아의 심경 변화가 신경 쓰이는 모양이다.

그래서 도로테아는 목줄 따위가 필요 없는 이유를 이야기했다.

"그런 게 없어도, 이어져 있다는 사실을 깨달았는걸."

디어드리가 어깨를 으쓱였다.

"사랑인가요?"

"그렇다고도 할 수 있겠네."

'사슬보다도 강하게 이어진 관계가 있다면——.'

분명하게는 대답하지 않는 도로테아. 그녀는 사슬 이상으로 강하게 이어진 관계를 갖고 싶다고 생각하게 되었다.

◇

"날 배신했구나, 이 겁쟁이 자식!"

아인호른 갑판에서 나는 닉스한테 멱살을 붙잡혀 있었다.

"단둘이서 기쁘게 지내고 있었잖아! 다들 그건 틀림없이 반한 거라고 말했다고!"

안제를 비롯한 여성진이 그렇게 말했으니 틀림없을 터다.

내가 봐도 짜증이 날 정도로 사이좋아 보였다.

하지만 닉스는 모두한테 보이고 있었다는 게 용납되지 않는 듯하다.

"다들?! 다 같이 우리의 모습을 감시하고 있었던 거냐! 취미가 고약한 것에도 정도가 있잖냐!"

"형이 걱정됐어. 그런데 둘이서 즐거운 듯이 보내고는 말이야."

곤란해하는 모습을 보는 거니까 즐거운 것이지, 뭐가 슬퍼서 즐거워하는 두 사람의 모습을 보아야 한단 말인가?

"너는 나보다 축복받은 주제에 어째서 그렇게 마음이 좁은 거야!"

"마음이 넓으니까 형의 결혼을 응원해 준 거잖아! 발목을 붙잡지 않은 것만으로도 칭찬해 줬으면 좋겠는데."

진심으로 질투했다면 잘되도록 뒤에서 밀어주는 일 따위 하지 않았다.

닉스가 행복해지길 바랐으니까, 어울리지 않게도 내가 두 사람을 이어 주고자 일부러 움직인 것이다.

그런데도 마음이 좁다니 유감이다.

『두 분 다, 사람들이 배웅하러 왔습니다.』

닉스는 내게서 손을 놓더니, 나타난 인물을 앞에 두고 몸을 긴장시켰다.

얼굴이 빨개져 있어서, 어떻게 봐도 의식하고 있다.

상대도 마찬가지다.

도로테아 씨도 긴장한 기색으로 닉스 앞에 오더니 고개를 숙였다.

"닉스 님. 저, 저기, 가까운 시일 내에 꼭 찾아뵐게요."

"아, 네. 기, 기다리고 있겠습니다."

두 사람 다 말문이 막혔다.

그대로 대화를 끝내고 도로테아 씨가 떠나갔지만, 몇 번이나 뒤돌아보며 닉스에게 손을 흔들었다.

마찬가지로 배웅하러 온 디어드리 선배가 그 모습을 흐뭇하게 바라보고 있었다.

"정말로 풋풋하네요. 보고 있는 이쪽이 부끄러워요."

"이것저것 불평해댔던 주제에, 본인을 앞에 두니까 긴장하기는."

닉스에게 악다구니를 내뱉자, 곁에 있던 루크시온이 외눈을 좌우로 내저으며 어이없다는 모습을 보였다.

『마스터는 형님 이상으로 귀찮았습니다.』

"안 그렇다니까."

『그러면 안젤리카나 다른 여성에게 물어보면 어떻습니까? 안젤리카, 감상을 들려주십시오.』

루크시온한테 호명된 안제가 날 보고는 팔짱을 꼈다.

"리온 쪽이 성가셨지. 마지막의 마지막까지 태도가 분명치 않았으니까 말이다. 기습적으로 약혼식을 올리지 않았다면 평생 도망치지 않았을까?"

"그, 그렇지는 않다고 생각합니다."

약하게 부정하자, 안제는 "어떠려나"라고 말하고는 리비아를 봤다.

『그러면 리비아의 의견을 들려주십시오.』

리비아는 말을 고르며 이야기했다.

"그러네요. 겁쟁이인지 어떤지는 차치하고서라도, 성가신 정도로는 리온 씨가 위이려나요? 결국 저희 쪽에서 고백했고 말이에요. 그래도 저는 저희 쪽에서 용기를 내서 고백한 걸 후회하지는 않아요."

반론하고자 해도 말이 나오지 않았다.

잘 생각해 보니 닉스보다 지독했을지도 모른다.

『과거의 자신을 지나치게 미화하는 마스터이니, 한심한 모습 따위 망각해 버린 것이겠지요. 그 부분에 관해서 노엘은 의견이 있습니까?』

화살이 자신에게 날아온 노엘은 도끼눈으로 날 보고 있었다.

"있긴 한데, 먼저 닉스 씨한테 사과하는 게 어때?"

모두의 시선이 닉스한테 쏟아졌지만, 본인은 도로테아 씨 쪽을 보며 아직 손을 흔들고 있었다.

——이러고도 자기가 반하지 않았다고 우기다니, 닉스의 생각을 알 수가 없다.

디어드리 선배는 그 모습에 "어머, 어머"라며 만족한 표정을 보이고 있었다.

"그러면 저도 가보도록 하겠어요."

디어드리 선배가 배에서 내리자, 멍해진 닉스를 보고 있던 제나가 어깨를 으쓱이며 큰 한숨을 내쉬었다.

"아주 헤벌쭉해서는. 믿기지 않아."

핀리도 닉스를 보고 한심하다며 고개를 가로젓고 있다.

"나는 금방 열이 식을 거라고 생각하지만 말이야."

제나도 그런 핀리의 의견에 동의하더니, 둘이서 닉스의 장래에 관해 열띠게 이야기했다.

"너도 그렇게 생각해? 지금은 푹 빠져서 조신하게 굴지만, 어차피 금방 가면이 벗겨져서 처음 만났을 때처럼 될 거야."

"언제까지고 본성을 감출 수 없을 테니까 말이야. 나는 몇 달이면 오빠가 저 여자한테 꽉 잡혀 살 거라고 봐."

"결혼해 버리면 상대의 나쁜 점이 갑자기 눈에 띈다고 들었으니, 더 이르지 않겠어?"

꿈도 희망도 없는 대화를 하는 두 사람에게 닉스가 뒤돌아서 호통을 쳤다.

"너희, 좀 더 긍정적인 이야기는 못 하겠냐!"

"현실적이고 의지가 되는 이야기잖아? 지금부터 닉스도 각오해 두면 상처 입지 않고 그칠 거야. 우리한테 감사하도록 해."

제나의 현실적인 이야기에 나도 닉스도 말이 나오지 않았다.

그래서 나는 난처한 나머지 제나와 핀리를 타박하는 듯한 발언을 하고 말았다.

"여자애라면 좀 더 꿈을 꾸는 편이 귀염성이 있다고."

그런 내 의견에, 두 사람은 서로 얼굴을 마주 보고는 코웃음을 쳤다.

"뭐, 뭐야?"

제나와 핀리는 손으로 입가를 가리는 것처럼 웃고 있었다.

"닉스보다도 장래가 불안한 리온 쪽이 현실을 직시하는 게 좋다고 생각한 것뿐이야."

"오빠는 자기 걱정을 하는 게 좋아."

그 태도와 표정이 괘씸했다.

형제자매끼리 소란을 피우고 있자, 아버지와 어머니가 허리에 손을 대며 깊은 한숨을 내쉬었다.

◇

봄방학도 얼마 남지 않았을 무렵.

학원에 가기 전에 정리해 둬야만 하는 문제가 하나 있었다.

그건 묘목을 심을 장소다.

『유메리아의 요망을 참고삼아, 성수의 묘목을 식수할 부유섬을 선정했습니다.』

루크시온이 날 데리고 간 곳은 어떻게 봐도 황량한 부유섬이었다.

눈에 들어오는 것이라고는 바위와 모래투성이인 대지는 도저히 식물이 살기에 적합한 토지로 보이지 않았다.

“정말로 여기냐? 어떻게 봐도 부적합한 토지 아니야?”

아침 일찍부터 아인호른을 타고 새로 발견한 부유섬에 온 우리.

나는 졸린 듯이 눈을 비비며 하품을 했다.

하늘은 아직 어둑어둑했다.

“이런 시간에 올 필요가 있었어?”

『불평이 많군요. 오늘 예정을 생각하면 이 시간이 최선이었습니다.』

루크시온의 계획으로는 이 시간에 식수하면 오늘은 아무런 문제도 발생하지 않고 예정을 소화할 수 있다는 듯하다.
유메리아 씨가 노엘이 탄 휠체어를 밀면서 왔다.
묘목은 노엘이 무릎에 올려놓고 있다.
노엘은 주변을 보더니 나와 마찬가지로 불안해했다.
"정말 여기에 심을 거야? 말라 버리면 큰 문제야."
걱정하는 노엘을 북돋워 준 것은 자신감을 내보이는 유메리아 씨였다.
그 커다란 가슴을 쭉 펴서 그런지 괜히 더 강조되고 만다.
졸음기가 한순간에 깨고, 시선이 그쪽으로 향하자 옆에 서 있던 안제가 내 옆구리를 팔꿈치로 가볍게 찔렀다.
"아얏."
"자중해라. 네가 봐도 되는 건 우리 가슴뿐이다."
"어? 봐도 돼?"
"된다."
아직 머리가 잠에서 완전히 깨지 않아 안제의 제안에 혹하고 말았다.
하지만 봐도 된다는 말을 들으니 도리어 망설여진다.
여자가 부끄러워하면 흥분되겠지만, 반대로 당당하게 나오면 어떻게 반응해야 할지 곤란하다.
"아침이니까 사양하겠습니다."
"밤이라고 해도 사양할 거면서."
안제와의 대화가 끝나고 유메리아 씨에게 시선을 되돌렸다.

유메리아 씨는 괭이를 들고 묘목을 심을 부분을 파내고 있다.
딱딱한 땅.
비전문가가 봐도 식물을 심는 데 적합한 것처럼 보이지는 않는다.
여하간 근처에 물도 없다.
리비아가 내게 불안한 듯이 물어봤다.
"정말로 괜찮은 건가요? 이런 데서 자랄 수 있다고 생각하기 어려운데요."
"나도 그렇게 생각해. 루크시온, 정말로 괜찮냐?"
명백히 문제가 있다고 생각하여 물어봤더니, 루크시온한테서는 의외의 대답이 돌아왔다.
『제 판단은 유메리아의 의견과 일치합니다.』
"뭐?"
『이런 토지여도 성수의 묘목은 자랍니다. 잊으셨습니까? 성수는 대기 중의 마소── 마력을 흡수하여 생장하는 식물입니다. 물이나 흙도 중요합니다만, 무엇보다 마력이 있어야 잘 자랍니다.』
루크시온이 말하길, 최소한의 물과 흙이 있으면 된다는 것 같다.
"묘목은 굉장하네."
『끈질긴 식물입니다.』
"표현에 신경 좀 써라."
대화하는 사이에 유메리아 씨가 준비를 끝냈다.
노엘한테서 묘목을 받아들고는, 식수했다.

유메리아 씨의 커다란 가슴이 움직일 때마다 흔들린다.

한순간 시선이 그쪽으로 향하자, 안제 뒤에서 대기하고 있던 코델리아 씨가 헛기침했다.

"——후작님, 시선이 지나치게 노골적입니다."

"남자의 숙명이라고. 이건 이미 무의식적인 거야. 어찌할 도리가 없어."

한심하게 변명하는 날 보고 리비아가 뺨에 손을 대며 난처한 표정을 지어 보였다.

"남자애는 그렇죠. 가슴이라든가 엉덩이를 쳐다보고 말이에요."

『특히 마스터는 여성의 가슴을 중시합니다.』

"야!"

『알려져서 창피한 겁니까? 문제없습니다. 평소 마스터의 시선은 가슴으로 향한다는 것을 주위는 이미 알고 있습니다.』

"어……?"

내가 이 자리에 있는 사람들을 둘러보자, 모두가 고개를 끄덕이고 있었다.

『마스터의 시선은 노골적입니다. 성욕에 충실한 건 생물로서 올바를지도 모릅니다만, 인간으로서의 조심성을 익히도록 합시다. 가슴이 큰 여성이 취향인 건 이해하고 있습니다만, 창피하니까 그만둬 주십시오.』

"어째서 내가 너한테 설교를 들어야 하는 건데."

이 인공지능, 마스터의 성벽을 자연스럽게 폭로하는데요?!

이런 건 좀 더 감추라고!

"다 됐어요!"

흙으로 더러워진 유메리아 씨가 큰 목소리를 내었다. 내가 고개를 돌리자, 묘목이 황폐한 대지에 심겨있었다.

이렇게 보고 있어도, 잘 자랄 것처럼 보이지는 않기에 불안해진다.

"물이라든가 영양은 안 줘도 돼?"

"이 아이는 굳센 아이니까 괜찮아요."

"굳센 아이?"

유메리아 씨는 도구를 내려놓더니 묘목 앞에 몸을 쪼그려 앉았다.

"가혹한 환경에서 쭉 버텨 온 굳센 아이예요. 영양이 거의 주어지지 않는 환경에서 자기 모습을 묘목으로 멈춰 둬서 생장을 늦추며 줄곧 살아남아 온 거예요."

유메리아 씨의 이야기는 마치 묘목의 모습을 계속 봐 왔다는 듯한 느낌이었다.

"그런 것까지 알 수 있어?"

"으음~, 목소리가 들리는 느낌이려나요? 원래라면 이 아이는 더욱 크게 생장했을 거예요."

그 말을 들은 루크시온이 묘목에 다가갔다.

『경이적인 식물이군요.』

유메리아 씨는 일어나서 허리에 손을 대고는 터무니없는 말을 꺼냈다.

"그러니까, 여기서 생장하게 할 거예요!"

그 말을 들은 노엘이 고개를 갸웃했다.

"앞으로는 쑥쑥 자란다는 의미지?"

"아니에요. 여기서 본래 모습으로 돌아가게끔 하는 거예요."

"그런 게 가능해?!"

놀라는 노엘이었으나, 그건 우리도 마찬가지였다.

다만 유메리아 씨는 엘프 중에서도 특수한 마법을 쓸 수 있는 존재다.

식물에 관해서는 정말로 전문가이기도 하다.

"맡겨 주세요. 갑니다~."

유메리아 씨는 그렇게 말하고는 묘목 주위를 춤추면서 돌기 시작했다.

그 춤이라는 게, 뭐라고 할지 코미컬한 움직임이었다.

"그 춤은 뭐야?"

내가 물어보자, 유메리아 씨가 춤추면서 대답했다.

"자작 춤이에요. 원래 모습을 되찾을 수 있도록 열심히 생각했어요. 굳센 아이야 자라렴, 쑥쑥 뻗으렴! 굳센 아이야 자라렴, 쑥쑥 뻗으렴!"

굳센 아이야 자라렴, 이라며 말을 걸면서 춤추고 있었다.

그 움직임이 은근히 격렬해서, 커다란 가슴이 출렁출렁하며 흔들렸다.

“오옷! 엇, 어라라?!”

무심코 목소리를 내며 넋을 잃고 보자, 시야가 차단되어 새까매졌다.

루크시온의 목소리가 들려왔다.

『정말로 학습하지를 않는군요.』

시야를 차단한 건 내 양옆에 서 있는 안제와 리비아였다.

두 사람이 좌우에서 내 시야를 손으로 막고 있다.

“아, 안제, 리비아! 이건 그런 게 아니야! 고용주로서 노동자가 일하는 모습을 체크하고 있었던 것뿐이라고!”

조금만 더 유메리아 씨가 춤추는 모습을 보고 싶었다는, 흑심이 훤히 보이는 변명을 하고 말았다.

하지만 두 사람은 허락해 주지 않았다.

리비아가 내 귓가에서 속삭였다.

“저희가 대신 봐 둘 테니까, 걱정하지 마세요.”

반대편에서 안제의 목소리가 들렸다.

숨결이 귀에 불어 들어와 살짝 오싹오싹했다.

“유메리아는 착실하게 일하고 있다. 넌 아무것도 신경 쓰지 않아도 된다.”

두 사람의 상냥하면서도 어딘가 애교 있는 목소리에는 어째서인지 험악함도 약간 있었다.

조금 화내고 있는 모양이다.

“──둘 다 화났어? 화나게 해 버렸어?”

불안해하고 있자, 갑자기 두 사람이 놀라 내게서 손을 뗐다.
어째서인지 눈 부신 빛이 느껴져 눈을 세게 감았다.
강한 빛은 곧바로 사라져 눈을 뜰 수 있게 되었는데, 거기에는 생장한 묘목의 모습이 있었다.
아니, 묘목이 아니다.
이미 어느 정도 자란 어린나무 정도의 크기로 변해 있다.
전체 높이가 나보다 살짝 클 정도다.
"이런 단기간에 이 정도까지 생장한 건가?"
녹색 광택이 감도는 잎이 바람에 나부끼는 어린나무는 잎 모양이 묘목과 같았다.
단기간에 이만한 크기의 어린나무가 된 것에 놀라고 있자, 유메리아 씨가 미소를 띠며 춤을 추느라 흘린 땀을 닦았다.
"이게 이 아이의 본래 모습이에요."
노엘이 휠체어로 몸소 다가가 묘목── 이젠 어느 정도 큰 어린나무가 되어 버린 성수를 만졌다.
노엘이 오른손으로 만지자, 손등에 있는 문장이 희미한 녹색으로 발광하여 반응했다.
나도 자신의 손등이 뜨거워진 것을 느끼고 확인하니, 문장이 떠올라 있었다.
성수를 만진 노엘이 미소 지으며 눈물을 흘렸다.
"유메리아가 말한 대로야. 이 애, 내가 생각한 것보다도 훨씬 굳세. 그렇구나, 불필요한 걱정이었네."

이렇게 황량한 땅에서도 자라는 건가? 그런 식으로 걱정하고 있었지만, 문제없이 자라는 듯하다.
성수에서 강한 힘이 느껴졌다.
노엘에게 다가가 등에 손을 얹자, 고향을 떠올렸는지 그대로 한동안 울었다.
고향을 떠나 역시 쓸쓸하게 느끼고 있었던 모양이다.
노엘은 성수에게 맹세했다.
"나도 굳세져야겠네. 이번에는 똑바로 지킬 테니까 말이야."
일찍이 성수를 배신했던 레스피나스 가문의 생존자인 노엘.
그런 노엘은 이번에야말로 성수를 지키겠다고── 올바르게 이끌겠다고 강하게 결의하고 있었다.
유메리아 씨가 허둥대며 노엘을 위로했다.
"이 아이는 굳세고 착한 아이니까, 분명 마음은 전해질 거예요. 그러니까, 저기── 울지 마세요."
"──응."
노엘은 눈물을 닦았지만, 그래도 눈물은 멈추지 않았다.

제09화 「막내 코린」

그즈음 발트파르트 가 저택에서는 아침 일찍 눈을 뜬 코린이 사람을 찾아 두리번두리번 돌아다니고 있었다.

"어라? 노엘 누나는?"

거실에 오자 핀리의 모습이 있었고 노엘이 있는 곳을 물어보니 언짢아하는 듯하면서도 대답해 주었다.

"아침 일찍 오빠랑 나갔어."

"뭐어~? 나도 깨워줘."

"내가 알 바 아니야."

퉁명스러운 핀리는 아직 조금 졸려 보였다.

장녀인 제나는 아직 일어나지 않아서, 핀리는 상대할 맛 나는 언니가 없기에 평소보다도 조용했다.

한가한지 노엘이 돌아오는 걸 기다리는 코린에게 말을 걸었다.

"그것보다 말이야~. 코린, 너는 노엘 씨한테 그만 달라붙어."

"왜?"

영문을 알 수 없어서 갸우뚱하는 코린에게, 핀리는 자세한 사정을 이야기하지 않고 윽박지르며 명령했다.

"이유 같은 건 몰라도 돼. 넌 내가 하라는 대로 하면 되는 거야. ──알았어?"

거듭 주의하는 핀리에게, 코린은 눈살을 찌푸리고는 불만스러운 표정을 지었다.

"싫어. 명령하지 마."

"됐으니까, 노엘 씨한테 다가가지 마."

"어째서?"

"어째서고 뭐고 따지지 말고."

핀리는 절대로 이유를 이야기하려고 하지 않았다.

코린은 그것이 참을 수 없이 싫었다.

막내라는 이유로 바보 취급당하는 듯한 느낌이 들었고, 무엇보다도 노엘은 자신에게 이상적인 누나다.

상냥하고, 코린과도 즐겁게 놀아 준다.

코린 안에서는 제나나 핀리보다도 중요한 존재가 되어 있었다.

"죽어도 싫어. 오늘도 노엘 누나랑 놀 거야. 그리고 이제 곧 노엘 누나는 왕도에 가는 거지? 한동안 못 만나게 되는걸."

못 만나게 되기 전에, 코린은 노엘과 잔뜩 같이 놀 생각이었다.

그런 코린한테 핀리는 복잡해 보이는 표정을 지어 보이고는――체념했는지 한숨을 내쉬었다.

"그럼 그냥 네 마음대로 해. 어떻게 되어도 난 모르니까 말이야."

"핀리 누나가 말하지 않아도 내 마음대로 할 거예요~다."

코린은 그렇게 말하고는 노엘의 귀가를 기다렸다.

◇

봄방학도 얼마 남지 않았다.
며칠 뒤에는 학원으로 돌아가 신학기 준비에 들어가야만 한다.
"마리에랑 그쪽 애들은 잘하고 있으려나? 뭔가 보고는 없어?"
루크시온한테 마리에 쪽의 상황을 묻자, 평소와 다름없는 대답이 돌아왔다.
『현시점에서 이상은 없다는 듯합니다. 크레아레의 단독 행동이 눈에 띄고는 있습니다만, 마리에가 학원 내부 조사에 정력적입니다. 문제는 없다고 판단합니다.』
조사하고는 있지만, 특별한 정보도 없는 것이 현 상황이다.
그래도 마리에가 내 지시를 지켜서 정보 수집에 힘쓰고 있다는 말을 듣고, 안심한다기보다도 불안해졌다.
"그 마리에가 성실하게 정보 수집인가. 조금 마음이 해이해질 줄 알았는데 말이지."
『그편이 좋았던 겁니까?』
"조금 노는 정도는 나도 용인한다고. 약간 강하게 명령해 두면 차차 긴장이 풀리면서 딱 적당한 상태가 될 줄 알았는데."
생각했던 것보다도 마리에가 성실하게 일하고 있다.
그 때문에 다소 위압을 많이 줬다고 나는 반성하고 있었다.
그 녀석도 봄방학 정도는 더 숨을 돌리고 싶었을 텐데.
『마리에도 알제르 공화국 건으로 느낀 바가 있었던 것이겠지요.』
"그런가 보다. 그 녀석, 렐리아가 무녀가 되는 걸 마지막까지 반대했었으니까.”

노엘의 쌍둥이 여동생인 렐리아는 우리와 같은 전생자였다.

그 렐리아가 제멋대로 움직였기 때문에 문제도 일어났지만, 최종적으로 본인이 노엘 대신 무녀가 되어 알제르 공화국에 남았다.

사랑한 사람을 잃고, 알제르 공화국의 상징으로서 살아가는 길을 선택했다.

부럽다고 생각할지도 모르지만, 실제로는 상상보다도 가혹하다.

무녀로서 중요하게는 여겨지겠지만, 나라의 상징으로 살아가는 건 편하지 않을 터다.

그런 입장을 자진하여 선택한 렐리아한테 마리에는 이해할 수 없다며 화내고 있었다.

우리한테도 반성할 점은 많았고, 더 잘 행동했더라면, 하고 몇 번이나 생각했다.

마리에도 후회하고 있는 것이리라.

“그래서, 다섯 바보 쪽은?”

『여전합니다. 성장했나 싶었습니다만, 큰 마이너스가 제로에 가까워졌을 뿐이고 여전히 마이너스인 채입니다.』

다섯 바보에 대한 루크시온의 평가는 낮다.

공화국에서 다소 나아졌나 싶었는데, 뭔가 저지른 것일까?

“뭔가 저질렀어?”

『율리우스 말입니다만, 학원 부지 내에 숨어서 가축을 사육하고 있었습니다. 닭장까지 준비해서 닭을 키우고 있었던 모양입니다.』

"꼬치구이로 만들기 위해서?"

『예. 호출받고 불려간데다 설교를 들어 현재는 근신 중입니다만, 사육장 존속을 열망하고 있습니다. 참고로 학원 부지 내를 어지럽혔기 때문에 배상금이 발생하여 마스터한테 청구된 상태입니다.』

"어째서야?!"

『롤랜드가 마스터한테 청구서를 돌렸기 때문입니다.』

"부자(父子)가 모두 날 곤란하게 만드는 건가. 일단, 율리우스는 한 방 후려갈기겠어."

『마음 착하시군요. 그러면 다음은 브래드입니다.』

잠깐 기다려? 설마 한 사람 한 사람 보고가 있는 건가?

마리에한테서는 별다른 보고가 오지 않는데, 다섯 바보의 글러먹은 보고만 전해지는 건 너무하지 않나?

『학원 내에 가설 흥행장을 멋대로 마련했습니다. 학원에서 수선비 청구가 와 있습니다.』

"브래드도 청구된 거야?!"

『예. 익숙지 않은 텐트를 준비했다가 그것이 무너져서 학원에 피해가 발생했습니다. 브래드는 마스터의 부하이기에 이쪽에 감독 책임을 물어 수선비 부담을 요구했습니다.』

"크, 지금까지를 생각하면 그나마 나아진 건가……."

『참고로 율리우스와 브래드는 둘 다 피해액이 적습니다.』
"——어이. 더 큰 문제를 일으킨 바보가 있는 거야?"
『기뻐해 주십시오. 한 사람도 빠짐없이 전원이 문제를 일으켰습니다. 얌전했던 건 마리에, 카라, 카일 세 명뿐입니다.』
"전혀 기뻐할 수 없네."
즉 그렉, 크리스, 그리고 질크 세 사람도 뭔가 저질렀다는 말이다.
"나머지 셋은 뭘 저질렀어?"
『그렉 말입니다만, 학원 허가 없이 무단으로 방을 개장(改裝)했습니다. 본인 말로는 자기 방을 트레이닝 룸으로 만들고 싶었다는 듯합니다.』
"허가를 받으라고, 허가를!"
『그리고 자기가 직접 개장했기 때문에 실패도 많았던 것 같습니다.』
아마추어가 어설프게 손을 대서 여러모로 못 쓰게 만들어 버린 모양이다.
당연하지만 학원은 트레이닝 룸으로 개장하는 것을 거부. 개장 전 상태로 돌리기로 했다.
그 때문에 수선비가 발생했지만, 다섯 바보의 용돈으로는 감당이 되지 않아 나한테 청구되었다니 슬퍼진다.
"크리스는?"
『——학원의 욕탕이 더럽다며 멋대로 리폼했다는 것 같습니다. 이에 관해서는 리폼 대금이 마스터한테 청구되어 있습니다.』

학원 측도 크리스가 멋대로 목욕장을 전부 리폼해 줘서 조금 기뻤다는 것 같다. 리폼 전으로 되돌릴 생각은 없는 모양이다.

단, 대금을 치를 생각은 일절 없다는 듯하다.

그래서 리폼 대금은 크리스의 상사인 내게 왔다.

본인들한테 지불 능력은 없으니까 말이지. ──그런데도 어째서 리폼하자는 생각이 드는 걸까?

"공화국에서 돈의 소중함을 배운 참이잖아? 그 녀석들, 벌써 잊은 건가?"

『크리스의 변명입니다만, 조만간 지불할 생각이었다는 것 같습니다. 지불을 연기해 줄 거라고 생각했던 것이겠지요.』

"멍청이인가."

『틀림없이 멍청이네요. 마지막입니다만──.』

"가장 듣고 싶지 않은 녀석이 마지막에 남았군."

이 녀석이고 저 녀석이고 너무 끔찍하지만, 여기까지라면 아직 납득할 수 있었다.

보통은 있을 수 없는 이야기지만, 다섯 바보가 얼마나 형편없는 녀석들인지 아는 내가 보기에는 약간의 성장마저 느끼고 있다.

지금까지를 생각해 보면 이 정도의 피해는 귀여운 수준이다.

하지만 다섯 바보 중에서 질이 나쁜 것이 질크다.

『──예술품 구입으로 이전에 민폐를 끼친 것을 반성했다는 것 같습니다.』

"그 자식, 반성할 줄 아는 거야?!"

조금 감동마저 느끼는 나였으나, 곧바로 루크시온이 제정신으로 되돌려 주었다.
질크가 쉽게 정상적으로 변한다면 고생 따위 하지 않을 것이다.
『그래서 자기가 예술품 제작에 착수하려고 했습니다. 그걸 위해 가마를 준비해서 도자기 제작 준비에 들어가 있었습니다.』
"어이, 뭘 준비했다고?"
『가마입니다. 게다가 학원 부지 내에 준비하고 있었습니다. 가마를 마련하는 데 들어간 돈도 청구되었습니다만, 철거하기 위한 비용도 청구되어 있습니다.』
행동력이 있는 바보는 굉장하구만.
학원 안을 자기 땅이라고 착각한 게 아닐까?
이거라면 율리우스가 몰래몰래 닭을 사육하고 있었던 것이, 잘못된 짓을 하고 있다는 걸 이해하고 있는 만큼 그나마 귀엽게 보인다.
브래드도 가설 흥행장이 텐트였으니까 그나마 괜찮나?
그렉도 피해액으로 따지면 아슬아슬하게 세이프일까?
크리스는── 지불할 생각은 있었으니 그나마 용서할 수 있나?
하지만, 질크는 안 된다.
"학원에 돌아가면 질크는 흠씬 두들겨 패겠어."
『율리우스는 봐주는 겁니까?』
"질크와 비교하면 때릴 것까지는 없으려나 싶네."
『마스터, 다섯 바보한테 물러지지 않았습니까?』

“그, 그런가?”
그나저나 알고는 있었지만, 다섯 바보를 방치하면 정말로 제대로 하는 일이 없구만.
혹시, 마리에가 진지하게 정보를 모으고 있는 건 다섯 바보의 실점을 어떻게든 회복하기 위해서가 아닐까?
문제를 일으키는 다섯 바보 때문에 내 심기가 불편해질 걸 생각해서 필사적으로 이곳저곳 뛰어다니고 있다고 생각하면 묘하게 납득이 된다.
그 가능성 쪽이 높군.
그건 그렇다 쳐도, 다섯 바보는 도움이 되질 않네.
도움이 안 되는 것뿐이라면 또 모르겠지만, 이쪽의 부담이 늘어가기만 할 뿐이잖아.
『진짜배기 역귀로군요. ——제거하겠습니까?』
마치 쓰레기를 치우겠습니까? 같은 가벼운 느낌으로 물어보니까 곤란하다.
“안 돼.”
『유감입니다.』
조금 고개를 숙여 보인 루크시온은 정말로 아쉬워하는 것처럼 보인다.
이 녀석, 내 명령만 있으면 간단히 다섯 바보를 처분할 것 같구만.
루크시온의 흉흉한 발언도 곤란할 지경이라고 생각하고 있자,

방문을 세게 노크하는 소리가 들렸다.

노크를 한 사람은 안제였다.

「리온, 시간이 있다면 곧바로 와줬으면 한다.」

◇

노엘이 재활 훈련을 위해 사용하는 방이 있다.

루크시온이 난간을 비롯하여 재활 훈련을 위한 설비를 갖춰 놓은 방이다.

조금 전까지 재활 훈련을 하고 있던 노엘이 지금은 휴식하기 위해 휠체어에 앉아 있다.

"어찌어찌 늦지 않았네."

재활 훈련의 성과에 기뻐하는 듯한 노엘 근처에는 리비아의 모습이 있었다.

노엘의 재활 훈련에 같이 어울리고 있어서, 본인도 기뻐하고 있다.

"지금까지의 노력이 보답받았네요."

"응!"

리비아는 평소에도 노엘의 재활 훈련을 돕고 있었다.

그 때문에 노엘이 순조롭게 회복하는 모습을 정말로 기뻐하고 있었다.

근처에서 코린이 그런 두 사람의 모습을 보고 있다.

들떠 있는 두 사람을 보고 외로운 듯한 표정을 짓고 있었다.

노엘한테 같이 놀아 달라고 말하고 싶은데, 지금은 리비아가 있다.

게다가 재활 훈련 방해는 하지 말라고 부모님도 엄하게 말했다.

사실은 같이 놀아 줬으면 하지만, 노엘이 재활 훈련 중이기에 참고 끝나는 걸 기다리고 있는 것이리라.

리비아가 그런 코린을 신경 썼는지, 고개를 향하여 미소 지었다.

"코린 군한테는 재미없지? 밖에서 놀고 오면 어떨까?"

"여기면 돼."

리비아도 어째서인지 오늘은 유난히 코린을 재활 훈련실에서 내보내려 하고 있었다.

그 이유를 잘 알 수 없는 코린이었으나, 노엘 옆에 있고 싶기에 거부했다.

"——그렇구나."

리비아는 복잡한 표정을 지었지만, 곧바로 노엘과의 대화로 돌아갔다.

오늘의 코린은 노엘을 보고 있자니 평소보다도 가슴이 괴로웠다.

'노엘 누나의 모습을 보고 있으면 두근두근해.'

최근에는 언제나 노엘의 모습을 찾고 만다.

그런데도 둘만 있게 되면 잘 이야기할 수 없다.

이런 일은 지금까지 없었기에 코린도 당황하고 있었다.

어린애 나름대로 처음에는 병인가 하고도 생각했지만, 노엘과 같이 있을 때나 노엘을 생각하고 있을 때만 가슴이 괴로워진다.

이 증상에 때때로 불안해지기는 하지만, 코린도 이 마음의 정체를 깨닫기 시작하고 있었다.

'역시 그런 걸까? 제나 누나와 핀리 누나도 이야기했었고, 틀림없는 거려나?'

두 사람이 이야기했던 내용은 가슴이 꽉 옥죄는 듯한 사랑을 하고 싶다는 것이었다.

사랑을 하면 가슴이 괴로워진다는 지식이 어린애인 코린한테도 있었고, 그 원인이 노엘한테 있다는 것도 왠지 모르게 이해하고 있었다.

깨닫기 시작하자 멈추지 않는다.

'나는 노엘 누나를――.'

의식하니 귀까지 빨개져서 부끄러워했지만, 그러고 있자 방에 안제가 돌아왔다.

"데리고 왔다."

밝은 목소리인 안제 뒤에는 루크시온을 대동한 리온의 모습이 있었다.

리온은 이 방에 코린이 있다는 걸 몰랐던 듯하지만, 최근에는 노엘을 졸졸 따라다니고 있기에 이상하게 생각하지 않은 모양이다.

"코린도 여기 있었냐."

리온의 등장에, 좋아하는 형이 왔다며 코린도 기뻐했다.

"응. 노엘 누나가 걱정돼서."

"오, 대견한데. 나중에 용돈 줄게."

"그래도 돼?!"

『마스터, 동생분한테 너무 오냐오냐합니다.』

코린한테 엄청나게 무른 대응을 보이는 리온. 그런 리온에게 평소대로 루크시온이 충고했다.

낯익은 광경이지만, 코린한테는 조금 묘한 느낌이 들었다.

"어라? 어째서 리온 형이 여기에 온 거야? 평소에는 잘 안 오지?"

물어보니, 리온은 솔직하게 대답해 주었다.

"평소에는 내가 여길 오면 노엘이 싫어하니까 말이지."

리온이 그렇게 말하고는 땀을 잔뜩 흘린 노엘을 봤다.

노엘 쪽에서 오지 말라고 말한 모양이다.

"휴가 중인데 나한테 어울리게 하는 것도 미안하잖아."

"딱히 신경 안 써도 되는데."

"이쪽이 신경 쓰이는 거야."

두 사람이 대화하는 모습을 보고, 코린은 무의식적으로 오른손으로 가슴을 꽉 쥐었다.

'어라? 노엘 누나, 나랑 말할 때보다도 기쁜 듯한 목소리야.'

코린이 입을 다물어 버리자, 리온이 시선을 되돌려 그대로 또 다른 질문 하나에 대답했다.

"그런 이유로 평소에는 안 오지만, 오늘은 안제가 꼭 봐줬으면 하는 게 있다고 해서 말이지."

이름이 나온 안제는 노엘한테 고개를 향하고는 끄덕여 보였다.
그걸 신호로, 노엘이 재활 훈련 성과를 보여주려고 했다.
리비아는 노엘의 휠체어를 지탱하여, 만에 하나라도 넘어지지 않도록 보조하는 모양이다.
그리고 노엘이 천천히 휠체어에서 일어섰다.
"노엘?!"
『이건 예상 밖이었군요.』
리온도 루크시온도 놀란 이유는 노엘이 벌써 설 수 있게 되었기 때문이다.
한 번은 죽었어도 이상하지 않을 큰 상처를 입은 노엘이었으나, 루크시온과 크레아레의 치료를 받아 목숨을 건졌다.
그 후에는 다양한 서포트를 받으며 설 수 있는 정도로까지 회복되었다.
본인은 리온을 앞에 두고 조금 무리하고 있다.
다리가 조금 떨리고 있었으나, 미소를 지어 보이며 괜찮다고 어필했다.
"묘목도 훌륭하게 성장했으니까, 나도 분발해야겠지."
성수의 성장과 노엘의 재활 훈련은 상관이 없다.
하지만 성수가 굳세게 살고자 하고 있다면, 자신도 노력하자고 노엘은 생각한 것이리라.
평소보다도 순조롭게 일어서는 노엘의 모습을 보고, 코린도 기뻤다.

'노엘 누나, 지금까지 노력하고 있었으니까 말이야. 정말로 굉장해.'

코린은 평소에 노엘이 노력하는 모습을 자주 보고 있었다.

재활 훈련이 얼마나 힘든지 이해하고 있다고는 말할 수 없지만, 그 모습에서 얼마나 괴로운지는 짐작이 갔다.

그걸 극복하고, 걸을 수 있게 된 노엘을 솔직하게 존경한다.

그리고 노엘이 리온을 향해 걷기 시작했다.

천천히, 한 걸음씩 확실하게 리온한테 다가가는 그 모습을 코린은 응원하고 싶어졌다.

'힘내! 노엘 누나 힘——.'

하지만, 깨닫고 말았다.

"——어?"

노엘이 다가오자, 리온이 쑥스러워하면서도 양팔을 펼쳤다.

그런 리온의 품에 뛰어드는 것처럼 골인한 노엘은, 기뻐하고 있었다.

리온은 처음에는 쑥스러워했으나, 노엘의 모습에 감동한 모양이다.

펼쳤던 팔을 오므려 노엘을 끌어안고는 다정한 말을 건넸다.

"힘냈구나, 노엘."

"에헤헤, 모두의 덕분이야. 올리비아 씨도 안젤리카 씨도, 게다가 어머님과 아버님도 도와주셨고."

"——나는 그다지 돕지 않았지만 말이지."

"기죽지 마. 내 쪽에서 거절한 거니까. 리온은 쉴 수 있을 때 쉬는 편이 좋다고 생각해."

"아니, 그건 그렇긴 한데 말이지."

"게다가 말이야. 리온한테는 걷는 모습을 보여줘서 놀라게 해 주고 싶었어."

기쁜 듯이 서로를 끌어안는 두 사람의 모습에, 어린아이인 코린도 무슨 일이 일어나고 있는지 이해하고 말았다.

아연한 표정이 된 코린을 보고, 안제와 리비아는 난처한 표정을 지으며 다가왔다.

안제는 망설이면서도 몸을 굽혀 코린과 눈높이를 맞춰 말을 걸었다.

"코린, 과자를 준비했으니까 다른 방에 가자."

신경을 써 준 것이리라.

일부러 과자를 준비한 건 분명 이렇게 될 것임을 알아차리고 있었기 때문이다.

리비아도 마찬가지다.

"안제가 맛있는 과자를 준비해 줬어. 빨리 안 가면 누나들이 다 먹어 버릴걸."

노엘과 끌어안고 있는 리온의 모습을 자기들의 몸으로 가리고, 코린을 방 밖으로 억지로 데리고 나가려 하고 있었다.

코린은 눈물이 넘쳐흘렀다.

두 사람의 몸 틈새로 보인 것은 리온한테 기쁜 듯이—— 뺨을 물들이며 안기는 노엘의 모습이었다.
코린은 이 순간에 두 가지 경험을 쌓았다.
하나는 첫사랑이다.
자기가 노엘을 좋아했다는 걸 이 순간에 깨달은 것이다.
또 하나는 실연이다.
노엘이 자기가 아니라 형인 리온을 사랑하고 있다는 걸 알아차렸다.
첫사랑을 인식한 것과 동시에 실연도 경험한 코린은── 울면서 방을 뛰쳐나가고 말았다.
"리온 형은 바보야아아아!!"
코린은 리온을 향해 고함을 지르고는 방에서 도망쳐버렸다.
뒤에서 안제와 리비아의 초조해하는 목소리가 들려왔다.
"기, 기다려라!"
"코린 군, 이야기를 들어 줘!"
노엘이 놀라는 목소리도 들렸다.
"왜 그래, 코린?!"
도망치는 코린이었으나, 노엘의 목소리에 한순간 등이 잡아당겨지는 것처럼 멈출 뻔했다.
하지만 리온의 커다란 목소리가 들려왔다.
"코린?! 형이 뭔가 했어?!"
그 목소리에 견디지 못하고, 코린은 다시 달려 나갔다.
자기 방까지 전속력으로 달린 코린은 도중에 누군가와 엇갈리며 복도에서 뛰지 말라는 말을 들었지만, 그걸 신경 쓸 여유가 없었다.

자기 방으로 도망치자, 침대에 들어가 머리부터 이불을 뒤집어썼다.

그대로 훌쩍훌쩍 울고 있자, 문을 격렬하게 노크하는 소리가 들렸다.

바깥에 있는 건 리온과 루크시온── 그 외에는 안제와 리비아의 목소리도 들려온다.

「코린, 나와 줘! 형이 잘못한 거 있으면 사과할 테니까! 어쨌든 이야기를 하자. 이야기하면 해결될 테니까 말이야.」

『무리라고 생각합니다.』

「지금은 농담하지 말라고!」

『농담이 아닙니다. 지금은 내버려 두는 게 정답이라고요.』

「코린! 형이랑 대화하자. 부탁이니까 방에서 나와 줘.」

루크시온한테 무리라는 말을 듣고 정색한 리온의 목소리는 다급했다.

동생인 코린한테 미움받는 게 어지간히 충격이었던 것이리라.

리온은 평소 자매를 경시하는 발언이 눈에 띄지만, 반대로 형제에 관해서는 마음을 허락하는 발언이 눈에 띈다.

실제로 여동생인 핀리보다도 남동생인 코린을 귀여워하고 있었다.

그런 코린한테서 미움을 받은 게 본인은 믿기지 않는 것이리라.

안제가 리온을 타이르는 목소리가 들렸다.
「그만 진정해라. 지금은 가만히 내버려 두자.」
「싫어! 나는 동생한테 미움받기 싫단 말이야.」
한심한 목소리를 내며 싫어하는 리온을 리비아가 부드러운 목소리로 타일렀다.
「시간이 필요한 일도 있어요. 지금은 코린 군이 진정되기를 기다리도록 해요. 네? 리온 씨? 코린 군이 마음을 추스를 시간을 만들어 주자고요.」
「하지만── 그래도──.」
평소의 넉살 좋은 리온의 모습은 거기에 없었다.
마침 핀리가 방 근처를 지나갔고, 그런 리온을 보고 화가 난 모양이다.
짜증스러운 목소리가 들려온다.
「뭐 하는 거야?」
「코린이 방에 틀어박혔어. 나한테 바보라면서── 뭔가 이유를 모르냐?」
「바보니까 바보라는 말을 듣는 거야.」
「뭐라고!」
「애초에 오빠들은 코린한테 너무 물러. 여동생인 나도 아끼란 말이야.」
「나는 여동생 같은 존재가 정말 싫다고!」
「뭐야, 싸우자는 거야?」

「여동생이라고 해서 내가 봐준다고 생각하지 마라. 오랫동안 여동생한테 시달려 온 나는 너한테도 그대로 갚아줄 거니까 말이다!」

여동생이건 상관없이 갚아주겠다고 선언하는 리온에게, 루크시온이 어이없다는 목소리로 지적했다.

『갚아주겠다는 말은, 한 번은 당하는 거로군요. 당하기 전에 대책을 강구해야 하는 것 아닙니까?』

「코린. 형이 잘못했어. 사과할 테니까 나와 줘!」

루크시온의 지적에 대답할 여유도 없는지, 리온이 문 앞에서 소란을 피웠다.

코린은 방 안에서 이불 속으로 파고 들어가 훌쩍훌쩍 울면서 중얼거렸다.

"이런 건 너무해."

이렇게, 코린의 첫사랑은 끝났다.

◇

"코린한테 미움받아 버렸어. ——난 이제 끝이야."

가족이 모인 거실에는 나 말고는 닉스, 제나, 핀리 이렇게 형과 자매가 모여 있었다.

루크시온도 있지만, 안제와 리비아는 자리를 비웠다.

형과 누나, 여동생이 주위에 있었고 침울해하는 내 모습을 다들 인식은 하고 있었다.

하지만 아무도 위로하러 오지는 않는다.

닉스는 편지를 양손으로 쥐고 고민하면서 작게 한숨을 내쉬고 있었다.

"이럴 때 시적인 문장을 쓸 수 있다면 멋질 텐데 말이다. 학원에서 더 진지하게 공부했다면 좋았을걸. 오래된 표현은 알고 있지만, 요새 유행 같은 건 모르니까 말이지."

편지를 보낸 사람은 도로테아 씨다.

로즈블레이드령에서 돌아오자, 두 사람은 곧바로 편지를 주고받았다.

닉스는 그 편지에 어떻게 답장해야 좋을지 고민하고 있다.

거실에 있는 테이블을 둘러싼 형과 자매.

닉스 맞은편에 앉은 제나는 테이블 위에 놓인 쿠키를 손으로 집어 입에 옮기며 닉스를 놀리고 있었다.

"센스 없는 닉스가 시적인 문장? 비웃음당할 뿐이니까 그만두지 그래."

그 말을 들은 닉스가 제나의 태도를 나무랐다.

"센스가 없다는 건 자각하고 있어. 그보다 나는 네 오빠라고. 인제 슬슬 이름으로 부르는 건 그만둬."

"바보 동생인 리온과 마찬가지로 바보 오빠라고 불러줬으면 좋겠어?"

형에게 주눅 들지 않는 태도를 보이는 제나를 보고, 닉스도 포기한 모양이다.

"지금도 때때로 바보 오빠라고 부르잖냐. 하아, 그것보다 답장은 어쩌지? 뭔가 선물도 곁들이는 편이 좋으려나?"

선물 운운하는 말을 꺼내자, 핀리가 손을 들었다.

"나는 장신구를 갖고 싶어. 이제 곧 학원에 입학하잖아? 조금은 몸치장을 하고 싶단 말이지."

학원에 입학하는 것을 고대하는 핀리는 교복에 어울리는 장신구를 갖고 싶다고 말했다.

그걸 듣고 닉스는 살짝 불쾌감을 나타냈다.

"필요 없잖냐."

제나 쪽도 닉스와 마찬가지지만, 이쪽은 이유가 다른 듯하다.

"그런 건 왕도에서 사는 편이 무난해. 저쪽에서 유행을 확인하고 난 뒤에 갖추는 편이 실패하지 않으니까 말이야."

핀리가 제나 쪽으로 몸을 내밀며 질문을 쏟아냈다.

"어, 그런 거야? 언니, 지금 유행 같은 거 몰라? 얼마 전까지 왕도에 있었지?"

"왜 의문형이야? 유행 같은 건 매년 변해."

"뭐어~? 그러면 왕도에서 살 테니까 좋은 가게 알려줘. 아, 차라리 같이 왕도에 갈래?"

"그거 좋네! 핀리 쇼핑에 어울리는 김에, 저쪽에서 미남을 붙잡아서 결혼할까?"

"그건 무리 아냐?"

"무리 아니야! 안 그러면 언제까지고 이런 시골에 얽매이게 될 거야. 나는 도시에서 살고 싶다고!"

소란스러운 자매들.

나는 의자 위에 무릎을 끌어안고 앉아 있었지만, 천천히 다리를 내리고 나서 자리에서 일어나 테이블에 양손을 내리쳤다.

쾅! 하는 소리가 방에 울리자, 아무리 그래도 무시할 수 없게 됐는지 전원의 시선이 내게 모였다.

"조금은 내 이야기를 듣고 걱정하라고! 내가 코린한테 미움받고, 게다가 코린이 방에 틀어박혔단 말이다! 이 중대사에 너희는 전부 아무래도 좋은 일을——!"

너희들의 아무래도 좋은 이야기 따위 듣고 싶지 않아! 내 이야기를 들어! 그런 말을 하려고 했기 때문에 형과 자매의 분노를 사고 말았다.

닉스가 미간을 찌푸리며 날 봤다.

"코린 이야기야 어쨌건 말이다. 너의 아무래도 좋은 이야기보다도, 도로테아 씨와의 편지 쪽이 나는 중요하다고."

제나는 머리카락이 곤두설 것 같을 정도로 분노하고 있다.

"너희 형제 싸움 따위 아무래도 상관없단 말이야! 이쪽은 장래가 걸려 있다고! 나는 왕도에서 미남 부자와 결혼해서 도시 여자가 되고 싶어!"

너무나도 험악한 얼굴에 나도 모르게 "그, 그래"라고 말하고 말았다.

학원을 졸업하여 왕도에 갈 기회가 적은 제나는 상당히 초조해하고 있는 모양이다.

내가 입을 다물고 조용히 앉자, 루크시온이 비웃었다.

『혼나고 말았군요.』

"시끄러워, 입 다물어."

『그러도록 하겠습니다. 형님, 편지 답장을 도와드릴까요?』

입 다물라는 내 말을 받아들였으면서, 곧바로 닉스한테 다가가 재잘재잘 떠들기 시작했다.

"괜찮겠냐?"

『예. 마스터가 민폐를 끼쳤으니 말이지요. 서포트는 맡겨 주십시오. 선물 말입니다만, 몇 가지 정도 후보를 골라 두었습니다.』

"고맙다. 루크시온은 리온보다 의지가 되는군."

『당연하지요.』

제나가 루크시온한테 손을 들고 발언했다.

"아, 그러면 나한테는 미남 부자를 소개해 줘."

『저한테는 어려운 문제입니다만, 후보는 준비할 수 있습니다.』

"정말로 할 수 있어?! 누, 누구? 어떤 사람?!"

혹하여 달려든 제나에게 루크시온은 망할 자식의 이름을 꺼냈다.

『롤랜드라는 남자입니다. 나이는 40대입니다만, 외모는 합격선이라고 판단합니다. 겉모습은 나이보다도 젊어 보이고, 미남으로 분류됩니다. 그리고 자산은 왕국에서도 유수인 건 분명합니다.』

"나이는 조금 문제지만, 나쁘지는 않네. 어디 사는 누군지 알려

줄래?"

『호르파트 왕국의 국왕입니다.』

왕이라는 말을 듣고 제나가 루크시온을 후려쳤다.

하지만 루크시온 금속 덩어리이므로, 제나 쪽이 아파했다.

"국왕 폐하라니 뭐야! 안 되는 게 당연하잖아!"

『측실을 많이 거느리고 있기에 그중의 한 명으로 섞여 들어갈 수 있다고 판단했습니다.』

"싫어! 어째서 여자를 잔뜩 거느린 남자랑── 아, 아니, 국왕 폐하랑이라니, 황공하잖아?"

『그렇습니까. 그건 유감입니다.』

애인이 있는 남자는 싫다고 말하려 했지만, 제아무리 제나라도 국왕 폐하는 공경하는 모양이다.

공경이라고 할지, 무서운 건가?

다만 역시나 나도 누나가 롤랜드의 애인이라든가, 그건 싫군.

이런 누나지만, 일단은 가족이기에 불쌍하게 느껴진다.

닉스와 제나가 루크시온을 사이에 두고 왁자지껄 떠드는 것을 옆에서 외롭게 보고 있자 핀리가 말을 걸었다.

"리온 오빠는 정말로 글렀네. 이런 게 영웅이라니, 믿기지 않는데 말이야."

평소의 내 모습에서, 영웅이라 불리는 게 믿기지 않는 모양이다.

나도 동감이라고.

"나도 그렇게 생각해. 내가 영웅이라니, 이 나라는 끝났지."

"그걸 자기 입으로 말해?"

내 의외의 답변에 핀리는 어처구니없어했다.

◇

그 무렵.

안제와 리비아 두 사람은 코린의 방 앞에 있었다.

두 사람은 과자와 마실 것을 준비하여 문 앞에서 코린에게 말을 걸고 있었다.

"코린, 대답은 하지 않아도 좋다. 하지만 우리의 이야기는 들어다오."

안제가 문 너머로 코린에게 말을 걸었지만, 방에서는 아무런 소리도 들려오지 않았다.

'아버님과 어머님이 계셨다면 좋았을 텐데 말이지.'

바르카스도 류스도 부재중이라 코린을 위로하는 역할을 맡게 된 건 안제와 리비아였다.

안제가 사정을 이야기했다.

"너한테는 자세한 이야기를 하지 않았구나. 노엘이 알제르 공화국 사람이라는 건 들었나?"

물어봐도 대답은 없지만, 안제는 설명을 계속했다.

"리온이 유학을 했었지? 그때 두 사람은 서로 알게 됐다. 노엘은 복잡한 처지에 놓여 있어. 고향에서는 위험한 상황에도 처했었지. ――그런 노엘을 구한 게 리온이야.”

성수나 무녀 이야기를 하지 않은 건 아직 어린아이인 코린에 대한 배려였다.

안제는 서투르게나마 이야기를 정리했다.

“노엘을 지킬 수 있는 건 리온뿐이다. 너한테는 괴롭겠지만, 사실을 받아들였으면 하는구나.”

‘이런 이야기는 그다지 잘하지 못하겠군.’

형의 약혼자가 첫사랑 상대고, 고백하기 전에 실연했다.

좋아하게 된 상대가 좋지 못했다.

안제가 곤란해하고 있자, 리비아가 뒤이어서 다정하게 말을 걸었다.

“미안해. 코린 군한테는 괴롭겠지. 하지만 리온 씨나 노엘 씨를 원망하지는 말아 줘. 사실은 먼저 우리가 알려줘야 했겠지만, 뭐라고 말하면 좋을지 망설이고 말았단다.”

아직 첫사랑이라는 걸 인식하지 못한 코린에게 뭐라고 말해 주어야 할까? 평소 그런 두 사람에게 어머니인 류스는 ‘실연도 경험해 봐야지’라며 지켜보고 있었다.

안제도 리비아도 그 의견에 따라 알려주지 않았다.

리비아가 문에 손바닥을 댔다.

“여러 가지 어른의 사정도 있어서, 두 사람은 떨어질 수 없어. 코린 군이 좀 더 크면, 사정도 이해할 수 있을 거라고 생각해. 그러니까――.”

리비아가 뒷말을 잇기 전에 방 안에서 소리가 들려왔다.
문이 열리고, 틈새로 코린이 울어서 부은 얼굴을 살짝 내비쳤다.
"——죄송해요."

◇

코린이 두 사람을 방에 들였다.
침대에 앉은 코린 양옆에는 안제와 리비아가 앉아 있다.
코린의 어깨나 허벅지에 손을 올려놓고 위로해 주고 있었다.
겨우 차분함을 되찾은 코린은 자신의 마음을 띄엄띄엄 말했다.
"좋아한다는 걸 깨달은 게 조금 전이었어. 나—— 나는 사랑을 하고 있다는 걸 깨닫지 못해서. 그래서, 무척 싫은 기분이 들어서 도망친 거야."
훌쩍이며 우는 코린에게 리비아가 다정하게 말을 건넸다.
"싫은 기분이 들었구나. 그래도 나중에 리온 씨한테는 사과하자."
코린은 순순히 리비아의 제안을 받아들였다.
"응. 똑바로 사과할 거야."
그 대답에 안제도 안심하고 코린의 머리를 쓰다듬었다.
"장하다, 코린."
안제와 리비아는 코린을 위로하며 과자와 차를 권했다.
상냥한 두 사람에게 응석 부리며, 리온과 노엘을 향한 마음을 이야기했다.

“나는 노엘 누나가 행복해졌으면 좋겠어.”

안제가 고개를 끄덕였다.

“너는 강한 아이로군. 설령 맺어지지 못해도, 좋아하는 상대의 행복을 바랄 수 있는 건 멋진 일이야. ――나는 그러지 못했다.”

코린은 안제의 얼굴을 올려다봤다.

난처한 듯한 미소로 자신을 보고 있었기에 신경 쓰이고 말았다.

“안젤리카 누나도 실연했어?”

그 질문에 리비아가 한순간 당황했지만, 안제가 쿡, 하고 미소 지었기에 아무 말도 하지 않았다.

안제가 실연 이야기를 했다.

“그래. 지독한 실연을 경험했지. 나는 상대의 행복을 진심으로 바라지 못했다. 그때의 나보다도, 코린은 훨씬 강해.”

“안젤리카 누나라도 실연하는구나. 올리비아 누나는?”

다음으로 질문받은 리비아가 난감한 표정을 짓자, 안제가 재촉했다.

“이야기해 주는 게 어떠냐?”

안제가 그리 말하자, 리비아는 시선을 헤매며 이야기했다.

“그, 근처에 사는 오빠였으려나? 도, 동경하고 있었다고 생각해.”

리비아의 분명치 못한 표현에 코린은 의문스럽게 여긴 모양이다.

“동경? 좋아하는 게 아니었어?”

“그, 그게 말이지. 그러니까…….”

리비아가 첫사랑에 관해 이야기하고 싶어 하지 않기에 안제가 재촉했다.

"나도 신경 쓰이니까 알려다오. 딱히 상관없겠지? 첫사랑을 했다고 하더라도, 지금의 너는 리온 곁에 있지 않나."

안제는 리비아가 첫사랑 이야기를 망설이는 건 리온에게 미안하다고 느끼기 때문이라고 생각한 모양이다.

과거의 사랑 같은 건 상관없다고 말하는 안제에게 리비아가 양손으로 얼굴을 가렸다.

"그런 게 아니에요. 저는 학원에 오기 전까지, 사랑 같은 걸 해본 적이 없었어요. 의식한 것도 최근이라, 그게……."

그 말을 들은 안제가, 리비아가 이야기하는 걸 망설인 이유를 알아차렸다.

코린도 눈치챘다.

"혹시, 첫사랑 상대가 리온 형이었어?"

리비아가 고개를 끄덕였다.

"미안해. 지금 할 만한 이야기가 아니니까 얼버무리려고 했어."

실연한 코린에게, 자신의 첫사랑이 이루어졌다고는 리비아도 말할 수 없었던 모양이다.

안제가 미안해하는 듯한 태도를 보였다.

"미, 미안하군. 그, 그런가. 너는 오로지 리온만 좋아한 건가. 괘, 괜찮은 것 아니냐? 그런 경우도 있는 법이지."

"정말 미안해."

리비아가 사과했지만, 코린은 고개를 가로저었다.

"올리비아 누나는 첫사랑이 이루어져서 다행이네!"

코린한테 그런 말을 들은 리비아는 조금 놀라면서도 코린을 칭찬했다.

"코린 군은 정말로 다정하네."

두 사람에게서 대단하다는 말을 들었지만, 코린한테는 뭐가 대단한 건지 이해되지 않았다.

단지, 행복해 보이는 두 사람을 보고 자신에게도 언젠가 이런 날이 오는 걸까? 하는 의문이 머리에 떠올랐다.

"나도 두 사람처럼 언젠가 정말로 좋아하는 사람과 만날 수 있을까?"

안제가 코린에게 말했다.

"만날 수 있지. 그걸 위해서는 잘 배워라. 그리고 다양한 사람과 관계를 맺어라."

안제의 조언에 코린은 눈을 가늘게 떴다.

"이 이야기를 이유 삼아 나한테 공부시키고 싶은 것뿐인 거 아니야?"

실연을 알게 되어 조금 남을 경계하는 것을 배운 코린의 이마를 안제가 손가락 끝으로 부드럽게 때렸다.

"바보 녀석. 배우지 않으면 성장하지 않고, 남과 관계를 맺지 않으면 애초에 만남이 없다. 그게 아니면 너는 성장하지 않고, 만남이 없어도 괜찮다고 생각하는 거냐?"

"——괜찮지 않아."

납득한 코린에게 이번에는 리비아가 조언했다.

"코린 군도 언젠가 만날 수 있어. 가까운 사람이라 이미 만났을지도 모르고, 이제부터 만나게 될지도 몰라. 그러니까 앞으로도 만남은 소중히 여기도록 하렴."

"——두 사람은 그렇게 해서 리온 형이랑 만난 거야?"

이 질문을 한 코린이었으나, 곧바로 후회했다.

안제가 뺨을 살짝 빨갛게 물들였다.

"그렇군. 지금 와서 생각해 보면, 학원에서 많은 사람과 관계를 맺으려 했던 자신의 판단을 칭찬해 주고 싶다. 네 형과 만날 수 있었던 건 내 인생의 행운 중 하나다."

리비아는 부끄러운 듯이 뺨이 빨개지면서도, 기쁘게 이야기했다.

"내 경우는 리온 씨 쪽에서 먼저 말을 걸어 줬어. 그때의 리온 씨, 정말로 멋졌어. 곤란해하는 나한테 차를 권해 줘서 말이야. 신사적이고 다정해서, 그래서 말이지——."

두 사람은 그대로 들떠 올라 리온과 친밀해진 계기를 이야기하기 시작했다.

그걸 들으며 코린은 생각했다.

'어라? 설마 끝까지 전부 다 들어야 하는 거야?'

제10화 「여동생」

코린한테 미움받은 리온은 몹시 침울해진 상태였다.

리온은 저택 거실에 있는 소파에 앉아 어두운 표정으로 고개를 숙이고 있다.

정신적인 대미지가 큰 모양이다.

그런 모습을 본 안제였으나, 실은 하나 신경 쓰이는 점이 있다.

리온의 모습을 리비아와 같이 멀리서 보며, 걱정스러운 듯이 불안한 마음을 중얼거렸다.

"여동생 같은 존재는 싫어한다, 인가. 여동생인 나도 사실은 싫어하는 것일까?"

"어, 어떠려나요?"

리비아도 대답하기 곤란해하고 있다.

안제한테는 위로 오빠인 길버트가 있다.

그러니 안제도 여동생이라 부를 수 있을 것이다.

여동생은 싫다고 리온이 공언하는 바람에, 조금 불안해져 있었다.

"이것만큼은 개선할 방도가 없군. 나는 리온한테 미움받고 싶지 않다."

"괜찮아요. 리온 씨가 안제를 싫어하다니, 절대로 있을 수 없는 일이니까요."

"그, 그렇군. 그나저나 리온의 자매 혐오는 확고한걸."

"루이제 양 덕분에 누나 쪽은 극복했지만 말이에요."

루이제의 이름이 나왔으나, 리비아는 복잡한 표정을 지어 보였다.

알제르 공화국에서 리온이 친해진 여성이기에 둘의 처지에서는 유쾌하지 않은 이야기다.

다만 두 사람은 리온의 자매 혐오가 신경 쓰였다.

그것도 평소의 모습을 보고 있으면 이해가 된다.

거실에 제나와 핀리가 다가오더니, 리온을 발견하고는 평소 당한 것에 대한 앙갚음이라는 듯이 도발하기 시작하는 것 아닌가.

"바보 동생~. 코린한테 아직도 미움받은 채라면서? 설마 코린이 노엘한테 반했다는 걸 눈치 못 챘던 거야? 여전히 바보 동생은 둔감하네."

"보통은 눈치채지~. 오빠는 정말로 너무 둔해."

두 사람한테 비웃음을 당하고 있는 리온이었으나, 너무나도 충격이 큰지 반응이 희미하다.

"저리로 가."

제나는 팔짱을 끼고 히죽히죽 웃으며, 앉아 있는 리온을 내려다봤다.

"평소의 입만 산 리온은 어디로 간 걸까? 귀여워했던 코린한테 미움받은 기분은 어때? 닉스도 화나게 했지? 형이랑 동생한테 미움받는 건 어떤 기분이야? 누님이 위로해 줄까~?"

"최악이라고. 난 너희한테는 미움받아도 아무렇지도 않지만, 형이나 동생한테 미움받는 건 마음이 아파."

진심으로 그렇게 생각하는지, 리온은 가슴 아파하는 듯한 태도였다.

핀리가 뺨을 씰룩거렸다.

"조금은 자매한테도 정을 가지라구."

"미안, 너희들 몫은 다 나가고 없어."

여전히 자매에게는 냉담한 대응이다.

제나와 핀리가 리온을 보며 한쪽 눈썹을 움찔움찔 움직여 당장이라도 고함을 지를 것 같은 표정을 지었다.

침울한 상태이기는 해도 농담은 할 수 있는 걸 봐서 안제와 리비아는 오히려 안심했다.

안제는 세 사람의 모습을 떨어진 장소에서 보며, 리온의 심정에도 이해를 표했다.

"뭐, 그거군. 혈연이라도 최소한의 예의라는 게 있으니까 말이다. 게다가 남작가와 자작가는 왕국의 방침으로 지금까지 형편없는 수준이었으니 더더욱 그렇겠지."

"두 사람 다 나쁜 사람은 아니지만 말이에요."

제나도 핀리도 근본부터 악당은 아니다.

하지만 태도에는 문제가 있다.

리온이 싫어하게 되는 것도 어쩔 수 없는 환경이었다고도 할 수 있지만, 그것만으로는 설명이 되지 않는 것도 있다.

"제나 쪽이 리온을 대하는 태도가 매몰찬데, 리온 본인은 여동생을 더 싫어하는 걸로 보이는군. 뭔가 이유가 있나? ──리비아?"

안제가 리비아를 보니, 진지하게 생각에 잠겨 있었다.

시선을 알아차리고 리비아가 황급히 물었다.

"무, 무엇인가요?"

"신경 쓰이는 점이라도 있는 건가?"

"그게── 네. 하지만, 아직 설명하기가 어려워서."

리비아가 잘 설명하지 못하겠다고 말했기에, 안제도 그 이상은 묻지 않기로 했다.

안제는 작게 한숨을 내쉬었다.

"여동생 혐오도 고칠 수 없을까?"

자기가 여동생이니까 괜히 더 그렇게 생각하고 마는 것이리라.

그러자 루크시온이 둥실둥실 떠서 다가왔다.

리비아는 양어깨를 움찔 떨며 루크시온과 살짝 거리를 뒀다.

아직 경계하고 있는 모양이다.

루크시온은 신경 쓰는 기색도 없이, 둘에게 말을 걸었다.

『마스터의 여동생 혐오가 신경 쓰입니까?』

◇

"어이, 정말 이걸로 리온의 여동생 혐오가 낫는 거겠지?"

『제 계산에 오류는 없습니다.』

“거짓말 마라. 리온 때문에 잔뜩 어긋나 왔지 않나?”

『마스터는 예외입니다. 희귀 케이스를 예로 드셔도 곤란합니다.』

안제와 루크시온의 대화를 들으며, 리비아는 자기 모습을 봤다.

‘조금 부끄러울지도.’

다른 방으로 이동한 리비아와 안제는 옷을 갈아입고 방에서 대기하고 있었다.

전부 루크시온의 제안이다.

리비아는 불안함도 있었지만, 신경 쓰이는 것도 있어서 루크시온의 계획에 응하고 말았다.

‘여동생……. 이전에 마리에 씨가 리온 씨를 오빠라고 불렀었어. 게다가 그때는 깊게 생각하지 않았지만, 확실히 두 번째 인생이라고 했었지. 두 번째라는 건 무슨 의미일까? 어째서 그 시점에서 오빠라고 부른 걸까.’

그건 공국과의 최종 결전 전의 일이다.

리비아는 도망친 마리에를 쫓아갔고, 그때 마리에한테서 전부 돌려주겠다는 말을 들었다.

혼란스러운 상태였기에 그때는 깊게 생각하지 않았지만, 지금 와서 생각해 보면 부자연스러운 점이 많았다.

‘그만큼 대립하고 있었는데, 리온 씨도 그즈음부터 마리에 씨한테 마음을 허락하고 있었어. 태도로는 싫어하고 있는데, 거절은 하지 않는── 마치 진짜 남매 같은 태도를 보일 때가 있고.

뭔가 있는 걸까?'

입으로는 마리에를 싫어하면서도, 핀리에게 대하는 것과 같은 태도를 보일 때도 있다.

하지만 그걸 리온한테서 직접 듣기란 어렵다.

리온에게는 숨기는 것이 많다.

최근까지 루크시온의 진짜 모습조차 숨기고 있었을 정도다.

자기들이 물어봐도 대답해 줄지 알 수 없고, 지금은 어설프게 물어봤다가 리온의 부담이 되고 싶지도 않았다.

'리온 씨가 좀 더 여러 가지로 이야기해 주면 좋겠는데. 하지만, 지금은 쉬어 줬으면 좋겠고…….'

실은 두 사람이 코스프레를 한 것은 여동생 혐오가 낫도록 하기 위해서만은 아니다.

리온이 기운이 날 거라는 말을 듣고 루크시온의 제안에 응한 부분도 있다.

지금까지 무리해 온 리온의 기운을 북돋워 주기 위해, 리비아도 일부러 갈아입었다.

방에는 자기들 외에 갈아입는 것을 도와준 코델리아의 모습도 있다.

지금은 방에서 나가려 하고 있었다.

"그러면 후작님을 모셔 오겠습니다."

"부, 부탁한다, 코델리아."

"네."

창피해하는 안제를 쳐다보는 코델리아. 그러나 리비아는 코델리아의 그 눈동자 속에서 묘한 빛이 뿜어져 나온 게 신경 쓰였다.

코델리아가 방에서 나가자, 안제가 자기 모습을 거울로 확인했다.

복장은 미니스커트 메이드복.

머리에는 동물의 귀를 본뜬 장식이, 엉덩이 부근에는 꼬리를 본뜬 장식이 있다.

고양이 귀 메이드의 모습이 그곳에 비치고 있었다.

"정말 이걸로 틀림없는 것이겠지? 리온이 질색하기라도 하면 난 울 거다!"

리비아도 완전히 동의했다.

"저도 울어 버리고 말 것 같아요."

이전에 학원제에서 메이드복을 입은 적은 있지만, 아인 흉내를 내는 액세서리를 단 적은 없다.

참고로 리비아는 처진 강아지 귀를 장착하고 있었다.

어째서 두 사람이 이런 차림을 한 것인가?

전부 루크시온의 계획이었다.

『문제없습니다. 마스터는 매우 기뻐할 겁니다. 그 모습으로 오빠라고 부르면 여동생 혐오도 곧바로 나을 겁니다. 이 제가 보증합니다.』

리비아는 미니스커트 길이를 신경 쓰며, 루크시온에게 질문했다.

“정말로 기뻐하려나? 학원제에서도 우리의 메이드복 차림을 봤는데, 기뻐해 주기는 했지만, 그 정도까지는 아니었다고 생각하는데.”

안제도 같은 불안감을 품고 있었던 모양이다.

“동물의 귀와 꼬리로 리온이 기뻐하는 건가? 게다가── 오, 오빠라고 부르면 정말로 여동생 혐오가 낫는 거냐? 반대로 여동생을 의식해서 우리를 피하거나 하지는 않겠지?”

평소 기가 드센 안제지만, 리온한테 미움받는 것을 두려워하고 있었다.

그 모습이 리비아한테는 무척 귀엽게 보였다.

‘안제는 오늘도 귀엽네.’

평소와의 갭도 있어서, 이 모습을 볼 수 있었던 것만으로도 현 상황을 괜찮다고 여기는 리비아였다.

루크시온이 두 사람을 앞에 두고, 리온에게 자주 보여주는 어처구니없다는 몸짓── 고개 가로젓기를 했다.

『두 분 다 아무것도 모르는군요. 마스터는 단순합니다. 누나를 싫어하는 것도, 루이제와 만나 개선되었습니다. 두 사람이 그 모습으로 어리광을 부리면, 간단히 넘어올 겁니다.』

리비아는 손을 잡았다.

“그건 그것대로 싫으려나.”

루크시온의 설명이 사실이라면, 단순하고 변덕스럽다는 말이 된다.

누가 어리광을 부려도 기뻐하는 것 아닐까? 그런 불안감이 새로이 싹튼다.

이러쿵저러쿵하고 있는 사이에, 아무래도 리온이 가까이 온 모양이다.

루크시온이 리온의 접근을 알리고는 모습을 감추고 숨었다.

『마스터가 도착했군요. 두 분 다 지시대로 부탁합니다.』

여기까지 왔으면 각오를 굳힐 뿐이다.

동물 귀와 꼬리를 단 메이드복 차림으로 안제가 기합을 넣어 보였다.

“이렇게 되면 좌우지간 부딪쳐 볼 뿐이다. 나는 각오를 굳혔다.”

리비아도 안제의 의욕에 촉발되어 각오를 보였다.

“그러네요. 부끄러워하고 있으면 안 되겠죠. 저도 진심으로 어리광 부려 보겠어요! 그래도, 오빠는 어쩐지 쑥스럽네요.”

“나도 평소에는 오라버니라고 부르고 있으니까 그쪽이 더 좋으려나?”

막판에 와서 이것저것 생각하기 시작했더니, 문을 노크하는 소리가 들렸다.

「둘 다 있어~?」

리온의 느긋한 목소리가 들려오자, 두 사람은 대답하여 리온을 불러들였다.

“열려 있다.”

“들어오셔도 괜찮아요.”

문이 달칵 열리자, 리비아와 안제는 귀여운 포즈를 취했다.

동물의 이미지이기에, 양손을 조금 올려 귀엽게 덮치는 듯한 이미지다.

가장 먼저 목소리를 낸 건 리비아다.

"기다리고 있었어요멍, 오빠."

"——어?"

결국 뭐라 부르면 좋을지 알 수 없어서 무난히 오빠라고 부르는 리비아였다.

하지만 부끄러움으로 얼굴이 빨개지면서도 리온에게 몸을 바싹 붙이며 어리광 부리는 목소리를 내고 있었다.

'차, 창피해! 하지만, 이걸로 리온 씨가 기운이 난다면 싸게 먹히는 거니까.'

하지만 리온은 놀라서 굳어 버린 상태였다.

이어서 안제가 리온에게 안겨들었다.

"잡았다고, 오라버니. 놀아 주지 않으면 날뛸 거다냐~."

안제도 부끄러웠던 것이겠지만, 루크시온의 지시대로 말끝에 '냐~'를 붙였다.

하지만 리온의 반응은 전혀 없었다.

그 모습을 보고 두 사람은 실패했다는 생각밖에 들지 않았다.

'루크 군 거짓말쟁이이이!'

마음속으로 루크시온을 타박했는데, 갑자기 리온이 풀썩 주저앉았다.

"오빠!"

"오라버니!"

두 사람이 순간적으로 끌어안아 떠받치려 하자, 리온이 눈물을 흘리고 있었다.

그 반응에 두 사람이 곤혹스러운 표정으로 서로를 마주 보자, 리온이 기쁨의 눈물을 흘리며 오열했다.

"나는 바로 지금, 이 자리에서 이해했어. ——여동생은 귀엽지 않아. 하지만, 여동생 같은 존재는 귀엽다는 걸 말이야."

두 사람한테 오빠라고 불려, 기쁨의 눈물을 흘리는 리온은 본심을 털어놓았다.

"나는 이런 귀여운 여동생들을 갖고 싶었어!"

실제 여동생과 비교한 것이리라.

리비아와 안제의 귀여운 어리광을 듣게 된 리온한테서는 여동생에 대한 가치관에 변화가 일어났다.

안제가 곤혹스러워했다.

"여동생 혐오는 나은 건가?"

"아니, 여동생은 싫어. 하지만 피가 이어지지 않은 여동생은 귀엽다고 내 사전에 등록했어."

여동생은 싫지만, 여동생 같은 존재는 귀엽다—— 리온의 가치관은 확실히 변화했다.

그것도 루크시온이 말한 대로 쉽사리.

리비아로서는 석연치 않은 부분이 있기는 했지만, 리온이 기뻐하고 있기에 그걸 참고 억지로 납득했다.

"좋아해 주셔서 기뻐요."

"고마워, 둘 다. 그 차림도 잘 어울려."

두 사람의 손을 잡고 기뻐하는 리온을 보자, 확실히 이 차림은 효과적임을 이해했다.

안제는 리온의 모습에 만족하여 안도한 표정을 지었다.

"네가 즐거워해 줘서 다행이다."

"그런데— 있는 거지, 루크시온."

온화한 무드도 여기서 끝이다.

리온은 루크시온이 숨어 있는 걸 알아차리고 이름을 부르더니 표정이 변했다.

루크시온이 모습을 나타내자, 리온이 일어섰다.

『매우 기뻐하셨군요. 하지만 리액션에는 좀 더 신경을 써야 합니다. 두 사람이 불안해하고 있었다고요.』

"하고 싶은 말은 그것뿐이냐? 둘한테 뭘 시키고 있는 거야?"

『여동생 혐오를 낫게 하고 싶다는 상담을 받았기에 도와준 겁니다. 마스터의 성벽 등도 조언해 두었습니다.』

"나한테 코스프레 취미가 있다고 거짓말을 했군?"

『——조크입니다. 저도 크레아레를 흉내 내어 봤습니다만, 조크란 어렵군요. 설마 두 분이 진심으로 받아들이리라고는 생각지 않았습니다. 하지만 나중에 두 사람의 모습을 사진으로 남기겠습니다. 몇 장 갖고 싶으십니까?』

“예비도 포함해서 세 장씩 준비해.”
이야기를 듣고 있던 리비아는 서서히 무표정하게 변해 갔다.
옆에 있는 안제도 마찬가지다.
리온을 방으로 안내했던 코델리아가 방 밖에서 루크시온한테 말을 걸었다.
“저도 세 장씩 갖고 싶습니다. 아, 기념품으로 아가씨 것은 30장씩 받고 싶군요. 얼마이지요?”
『무료로 괜찮습니다.』
“어쩐지 미안하군요.”
안제 쪽은 자신의 창피한 사진을 기념품으로 삼겠다고 말한 코델리아를 쳐다보고 있었다.
뒤이어서, 자신들을 속인 루크시온에게 시선을 향했다.
“——어이.”
안제가 낮은 목소리로 루크시온을 불렀다.
루크시온이 빨간 렌즈를 리비아와 안제에게 향했지만, 천천히 멀어져 가더니 방에서 나가 어딘가로 도망치고 말았다.
『두 분 모두, 마스터는 기운을 차렸습니다. 작전은 성공입니다.』
리비아와 안제는 자기들의 옷차림도 잊은 채 방에서 뛰쳐나가 루크시온을 쫓아갔다.
“루크 군!”
“루크시온, 너한테 할 이야기가 있다!”
발트파르트 가의 저택을 메이드복 차림으로 뛰어다니는 두 사람이었다.

◇

"아, 이 사진 좋네."

"이쪽 사진은 아가씨의 귀여움이 드러나 있군요. 빈스 님과 길버트 님께도 건네드리도록 하지요."

뒷날.

나는 루크시온한테서 받은 사진을 코델리아 씨와 함께 나누고 있었다.

코델리아 씨가 안제 사진을 꼭 갖고 싶어 했다.

"이쪽도 좋군요. 이 몸짓도 좋네요. 아, 이쪽은 방심한 아가씨의 모습이! 이 사진은 남성분께는 너무 과격하니 제 쪽에서 회수해 두겠습니다."

"당신, 안제를 너무 좋아하는 거 아니야?"

"물론입니다. 아가씨와는 오랫동안 알고 지낸 사이니까 말이지요. 저는 공작가를 모시기 시작하고 곧바로 아가씨를 곁에서 모시게 되었습니다. 그 무렵의 아가씨는 정말로 귀여워서."

안제의 귀여움에 관해 이야기하기 시작하는 코델리아 씨는 평소의 차가운 인상이 상당히 누그러져 있었다.

날 상대하고 있는데도 기쁜 듯이 안제의 어린 시절을 알려준다.

사진 한 장을 손에 들었다.

그건 두 사람이 귀여운 포즈를 보여주고 있는 사진이다.

"——귀엽네."

사진을 주머니에 소중히 집어넣자, 코델리아 씨가 내게 바싹 다가왔다.

"후작님, 제 이야기를 듣고 계시는지요?"

"네, 넵!"

"그러면 아가씨의 비장의 에피소드를 이야기하겠습니다. 그건, 그 멍청이와의 약혼에 들떠 있을 무렵의 일이었습니다."

일단 코델리아 씨한테 율리우스가 멍청이 취급인 건 이해했다.

누군가가 들으면 불경죄가 될 것 같지만, 지금의 율리우스는 가치가 낮으니까 말이지.

안제에게 한 처사도 있어서, 정정할 생각은 들지 않는다.

나는 그대로 코델리아 씨한테서 안제 이야기를 밤까지 듣게 되었다.

제11화 「사슬보다도 강한 인연」

그 날은 아침부터 닉스가 긴장하고 있었다.

안절부절못하며 저택 안을 돌아다녔고, 자기 방으로 돌아갔나 싶더니만 또다시 나와서 침착하지 못한 기색으로 돌아다니고 있었다.

그런 닉스의 한심한 모습에 나는 어이없어했다.

"침착해. 도로테아 씨가 놀러 오는 것뿐이잖아."

복장에 기합이 들어간 닉스는 헤어스타일도 반듯하게 정리해 놓고 있었다.

도로테아 씨가 놀러 오는 것을 고대하고 있다는 게 훤히 보였다.

"나, 나는 침착하다고!"

"어디가."

닉스는 내게 불만스러운 듯한 표정을 지으면서도, 때때로 긴장을 누그러뜨리고자 심호흡을 반복했다.

얼마 전까지만 해도 도로테아 씨를 껄끄러워하고 있었는데 말이지.

"내 형이지만 한심하구만."

나 원 참, 하고 어깨를 으쓱여 고개를 가로젓자, 내 발언에 납득하지 못한 루크시온이 여느 때처럼 빈정거렸다.

『형님이 한심하다면 마스터는 더더욱 한심하겠군요.』

"바보 자식. 나는 도망칠 수 없게 되자 각오를 굳혔잖아? 형은 이미 결혼 초읽기 단계인데도 우물쭈물하면서 고민하고 있다고."

『그 인식은 잘못되었다고 말하고 싶군요.』

"어디가? 어제도 나 같은 걸로 괜찮은 걸까? 라며 계속 구시렁 구시렁하면서 고민하고 있었다고."

『마스터가 도망칠 수 없게 되서 각오를 굳혔다는 부분을 말하는 겁니다. 마지막의 마지막까지 우물쭈물 고민하고 있었던 게 마스터입니다. 형님을 바보 취급할 자격은 없다고요.』

"아, 그러셔."

부루퉁해지자, 방 한구석에 있던 코린과 눈이 마주쳤다.

"코린!"

"히익!"

황급히 일어서자 코린이 놀라서 도망치고 말았다.

나는 도망친 코린에게 손을 뻗었고, 오늘도 이야기하지 못해서 침울해졌다.

"하다못해 대화만이라도 해준다면! 루크시온, 어떻게든 해."

무모한 명령을 하자, 루크시온은 거부를 표했다.

『거의 다 해결된 일이기에 싫습니다.』

"싫다니 뭐야! 명령이라고!"

『문제없습니다. 이미 해결로 나아가고 있습니다.』

"정말이겠지?"

루크시온을 의심하고 있자, 저택 현관이 소란스러워졌다.
아무래도 도로테아 씨 일행이 도착한 모양이다.

◇

실연을 겪고 나서, 코린은 리온에게 사과하고자 기회를 살피고 있었다.
하지만 좀처럼 말을 걸 수 없었다.
다시 리온이 있는 곳으로 가자, 그곳에는 휠체어에 탄 노엘의 모습이 있었다.
"리온, 코린이랑 이야기는 할 수 있었어?"
"아니……."
"그렇구나. 나도 이야기하고 싶은데, 지금은 날 피하고 있단 말이지."
두 사람이 침울해하는 모습을 보고, 코린은 마음이 아팠다.
하지만 사이좋게 있는 둘을 보고, 아직 납득하지 못하는 부분도 있었다.
어린 코린에게 여러 면으로 감정에 선을 그으라는 것도 가혹한 이야기여서, 이번에도 리온에게 말을 걸지 못하고 이 자리를 떠났다.
'최소한 노엘 누나가 없는 장소에서 사과하자.'
이런 식으로 도망 다녔기에, 사과할 기회를 놓치고 있었다.

어딘가 마음을 가라앉힐 수 있는 장소로 가고자 했더니, 저택 창문 너머로 보트를 꺼내고 있는 부모님 모습을 발견했다.

창고에서 꺼내고 있던 건 허공에 떠 있는 보트다.

바르카스는 평소보다도 조금 좋은 옷을 입고, 류스도 예쁘게 꾸몄다.

그런 두 사람의 모습이 신경 쓰여 코린은 밖으로 갔다.

저택을 나가 밖으로 오자, 두 사람이 보트에 올라타던 참이었다.

바르카스가 류스한테 손을 내밀어 도와주고 있다.

코린이 둘에게 말을 걸었다.

"어디 가? 오늘은 손님이 있는데?"

중요한 손님이 온다고 들었는데, 두 사람이 저택을 비우는 게 코린한테는 이상하게 보였다.

하지만 바르카스도 류스도 서로 얼굴을 마주 보고는 미소 지었다.

"닉스가 상대할 거니까 괜찮아. 아빠는 엄마랑 나갔다 올 테니, 너는 닉스를 방해하지 말고 얌전히 있거라."

바르카스가 그렇게 말하자, 류스도 코린에게 재차 단단히 일러두었다.

"그래. 닉스의 방해만큼은 하지 말렴. 다른 사람들이랑 놀고 있으면 되니까."

잘 이해하지 못한 코린이었으나 일단 고개를 끄덕이기로 했다.

"알았어. 그것보다, 아빠랑 엄마는 어디 가는 거야?"

바르카스가 쑥스러운지 뺨을 손가락으로 긁적였다.

"아~, 이건 그 뭐냐. 영내 모습을 엄마랑 돌아보자고 생각한 거야. 작은 배를 타고 근방을 돌아보는 것뿐이다."

허공에 뜨는 소형 배를 타고 영내를 보며 돌아다닌다.

넓은 하늘로 나가는 게 아니라, 가벼운 외출 같은 것.

다만 코린은 부모님이 평소보다 잘 차려입고 꾸민 것이 신경 쓰였다.

그리고 해답에 다다랐다.

"설마 데이트?"

류스가 미소를 지었다.

"어머, 얘도 참. 성장했네."

바르카스 쪽은 대답하지 않고 머리를 긁적였다.

쑥스러운 것이리라.

그래서 류스가 대신 대답해 주었다.

"아빠랑 화해했으니까, 같이 외출하는 거란다. 그러니까 오늘은 코린도 집을 보고 있으렴."

"이런 때 외출해도 되는 거야?"

로즈블레이드 가문에서 도로테아가 오는데, 부모님이 부재로 괜찮은 걸까?

그런 코린의 의문에 바르카스가 대답했다.

"그편이 닉스도 마음이 편할 테니까 말이지. 코린, 닉스를 방해하지 말아라. 하지만 리온은 방해해도 된다. 그 녀석은 조금 곤경을 겪는 게 좋아."

류스도 바르카스의 의견에 동의했다.

"정말로 그 애는 대단한 건지, 대단하지 않은 건지."

부모님은 리온을 어떻게 평가해야 할지 갈피를 잡지 못하고 있는 듯하다.

다만 코린은 두 사람의 모습을 보고 안도했다.

'두 분 다 화해했구나.'

최근의 두 사람은 어딘가 거리를 두고 있었기에, 어린애 마음에도 걱정하고 있었다.

원래대로의 관계로 돌아간 두 사람을 보고 코린은 마음을 놓았다.

"알았어. 방에서 책이라도 읽을게."

바르카스가 코린의 머리를 약간 거칠게 쓰다듬었다.

"착하구나."

보트에 탄 두 사람을 배웅하고 있었더니, 코린은 그 모습이 부럽게 느껴졌다.

사이 좋은 부부.

얼마 전까지 조라라는 정처가 있었지만, 코린한테는 그다지 좋은 추억이 없다.

평소에는 저택에 없었고, 이따금 찾아와서는 불만을 쏟아 댄다.

바르카스의 아내였는데도 도저히 가족으로는 볼 수 없었다.

두 사람이 보이지 않게 되자, 코린은 거기서 어떤 사실을 깨달았다.

"어라? 아빠는 엄마랑 조라, 두 명하고 결혼했었는데, 그 뒤로는 쭉 한 명이지?"

조라가 어느샌가 사라졌고, 가족 중 누구도 그 이름을 입에 꺼내지 않게 되었다.

어린애 마음에도 물어서는 안 되는 것이리라고 생각했지만, 그 후에 바르카스가 다른 여성과 결혼할 기색이 없다.

코린은 위화감을 느꼈다.

"——어라?"

◇

코린이 저택에 돌아오자 제나와 핀리 두 사람이 복도를 걷고 있었다.

둘은 코린을 알아차린 기색이 없었고, 복도에서 멈춰 서더니 대화하기 시작했다.

코린은 말을 걸어도 놀림당하든가, 매몰차게 대해지리라 생각하여 기둥 뒤에 숨어서 두 사람이 떠나가는 것을 기다리기로 했다.

그러자 두 사람이 불평을 내뱉기 시작했다.

"아~, 진짜! 정말로 왜 우리 같은 시골에 좋은 집 아가씨들이 찾아오는 걸까?"

제나는 진심으로 이해 못 하겠다는 표정으로, 집에 안제나 도로테아 같은 좋은 집 아가씨가 있는 게 의아해서 견딜 수 없다며 불만을 표하고 있었다.

핀리도 같은 의견이기는 한 모양이지만, 불만은 품고 있지 않았다.

"확실히 의아하지만, 덕분에 선물이라든가 받을 수 있으니까 괜찮잖아."

태평한 핀리의 발언이었으나, 그것에는 코린도 동의하고 있다.

안제가 저택에 체재하면 식사가 호화로워진다.

또한 레드글레이브 공작가에서는 체재비에 더해 선물도 보냈고, 그중에는 희귀한 과자도 있어 코린은 기뻤다.

안제가 있으면 과자를 받을 수 있다── 그 정도의 인식이다.

좋은 집 아가씨라고는 들었지만, 얼마나 높은 집안인지 정확하게는 이해하지 못했다.

다만 부모님 모두가 겸손한 자세를 취하고 있었으니 자기들보다는 높으리라고는 생각하고 있었다.

제나는 핀리의 느긋한 태도에, 이마에 손을 대며 어처구니없어 했다.

"평소에는 측근이라도 되지 않는 한 관계를 맺을 수 없는 사람들이야. 리온 때도 놀랐지만, 설마 닉스까지 백작 영애를 데리고 올 거라고는 생각하지 않지."

"우리도 일단은 남작가잖아?"

"이 바보!"

"아야!"

자기들도 일단은 귀족이고, 남작가니까 기죽을 것 없지 않냐는 핀리의 이마를 제나가 손가락으로 튕겼다.

제나가 핀리에게 호르파트 왕국의 실정을 자세히 설명했다.

"우리나라에서 남작가와 백작가는 하늘과 땅만큼의 차이가 있어. 로즈블레이드 가문의 성을 봤지? 그게 진짜 귀족이야. 우리는 기사 가문보다 살짝 나은 정도라고."

"확실히 백작가는 굉장했지만 말이야~."

불만스러운 듯한 핀리를 보고 제나는 한숨을 내쉬었다.

"너도 학원에 입학하면 싫어도 이해하게 될 거야. 진짜 아가씨들은 격이 달라."

"그렇게나?"

"입는 옷은 전부 주문 제작이고, 전속 직인이 잔뜩 있어. 전용 비행선도 가지고 있다고. 시중드는 메이드들은 기사 가문 출신이야."

"부자는 대단하네."

감탄하는 핀리였으나, 아직 실감이 희박한 듯하다.

이야기를 듣고 있는 코린도 마찬가지라, 굉장하다고는 생각해도 이해가 되지 않는다.

제나는 이해 못 하는 여동생한테 화가 났지만, 학원에 입학하기 전의 자신을 떠올렸는지 꾸짖지는 않았다.

"지금은 이해 못 하겠지만, 왕도에 가면 너도 싫어도 이해할 거야. 그렇게 되면 우리 집안 상황이 얼마나 부자연스러운지 깨달게 되겠지."

"지금도 이상하다고는 생각해. 우리 집안의 시원찮은 오빠들이 다들 좋은 집안 아가씨들을 데리고 오니까 말이야. 리온 오빠는 공작 영애고, 닉스 오빠는 백작 영애야. 나도 믿기지 않는다구."

평소 모습을 아는 핀리가 보기엔, 오빠들은 시원찮은 것이리라.

그런 시원찮은 오빠들한테 아름다운 아가씨들이 사랑에 빠지는 것이 참으로 이해되지 않는 두 사람이었다.

그리고 화제는 닉스의 상대인 도로테아로 바뀌었다.

제나는 불안한지 팔짱을 끼더니 고개를 숙이고 말았다.

"닉스의 경우는 가문을 잇게 되니까 성가시단 말이지. 그 녀석의 아내라는 말은, 언젠가 이 저택에 살게 된다는 거야. 안젤리카 님은 머잖아 나갈 테니까 참겠지만, 도로테아 님이 우리를 감독하게 될 거라고 생각하면……."

얼굴이 새파래져서 덜덜 떠는 제나는 정말로 두려워하는 것처럼 보였다.

코린은 평소 난폭한 누나가 겁에 질린 모습을 기둥 뒤에서 보고 무서워졌다.

'도로테아 '님'? 제나 누나가 그런 식으로 부르는 사람이 아직 더 있구나. 그것보다, 무서운 제나 누나가 두려워하다니, 도로테아 씨는 엄청나게 무서운 걸까?'

겁에 질린 제나를 보고, 핀리도 안제의 무서운 부분을 이야기했다.

"아~, 알 것 같아! 나도 리온 오빠한테 용돈 받고 싶다고 말했더니, 엄청난 눈으로 날 노려봤어. 그건 무서웠지~."

다만, 이쪽은 '혼나 버렸어'라며 실실 웃고 있었다.

두 사람이 리온한테 도가 지나치는 태도를 보이면, 안제나 리비아가 불쾌감을 표한다.

둘 입장에서 보면 귀족이 아닌 리비아는 무섭지는 않다.

하지만 안제는 별개다.

연상인 제나라 할지라도 드세게 나가지 못하는 건 귀족계급이 분명하게 존재하기 때문이다.

학원 내의 상하관계보다도 강력하며 확실한 기준이 있기에 제나도 거스를 수 없다.

남성이 관련되면 다소의 융통성은 발휘되지만, 반대로 여성끼리는 그 부분의 상하관계가 매우 엄격해져 있었다.

그런 성가신 상황으로 만든 리온에게 제나는 화풀이하는 것처럼 화를 냈다.

"공작 영애뿐만 아니라 외국의 공주님까지 데리고 오다니 말이야. 정말로 우리 집안 남자들은 뭐야? 덕분에 이쪽이 주눅이 들잖아."

그 의견에 핀리도 동조하여 리온에 대한 불만을 입에 담았다.

"맞아. 리온 오빠 주제에 여러 여자를 거느리다니 용납할 수 없어. 애초에 그 오빠한테 아내가 세 명이나 있다니 이상하지 않아?

그런 오빠의 어디가 좋은 걸까? 세 사람 다 남자를 보는 눈이 없지."

"없지~. 나라면 절대 용납 못 해. 돈을 가지고 있어도, 리온 같은 건 절대로 안 골라."

자매가 모두 리온을 헐뜯고 있었으나, 그걸 듣고 있던 코린은 자기 안에서 위화감이 커지는 것을 알 수 있었다.

'——혹시, 아내가 세 명이라는 건 이상한 걸까?'

◇

코린이 다음으로 간 곳은 안뜰이다.

여러 가지로 생각하고 싶은 것도 있어서, 안뜰에 있는 화단 가장자리에 앉아 발을 흔들흔들 움직이고 있었다.

그러자 저택에서 남녀가 나왔다.

남자 쪽은 닉스고, 여자 쪽은 손님인 도로테아였다.

두 사람 쪽에서는 코린이 보이지 않는 모양이다.

닉스는 약간 긴장하면서 도로테아한테 중요한 이야기를 꺼냈다.

코린은 순간적으로 부모님한테서 닉스를 방해하지 말라는 말을 들은 것을 떠올리고, '숨어야 해'라며 소리를 내지 않고 몸을 숨겼다.

그러자 닉스가——.

"도로테아 씨!"

"네, 넵!"

닉스가 이름을 부르자 긴장하여 살짝 뒤집힌 목소리를 낸 도로테아도, 닉스와 마찬가지로 얼굴이 새빨개져 있었다.

"나, 나는—— 당신과 여기서 살고 싶——습니다."

부끄러워하면서도 있는 힘껏 마음을 전하는 닉스에게, 도로테아는 조금 뜸을 둔 뒤 큰 목소리로 대답했다.

"저, 저도 여기서 살고 싶어요!"

서로 얼굴이 새빨개지며 한동안 움직이지 않는 시간이 지났고, 그러고 나서 우스워진 것인지 두 사람이 함께 웃기 시작했다.

——코린은 고백하는 장면을 목격하고 말았다.

상황을 지켜보고 있던 코린은 닉스의 모습에 부러움을 느끼면서도 마음속으로 축복했다.

'축하해, 닉스 형.'

그리고 도로테아 쪽에서도 닉스에게 마음을 전했다.

"저는 닉스 님을 사랑해요."

"나, 나도 그렇습니다."

"그러네요. 하지만 저는 당신 이상이라고 생각해요. 설령 몇 번 다시 태어난다고 할지라도 당신을 찾아내서 사랑할 거예요. 그리고 몇 번이고 맺어지겠어요. 누구에게도 넘겨주지 않을 거예요."

닉스는 그 열렬한 대사를 듣고 매우 쑥스러워하고 있었다.

"아하하, 그건 기쁘네. 아~, 하지만 그."

말을 머뭇거리는 닉스를 보고 도로테아가 고개를 갸웃했다.

닉스는 체념한 기색으로 어떤 조건을 꺼냈다.

"목줄 말입니다만, 사람들 앞에서 하지 않는다고 약속한다면 둘만 있을 때 해도 좋습니다."

도로테아의 취미를 부정하지 않고, 타협할 수 있는 조건을 제시했다.

그러자 도로테아는 고개를 가로저었다.

"아니요, 필요 없어요."

"예?"

"저와 닉스 님 사이에 목줄이나 사슬은 불필요하니까요."

"그, 그렇구나! 아, 미안. 기뻐한 게 아니라 그런 관계가 될 수 있다면 좋겠다고 생각해서 말이지."

"물론이에요. 앞으로는 쭉── 영원히 함께예요. 이제 절대로 떨어지지 않을 테니까 말이에요."

"으, 응?"

닉스는 도로테아의 말투가 신경 쓰인다는 기색이었으나, 깊이는 생각하지 않고 그대로 둘은 몸을 가까이 맞댔다.

키스하려는 두 사람을 알아차리고, 얼굴이 새빨개진 코린은 이 자리를 뜨기로 했다.

다만, 코린은 왠지 모르게 생각했다.

'으음~, 이게 보통인 걸까? 조금 무서운 느낌이 들어.'

◇

저녁 식사 전.

코린은 닉스의 방을 찾아왔다.

닉스는 제법 지친 기색이면서도 고백이 성공하여 기뻐하는 듯했다.

그 때문에 흔쾌히 맞아들여 주었다.

"무슨 일이야? 리온한테 사과하는 걸 도와주는 거라면——."

"그게 아냐. 닉스 형한테 묻고 싶은 게 있어."

"묻고 싶은 것?"

"응. 저기 말이야, 닉스 형은 도로테아 누나랑 결혼하는 거지?"

"그, 그래. 뭐어, 그렇지."

쑥스러워하면서도 긍정하는 닉스는 제법 기뻐 보였다.

"나 같은 게 결혼 상대로 어울릴지는 의문이지만 말이다. 리온이 안젤리카 씨와 약혼했을 때는 나하고는 상관없는 이야기라며 웃었던 게 거짓말 같네."

"그렇구나. 그럼 다음은 누구 다른 사람하고 결혼하는 거야?"

코린의 질문을 듣고, 한순간이지만 닉스가 눈살을 찌푸렸다.

하지만 곧바로 어린아이의 질문이라며 표정을 누그러뜨린 뒤 코린이 어째서 이런 질문을 한 것인지 닉스 나름대로 답을 내놓았다.

"아버지랑 리온을 보고 그렇게 생각한 거냐?"

"응. 아빠는 조라 사모님이랑 결혼했었고."

조라의 이름을 말하기 껄끄러워하는 듯한 코린을 보고 닉스는 사정을 쉽게 설명했다.

“그 녀석들은 가족이 아니었던 거야. 아버지가 조라랑 결혼한 건 세간에 대한 체면을 위해서고, 진짜 가족은 우리야. 애초에 아버지 혼자면 영지 일도 할 수 없으니까 말이지.”

오랫동안 일부 여성의 권력이 강한 시대가 이어진 호르파트 왕국이었으나, 입장이 약한 남성 측은 측실이나 애인이 있었다.

이에 대한 이유 말인데, 일을 하려면 어떻게 해서든 파트너의 존재가 불가결했기 때문이다.

왕궁에서 일이 주어지는 귀족이건 영지를 지닌 귀족이건, 집안을 확실하게 맡길 수 있는 존재가 없으면 업무 효율이 낮아진다.

더욱 중요한 집안 문제를 맡기는 거라면 가족이 더 안심된다.

그 때문에 정처 외에 달리 여성이 있었다.

그러지 않으면 일을 하지 못하고 망해 가는 집안이 많았다.

그래서 바르카스는 류스를 측실로 삼고, 이후로는 여성에게 손을 대지 않았다.

바르카스 안에서는 류스 한 명만이 아내였기 때문이다.

“아버지도 세간의 체면은 어쩔 도리가 없으니까 조라랑 결혼했지만, 역시 결혼한다면 어머니 한 명과 하고 싶었을 거라고 생각해.”

코린은 닉스의 마음을 확인했다.

“닉스 형도 같아?”

“장래까지는 보증할 수 없지만, 지금은 다른 여자는 생각할 수 없네."

닉스의 말을 듣고 코린은 생각하고 말았다.

'결혼 상대가 세 명이나 있는 리온 형은, 실은 이상한 건가?'

지금까지 결혼에 관해 그다지 의식하지 않았던 코린이었으나, 첫사랑과 실연을 계기로 이것저것 생각하게 되었다.

그렇게 하여 보이기 시작하는 건, 리온의 약혼자들이다.

어째서 리온한테 약혼자가 세 명이나 있는 걸까? 하고.

◇

"리온 형, 요전에는 미안해."

깊이 머리를 숙이는 코린을 앞에 두고 나는 눈시울이 뜨거워졌다.

설마 코린이 노엘을 좋아하고 있다고는 알아차리지 못했다.

"나야말로 미안했어. 너한테는 처음부터 설명했어야 했는데."

"괜찮아. 내가 잘못한 거니까."

얼마 전까지 어린애라고 생각했지만, 코린은 겉모습뿐만 아니라 속도 성장한 모양이다.

동생의 성장이 기뻐서 참을 수 없다.

감동하는 내게 찬물을 끼얹은 것은 여느 때의 루크시온이다.

『동생분은 정신적으로 성장하셨군요. 이건, 마스터도 본받아야 하지 않겠습니까?』

"평소라면 받아치겠지만, 코린 앞이니까 그만둔다. 게다가 나도 이번만큼은 여러모로 반성하고 있다고."

저녁 식사 후에 코린의 사과를 받은 나는 이걸로 겨우 이전 같은 사이 좋은 형제로 돌아갈 수 있다며 안도했다.

우리의 모습을 보고 있던 노엘이 제법 기뻐하는 듯했다.

"둘 다 화해해서 다행이네."

우리 관계에 마음을 졸이던 노엘은 정말이지 기뻐 보였다.

그 모습을 지켜보는 안제나 리비아도 안도한 기색을 보였다.

"시간은 걸렸지만, 이걸로 원래대로군."

"리온 씨도 안심이겠네요. 신학기 전에 여러 문제가 정리되어서 저로서도 안심했어요."

나와 코린 일로 세 사람에게도 여러 가지로 폐를 끼쳤다.

"모처럼의 휴가인데, 셋 다 즐겁게 보내지 못했네. 미안."

학원제 후의 봄방학을 이런 형태로 끝내고 만 것에 죄책감이 싹텄다.

애초에 안제와 리비아가 날 걱정한 것이 발단이다.

오해라고 말해도 믿어주지 않아서, 나로서는 조금 불만도 있었다.

하지만 덕분에 몸을 쉴 수 있었고, 세 사람에게는 고맙다고 말하고 싶다.

안제는 내게 부드러운 미소를 지어 보였다.

"신경 쓰지 마라. 네 시름이 잊혔다면 충분해."

리비아도 안제와 같은 마음인지 가슴에 손을 댔다.

"저희도 즐겁게 지냈으니까 신경 쓰지 마세요. 리온 씨하고도 오랜만에 느긋하게 보낼 수 있었고요."

노엘은 양팔을 펼쳐 기쁨을 몸으로 표현하고 있었다.

"나도 재활 훈련은 순조롭고, 리온의 가족분들하고도 사이좋게 지냈으니까 말이야. 오히려 미안한 마음이 들어."

그 모습은 날 신경 써 주고 있었다.

"셋 다 고마워. ――왜 그래, 코린?"

옷이 잡아당겨져 그쪽을 보니, 코린이 날 올려다보고 있었다.

아직 뭔가 있는 건가 싶어 코린 쪽으로 돌아서자, 코린은 진지한 표정으로 내게 말했다.

"리온 형."

"뭔데?"

"리온 형은 세 사람을 소중히 여기는 게 좋을 거라고 생각해. 아니, 반드시 행복하게 만들어 줘."

반드시라는 부분의 말이 무거워서, 나는 한순간 대답을 망설이고 말았다.

하지만 여기서 부정해도 소용없기에, 고개를 끄덕여 두기로 했다.

"그, 그러네. 그럴 생각이야."

세상에 반드시 같은 건 없다.

그러니 약속은 할 수 없지만, 그럴 마음은 있다는 식의 대답은 코린에게 믿음직스럽지 못하게 들리고 만 것이리라.

"더 확실히 해! 닉스 형은 도로테아 누나한테 제대로 고백했고, 이제 다른 사람 같은 건 생각할 수 없다고 말했단 말이야."

코린한테서 닉스의 고백 이야기를 듣게 되리라고는 생각지 않았다.

애초에 말이다.

"거짓말이지?! 그 겁쟁이 형이 고백했다고?!"

"했어! 도로테아 누나는 몇 번 다시 태어나도 닉스 형과 결혼할 거라고 말했단 말이야!"

"어? 그건 좀 무겁지 않냐?"

뭐야 그거, 무거워?! 엄청 무겁지 않아?!

나처럼 전생을 지닌 사람이 보면 죽어도 쫓아가 주겠다고 말하는 것과 마찬가지인 대사다.

닉스 녀석은 아무렇게도 느끼지 않은 것일까?

"참고로, 도로테아 씨의 말을 들은 형의 반응은 어땠지? 완전 질색하던? 아니면 무서워하고 있었냐?"

코린이 어째서 그런 걸 묻는 거야? 라고 말하고 싶어 하는 듯한 시선으로 날 쳐다봤다.

"기뻐하고 있었어. 고백이 성공했으니까 당연하잖아."

"말도 안 돼?!"

내가 그런 말을 들었다면 전력으로 도망칠 방법을 생각할 거라고.

사후에도 쫓아온다든가, 너무 무섭잖아!

조금도 가슴이 두근거리는 대사가 아닌데, 여성진은 들떠 올라 있다.

"도로테아도 괜찮은 말을 하지 않나. 몇 번 다시 태어난다고 할지라도, 인가. 나도 몇 번 다시 태어나도, 너희들과 만나고 싶군."

"다시 태어나도 만날 수 있다니 굉장한 운명을 느끼네요. 저도 다시 태어나면 여러분을 찾을 거예요."

"왕국 여성은 굉장한 말을 하네. 그래도── 조금 좋을지도 모르겠어."

──농담이지? 어째서 이렇게나 호평인 거야?

나는 등줄기가 오싹해졌다고.

죽어서 내세까지 쫓아온다든가, 마리에만으로 충분하다. 그래도 마리에의 경우는 사랑 이야기가 아니고, 개그 축이니까 그나마 허용할 수 있나?

생각에 잠겨 있자, 코린이 이야기를 재개했다.

"리온 형, 내 말 듣고 있어? 좀 더 정신 똑바로 차리는 편이 좋을 거야. 닉스 형을 본받으라구."

"네, 넵."

설마 동생한테 설교를 듣는 날이 오리라고는 생각지 않았다.

그 모습이 재미있는지, 루크시온이 놀려 댔다.

『동생분의 성장은 실로 믿음직하군요. 여러분은 어떻게 생각하십니까?』

조금 전까지 미소 짓고 있던 세 사람이 아주 약간 도로테아 씨를 부러워하고 있었다.

안제는 입술에 주먹을 댔다.

"그래. 도로테아가 부럽지 않다고 하면 거짓말이 되겠군."

리비아는 뺨에 손을 대고 있었다.

"닉스 씨 쪽에서 고백한 건 의외였네요. 확실히 동경하게 돼요."

노엘 쪽은 걱정스러운 듯이 날 보고 있었다.

"이걸로 형제 중에서 연애에 관해 제일 겁쟁이인 건 리온이라는 말이 되네."

실연을 경험하고, 제대로 사과할 수 있었던 코린.

자기가 먼저 고백한 닉스.

그 두 사람과 비교하면 나는 연애적인 부분에서 뒤떨어진다는 것 같다.

괴로운 나머지 우월한 부분을 찾았다.

"——약혼자 수라면 지지 않으니까."

루크시온이나 세 사람이 어처구니없어하며 고개를 가로저었다.

네 명은 여느 때의 농담이라며 이해를 표했지만, 코린한테는 통하지 않은 듯하다.

"그런 문제가 아니니까 말이야! 소중한 사람이 세 명이나 있는 거니까 리온 형은 세 배 노력해야만 하는 거야!"

"아, 넵."

어린아이의 수수께끼 이론이지만, 하고 싶은 말은 이해할 수 있었다.
코린이 보기에는 자기가 좋아하게 된 상대가 여러 약혼자 중 한 명이라는 게 납득되지 않는 것이리라.
코린이 울 것 같은 표정을 짓고 있다.
"나는 행복하게 해줄 수 없으니까, 리온 형한테 부탁할 수밖에 없어. 원래라면 내가 행복하게 해주고 싶지만 무리니까── 부탁이야, 리온 형. 세 사람을 행복하게 만들어 줘."
훌쩍훌쩍 우는 동생을 앞에 두고, 뭐라 말을 건네야만 할까? 여기서는 차라리 '모두 행복하게 해줄 테니 맡겨줘!'라고 말해야 하는 걸까?
하지만 내가 말하면 뭔가 거짓말 같군.
안절부절못하는 날 보고, 루크시온이 약간 즐거운 듯한 목소리로 말했다.
『동생분에게 정론을 들은 기분은 어떻습니까?』
"──아무런 대꾸도 못 하겠네."

로즈블레이드 백작가의 성.
발트파르트령에서 돌아온 도로테아는 눈에 띄게 들떠 있었다.
그 모습을 보는 디어드리는 어처구니없어하면서도 기뻐 보였다.
"설마 저쪽에서 고백할 거라고는 생각지 않았네요. 그래서, 언니는 자신의 마음을 똑바로 전할 수 있었나요? 상대는 완전 질색할 것 같지만 말이에요."

도로테아는 디어드리 쪽으로 몸을 돌리고는, 살짝 그늘진 미소를 띠었다.

"물론이야. 몇 번 다시 태어난다고 할지라도 그때마다 맺어질 거라고 말했더니 흔쾌히 받아들여 주셨어. 역시 사슬 같은 물리적인 연결고리는 못 써먹겠네. 전혀 부족해. 설령 죽는다고 하더라도 내세에서 맺어지는 영혼의 사슬이 지고한 거야."

도로테아는 진심으로, 몇 번 다시 태어나든 닉스를 찾아내어 맺어질 생각이었다.

그 무거운 사랑에 여동생인 디어드리도 아연실색했다.

"진심이라 생각하지 않고 있을 뿐인 것 아닌가요?"

"그래도 괜찮아. 놓치지 않을 뿐인걸."

미소 짓는 도로테아를 보고 디어드리는 어깨를 으쓱였다.

"친언니지만, 정말이지 사랑이 무거운 여성이네요."

에필로그

아인호른이 왕도 항구에 도착했다.

비행선이 오가는 항구에서 커다란 여행 가방을 든 핀리가 기대로 가슴을 한껏 부풀리고 있다.

"드디어 왕도에서 생활하는 거야아아아!"

동경하던 상경을 이룬 듯한 기분인 걸까?

내 때는 이제부터 시작될 결혼 활동에 마음이 무거웠다.

"그렇게나 왕도 생활이 기대됐었냐? 너도 몇 번인가 온 적이 있잖아?"

아인호른에서 하선한 우리는 이제부터 왕도에 내리는 소형 비행선으로 옮겨 타는 참이었다.

안제와 리비아는 노엘을 데리고 왕도에 있는 공작가 저택으로 갔기에 이 자리에 있는 건 나와 루크시온── 그리고 핀리까지 총 셋이다.

"여기서 살 수 있다는 게 좋은 거야. 나는 여기서 도시 여자가 되겠어."

제나와 똑같은 말을 하다니.

"아, 그러냐. 참고로 어떻게 해서 왕도에서 살아갈 생각인데?"

핀리의 장래 설계를 물어보자, 예상대로의 대답이 돌아왔다.

"물론 왕도에 사는 부자랑 결혼하는 거야. 미남에다 키가 크고,

그리고 확실한 재산을 가지고 있는 남자를 찾겠어."

"이상이 높아서 아주 훌륭하구만. 빨리 현실을 직시할 수 있도록 노력하라고."

꿈을 꾸는 시간이 있어도 좋다.

중요한 건 현실을 알고 인생 설계를 수정하는 것이다.

그 수정이 빠를수록 좋다.

다만 그걸 말로 설명해도 핀리는 납득하지 않으리라.

자기만의 왕자님이 있다고 믿고 있으니 말이지.

때때로 잊을 것 같지만, 이곳은 그 여성향 게임의 세계다.

이상적인 왕자님이나 귀공자들이 있기에, 가능성이 제로가 아니니까 질이 나쁘다.

묘하게 주위가 꿈을 꾸는 건 손이 닿을지도 모르는 이상이 그곳에 존재하기 때문일 것이다.

손을 뻗어 봤자 닿지는 않지만, 같은 학원에 다니며 대화를 할 수 있기에 꿈을 꾸고 만다.

나도 전생의 학교에서 아이돌이 같은 반이었다면 분명 꿈을 꿨을 것이다.

어쩌면 사귈 수 있을지도 몰라, 라든가.

그러니 꿈을 꾸는 정도의 시간은 허용되어야만 한다.

현실은 언제나 가혹하니까, 그런 시간이 없으면 못 해먹는다.

내 태도에 핀리는 뺨을 부풀렸다.

"오빠는 정말로 꿈이 없네. 자기가 이상을 실현했다고 해서, 잘

난 듯이 굴지 마."

안제와 리비아, 그리고 노엘과 맺어진 나는 확실히 승리한 쪽이군.

어설프게 으스댈 생각도 없지만, 필요 이상으로 저자세로 나갈 생각도 없다.

"운이 좋았던 것뿐이라고."

"오늘은 솔직하네."

"나는 솔직함이 장점인 남자니까 말이지. 그리고, 솔직하게 말하겠다만 이런 나는 결혼 활동이 끝나서 유유자적한 학원 생활을 보낼 거다. 넌 결혼 활동 힘내라."

"정말로 쓸데없는 말을 한다니까."

내게서 고개를 팩 돌린 핀리는 그대로 흥미로운 듯이 주위를 봤다.

이 시기는 신입생이 많아서, 핀리처럼 주위를 신경 쓰는 애가 많다.

다만 2년 전과 다른 것은── 항구에 있는 아인종들의 모습일 것이다.

힘쓰는 일을 하는 아인의 모습을 찾아볼 수 있는데, 땀을 뻘뻘 흘리며 열심히 일하고 있다.

깔끔한 옷을 입고 여자 뒤를 걷는 아인종의 모습은 어디에도 없다.

발견되는 아인종 다수가 튼실한 체격으로, 힘쓰는 일이 맞을 것 같은 녀석들이다.

『마스터, 주의해 주십시오.』

루크시온이 빨간 렌즈를 향하는 방향을 보니, 측근을 거느린 자못 귀족 도련님이라는 느낌의 신입생이 이쪽으로 걸어왔다.

주위를 밀어제치고 소형정에 올라타고자 우리한테 다가온다.

도련님의 측근들 말인데, 여자보다도 남자 쪽이 잘난 듯이 행동하고 있었다.

그 모습에 위화감은 있었지만, 학원의 상식이 바뀐 것이리라고 납득했다.

하지만 딴 곳을 보느라 그 집단을 알아차리지 못한 핀리를 손으로 밀었다.

"비켜라, 못생긴 여자."

떠밀려 넘어진 건 아니지만, 핀리가 그 자리에서 밀려나고 말았다.

밀렸을 때 들은 욕에 핀리는 머리에 피가 솟았다.

"뭐 하는 거야!"

2년 전이라면 있을 수 없는 광경이지만, 눈앞의 신입생들은 달랐다.

남자들은 서로 얼굴을 마주 보더니, 핀리를 앞에 두고 바보 취급하는 것처럼 웃기 시작했다.

"이봐이봐, 여자가 남자님한테 그런 태도를 취해도 괜찮겠냐? 너는 어차피 시골 출신이지? 결혼 못 한 채 학원을 졸업하게 될 거라고."

이 대사를 듣고 내가 마음속으로 어떻게 생각했는가?

으에에엑── 하고 완전 질색하고 말았다.

대사 내용은 이전과 변한 게 없다.

거만하게 구는 것이 여자에서 남자로 바뀌었을 뿐이다.

측근 여자들은 주눅이 든 것처럼 고개를 숙이고 있었다.

시골 출신이라 불린 핀리는 참을 수 없었는지 큰 목소리를 내서 주위의 시선을 모으고 말았다.

"바보 취급하지 마! 애초에 옆에서 끼어든 건 그쪽이잖아. 줄 똑바로 서란 말이야."

그 말을 들은 상대측은 모멸하는 표정으로 우리를 쳐다봤다.

"교육이 안 된 촌뜨기로군. 학원에서 두고 보라고."

도련님은 핀리한테 얼굴은 기억했다, 라고 말한 뒤 다가온 소형정에 올라타려 했다.

주위는 그런 도련님을 말리지 않았으나── 누군가가 날 알아차린 모양이다.

"야, 저 사람은."

"3학년의 리온 선배 아니야?"

"거짓말이지?!"

"진짜래도! 나는 한 번 본 적이 있어. 올해는 유학에서 돌아온다고 들었고, 틀림없다니까."

"그럼, 저 녀석이 지금 한 말을 듣고 있었던 거지? 어, 리온 선배를 촌뜨기라 부른 거야?"

"아~아, 저 녀석 끝장났네."

주위의 술렁임이 커지자, 도련님 일행도 이변을 눈치챈 것이리라.

주변을 둘러보며 불안해하고 있었다.

본래라면 학원에서 갚아줄 생각이었는데, 눈에 띄고 말았기에 어쩔 수 없다.

이번에는 못을 박아두는 정도로 그치기로 했다.

"안녕. 촌뜨기의 오빠입니다~. 미안하네, 폐를 끼친 것 같아서 말이지."

"누, 누구야?"

도련님은 허세를 무너뜨리지 않았다.

아직 내가 누군지 알아차리지 못한 것이리라.

"시골뜨기 귀족이야. 다만, 작위는 후작이지만 말이지."

"후, 후작? 거, 거짓말하고 있네."

"진짭니다. 왕궁에 확인해도 좋아."

"거짓말인 게 뻔해! 사, 사과할 거라면 지금이라고."

"그건 못하겠는데."

이렇게 지위를 이용해서 상대를 위압하는 건── 솔직히 엄청나게 좋아한다.

하지만 세상은 정말로 무서운 사람이 어디에 있을지 알 수 없다.

함부로 으스대다가, 상대가 터무니없는 인물일 가능성도 있다.

본래라면 상대를 조사하고, 그러고 난 뒤에 보복 행동에 들어가는 것이 내 스타일이다.

다만 여기서 내가 무시하면 '별것 아니잖아!'라며 착각하는 바보가 나오는 게 문제다.

좋은 의미에서건 나쁜 의미에서건, 눈앞의 도련님 같은 세상물정 모르는 녀석은 많다.

"저기 말이다. 민폐니까 얌전히 줄 서라, 1학년."

눈을 가늘게 뜨고 쳐다보자, 도련님은 내게서 시선을 피했다.

소형정에 올라타 도망치려 했기에, 어깨를 붙잡아 멈춰 세웠다.

"줄 서라고."

낮은 목소리를 내며 위압하자, "히익" 하는 소리를 내고는 맥없이 물러났다.

측근들도 얌전해져서 줄 맨 끝에 나란히 섰다.

나는 핀리의 등을 밀어 소형정에 올라탔다.

소형정 내부는 좌석이 나란히 늘어서 있고 전부 안전벨트가 마련되어 있었다.

내 옆에 앉은 핀리가 조금 전 도련님을 향한 불만을 쏟아냈다.

"대체 뭐야. 여자한테 너무 실례잖아."

"그러네."

"게다가 오빠도 오빠야. 어째서 빨랑빨랑 이름을 대고 나서지 않은 거야?"

"성가신 일은 싫단 말이지."

그렇게 말하자, 우리 옆에 있던 루크시온이 거짓말이라고 말했다.

『나중에 보복할 생각이었지요? 정말로 수법이 더러운 마스터입니다.』

핀리가 조금 전 일도 잊고 나한테서 조금이라도 거리를 벌리려 했다.

"그쪽이 더 지독하지 않아?"

실례인 녀석이구만.

보복이라고 해도, 그 녀석의 본가를 조사해서 실력 차이를 확인한 뒤 후일에 '그때는 신세를 졌습니다'라며 말을 거는 것뿐이다.

학원에 오면 주위로부터 내가 누구인지 들을 수 있을 것이다.

그렇게 되면 보복은 성공한 것이나 마찬가지였는데.

"학원에서 재회했을 때 추근추근 받아쳐 주는 것뿐이야."

"뭔가 쪼잔해."

"그 정도로 용서해 주는 도량이 있다고 말하라고. 그건 그렇다 치고――."

소형정 안을 보니 내가 신입생일 때와는 다르게 남녀 관계에 변화가 일어나 있었다.

2년 전이라면 조금 전 도련님 같은 녀석은 없었을 것이다.

――입장이 역전되었을 뿐이라는 건 어쩐지 슬픈 기분이 드는군.

남자도 여자도 변하지 않는다는 거니까 말이지.

◇

“또 방이 넓어졌어.”

학생 기숙사로 온 나는 새로운 내 방을 보고 한숨을 내쉬었다.

학생이 사용하기에는 너무 넓은 실내.

나로서는 좀 더 좁은 편이 마음이 가라앉는데, 현역 후작이니까 특별한 방으로 안내되었다.

본래라면 율리우스 같은 녀석들이 사용할 만한 방이다.

넓은 방에 적은 짐을 두고 의자에 앉으니, 루크시온이 방을 체크하고 있었다.

『수상한 부분은 없군요.』

“너무 경계하는 거 아니냐?”

『마스터는 더 위기감을 가져야 합니다. 그보다도 마리에 일행이 슬슬 합류하려고 할 겁니다.』

내가 돌아왔다는 건 크레아레를 통해 알고 있을 터다.

그러니 슬슬 찾아올 무렵이겠지.

“다과라도 준비해 줄까.”

의자에서 일어나 선물로 산 과자 등을 개봉하여 테이블 위에 늘어놓았다.

루크시온은 내 옆을 빙글빙글 선회하는 중이다.

“뭔가 하고 싶은 말이라도 있냐?”

『아뇨, 제법 즐거워하는 것 같다고 생각했을 뿐입니다. 마리에를 만날 수 있는 게 그렇게나 기쁜 겁니까?』

“멍청아. 정보 수집 수고했다, 라는 의미야. 그 녀석은 미끼가 있으면 열심히 하니까 말이지.”

『전생의 여동생에 관한 건 빠짐없이 알고 계시는군요. 역시나 시스콘입니다.』

“야?”

『아닙니까? 안젤리카와 올리비아한테 오빠 대접을 받아 헤벌쭉해졌던 건 마스터라고요. 설마, 감격의 눈물을 흘리리라고는 저도 예상하지 않았지만 말입니다.』

“너는 아무것도 모르는구만. 친여동생과 피가 이어지지 않은 여동생 사이에는 하늘과 땅만큼의 차이가 있다고. 그 두 사람은 최고! 마리에는 아니잖냐.”

그렇게 말하자, 루크시온은 지금 발언의 모순점을 지적했다.

『어라? 현재의 마스터는 마리에와 피가 이어지지 않았습니다. 지금 한 설명으로 보자면, 마리에도 최고의 여동생이라는 카테고리에 들어갑니다만?』

“그 녀석은 영혼의 여동생이니까 절대로 아니야!”

『――영혼의 여동생입니까. 괜히 더 특별한 카테고리로 분류된 것처럼 느껴집니다만?』

“아~, 특별해. 특별히 열 받는다는 의미에서 말이지.”

『그런 마리에를 위해 일부러 다과를 준비하는 것도 이상한 이야기입니다.』

"미끼라고 말했잖냐. 말도 눈앞에 당근을 매달면 힘낸다고."

이번에는 열심히 했다고 루크시온도 말했으니, 그렇다면 조금은 잘 대해 줄 생각이다.

그렇게 하면, 열심히 하면 과자를 먹을 수 있다며 지금의 마리에는 힘이 넘칠 것이다.

——어째서일까? 전생에서는 브랜드 물건이라든가 고가 물건으로밖에 낚을 수 없었던 마리에가, 지금은 과자로 만족하는 모습이 조금 불쌍하게 느껴진다.

다섯 바보를 돌보게 되어, 그 녀석들을 먹여 살리는 고생도 조금은 이해할 수 있었다.

"——뭐, 그거지. 조금은 다정하게 대해 줘도 괜찮으려나, 하고 생각하게 된 거야."

『츤데레입니까? 어울리지 않는다고요.』

"너는 매번 분위기를 망치지 않으면 말을 못 하는 거냐? 문제가 있는 거 아니야? 한번 크레아레한테 진단을 받아 봐."

『저는 크레아레보다도 우수합니다.』

자기가 우수하다고 믿어 의심치 않는 인공지능이 정말이지 열받는다.

나로서는 융통성이 발휘되는 크레아레 쪽이 현명해서 우수해 보이지만 말이다.

루크시온과 시시한 대화를 하고 있자, 문을 약하게 노크하는 소리가 들렸다.

"네~에. 뭐야, 마리에냐. 얼른 들어와. 지금 차를 준비해 줄 테니까."

문 앞에 서 있던 건 마리에였다.

하지만, 낌새가 이상하다.

고개를 숙인 채 식은땀을 흘리는 마리에는 나와 눈을 마주치려 하지 않았다.

"——야, 뭘 저질렀어?"

"오, 오빠, 저, 저기 말이야."

마리에의 이 태도 말인데, 전생에서 기억이 있다.

그건 마리에가 뭔가 큰 실수를 저질렀을 때의 태도였다.

덜덜 떠는 마리에의 얼굴을 양손으로 붙잡아 사이에 끼웠다.

뺨이 좁혀져 억지로 입을 오므리는 형태가 된 마리에는 울상을 짓고 있었다.

"뭔 짓을 했어! 말해!"

마리에의 낌새를 보건대 뭔가 돌이킬 수 없는 짓을 한 것 아닐까? 그런 안 좋은 예감이 들어 견딜 수가 없었다.

루크시온이 빨간 렌즈로 주위를 확인했다.

『마스터, 크레아레의 모습이 어디에도 보이지 않습니다. 스텔스 기능으로 숨어 있는 것이라고 예상합니다.』

안 좋은 예감이 한층 더 강해졌다.

나는 마리에한테 미소를 지으며 사정을 물었다.

"마리에, 전부 숨김없이 말해."
"화, 화 안 낸다고 약속할 거야?"
"내용에 따라서다."
마리에가 이러한 약속을 요구하는 건 문제가 상당히 커졌을 때다.
내가 화내리라는 것을 알고 있으니까, 화내지 않는다고 말하게 하고 싶은 것이리라.
이 시점에서 나는 미소가 사라지고, 아마 무표정하게 변했다고 생각한다.
마리에는 체념하고 이야기하려 했기에, 양손을 놓아 줬다.
그러자 마리에가 새파래진 얼굴로 믿을 수 없는 이야기를 했다.
"——공략 대상 중 한 명을 여자애로 만들어 버렸어."
"……뭐?"
한순간, 무슨 말을 들은 것인지 머리가 이해하기를 거부했다.
공략 대상이라는 건 남자지? 그게 여자애가 됐다?
아니, 잠깐 기다려 봐.
왜 여자가 되는 건데? 그보다, 될 수 있는 거야?
"마리에, 하나씩 확인한다."
"네."
"우선, 그 공략 대상은 남자였던 거지? 처음부터 성별이 바뀌어 있었다든가, 그런 이야기가 아니지?"
본래 남자로 태어날 터이지만, 여자애로 태어나 있었다는 가능성을 생각했다.

마리에는 고개를 가로저었다.

"그럼 다음이다. 여자애가 되었다고 말했는데, 어느 정도야? 여장이라든가, 여러 가지로 있잖아?"

마리에는 식은땀이 멈추지 않는 가운데, 시선을 이리저리 헤매며 말했다.

"와, 완벽한 여자애로 만들어 버렸어."

"——그 만들어 버렸다, 는 네가 관여했다는 의미로 받아들이면 되는 거냐?"

마리에의 양어깨를 붙잡는 손에 힘이 들어갔다.

마리에는 아파하면서도 자세한 이야기를 했다.

"크레아레가 실험하던 남자가 공략 대상 중 한 명이었어! 게임에서는 한 살 위인 상급생 캐릭터라서, 작년에 입학했던 거야!"

"왜 먼저 알려주지 않았어! 아니, 그보다 실험이라니, 뭔데?! 관찰이 아니라, 진짜 실험이냐고!"

"기억해 낸 게 최근이었단 말이야! 나, 나도, 크레아레가 그렇게까지 할 거라고는 생각지 않았어!"

작년에 입학했던 공략 대상 중 한 명이 크레아레의 실험으로 여자애가 되고 말았다는 사실에 경악했다.

"뭐 하고 있어. 바로 원래대로 되돌린다. 그 녀석이 있는 장소를 말해."

"무리야."

"아앙?"

거부하는 마리에를 노려봤지만, 대답은 바뀌지 않았다.

"왜냐면── 그 애, 자기 입으로 여자애가 되고 싶다고 말했단 말이야."

"농담이지? 어? 공략 대상인 남자 아니었냐?"

"──진정한 자신을 깨달았대. 크레아레가 성전환시켰더니, 본인이 울면서 기뻐했다구. 몇 번이나 우리한테 고맙다고 말했어. 이걸로 새로운 인생을 걸을 수 있다면서. 인제 와서 되돌리고 싶다든가 말 못 해."

양손으로 얼굴을 덮은 마리에는 인제 와서 남자로 되돌릴 수 없다며 울었다.

"그렇다고 하더라도 시나리오대로 하는 거야!"

혼란에 빠져 어떻게든 원래대로 되돌리려 하는 내게, 루크시온은 어렵다고 판단한 모양이다.

강제로 성별을 되돌리는 걸 제지했다.

『그건 권장할 수 없습니다.』

"어째서?"

『본인이 원해서 성별을 변경했습니다. 자세한 정보를 모르기에 판단할 수 없습니다만, 무리하게 되돌리면 본인이 저항할 겁니다. 또한 정신적으로 여성이었을 경우 취향이 남성일 가능성도 있습니다. 무리하게 되돌려 봤자 실패할 가능성이 큽니다.』

루크시온이 말하고 싶은 건 강제로 성별을 되돌려 봤자 주인공과 맺어질 가능성이 적다는 것이다.

"——여, 여자끼리라는 패턴도 있나?"

난처한 나머지, 여자애가 되어도 공략 대상으로 있어 준다면, 하고 기대했다.

하지만 마리에를 보니 덜덜 떨면서 루크시온의 생각이 옳음을 증명했다.

"본인이 남자다운 남성과 사귀고 싶다고, 기쁜 듯이 꿈을 이야기하고 있었어요."

"——어쩔 거냐고!"

나도 마리에도, 그 자리에서 양손 양 무릎을 바닥에 짚었다.

이렇게 될 줄 알았다면 마리에와 크레아레한테 맡기지 않았을 것이다.

"나랑 루크시온 쪽이 적임이었군."

『그건 어떨까요? 형님의 맞선 건이 있으니까 말이죠. 마스터였다면 더욱 큰일이 되어 있었던 것 아니겠습니까?』

마리에가 고개를 들어 루크시온한테 맞선의 자세한 설명을 요구했다.

"어? 맞선이라니 뭘 한 거야?"

『마스터의 형님과 로즈블레이드 가문의 도로테아가 맞선을 봤습니다. 형님은 내켜 하지 않아 실패로 끝나기를 바라고 있었습니다. 하지만 아무것도 하지 않았다면 실패할 터였던 맞선을 도와주는 바람에, 마스터가 성공으로 이끌었습니다. 게다가 성공

확률은 상당히 낮았던 맞선이라고요.』

마리에가 뺨을 씰룩거리며 날 보고 있다.

"뭐 하고 있는 거야, 오빠?"

"너한테만은 듣고 싶지 않아. 그보다 크레아레는 어디야?"

"걔는 맨 먼저 도망쳤어. 실패 원인의 9할 9푼 9리 정도는 그 녀석이니까 말이야."

◇

나는 샷건을 들고 학원 건물 안을 걷고 있었다.

"크레아레는 어디냐아아아아!!"

핏발이 선 눈으로 구석구석까지 수색했다.

크레아레는 모습을 감추는 것으로만 그치지 않고, 더미를 배치해서 우리의 수색을 교란하고 있었다.

루크시온이 속아서 더미를 붙잡을 때마다 짜증을 더해 갔다.

『마스터, 이쪽입니다!』

몇 번인가 재학생이나 신입생과 엇갈렸지만, 내 모습을 보고 말을 거는 학생은 없었다.

교사들도 나라는 걸 알아차리자 시선을 맞추지 않았다.

다만, 지금은 그런 걸 신경 쓸 여유가 조금도 없다.

계단 밑에 만들어진 용구 보관실 문으로 루크시온이 다가가 빨간 외눈을 끄덕였다.

“크레아레는 여기냐?”

『틀림없습니다.』

문을 열자 방안은 어둡고 먼지투성이였다.

흩날려 오른 먼지가 입구에서 비쳐 들어오는 빛으로 인해 반짝반짝 빛나 보였다.

그 안에서 부자연스러운 장소를 발견하자, 루크시온이 레이저를 조사하여 주위 경치에 광학 미채로 섞여 있던 크레아레를 찾아냈다.

『숨어도 헛수고입니다, 크레아레.』

『히익?!』

샷건 안에는 비살상 고무탄을 장전해 뒀다.

펌프 액션으로 언제든 쏠 수 있도록 해둔 나는 크레아레에게 물었다.

“너한테는 기대하고 있었는데 유감이다.”

『이야기를 들어줘, 마스터! 나는 몰랐어. 그 애가 공략 대상이라는 걸 몰랐단 말이야!』

“시끄러워! 몰랐으면 성전환시켜도 되냐? 세상에는 한도라는 게 있잖냐! 너한테 윤리관은 프로그래밍되어 있지 않은 모양이구만.”

실험을 위해 성전환시킨다니, 나는 크레아레를 얕잡아 보고 있었다.

이 녀석도 위험한 구인류 측 인공지능이라는 사실을 잊고 있었다.

크레아레는 내 앞에서 본성을 드러냈다.

『윤리관이 적용되는 건 구인류뿐이야. 신인류한테는 적용되지 않아!』

"호오, 그건 나도 적용되지 않는다는 건가?"

『아, 아냐! 마스터랑 마리에는 별개 취급이야! 루크시온, 보고만 있지 말고 도와달란 말이야.』

크레아레가 루크시온한테 도움을 요청했지만, 몇 번이나 더미에 속아 넘어가 짜증이 나 있기에 루크시온의 대응은 냉담했다.

『크레아레, 당신에게는 실망했습니다. 마스터의 명령을 수행하지 못했다는 사실에 변함은 없습니다.』

『뭐, 뭐야. 한 명쯤 어떻게 되어도 상관없잖아. 아직 대신할 사람은 있잖아.』

확실히 공략 대상 남자는 아직 존재하지만, 가능성이 한 사람 몫만큼 줄어들었다면 이야기는 바뀐다.

어쩌면, 아무것도 하지 않았더라면 그 공략 대상이 주인공과 맺어졌을 가능성도 있다.

"너 때문에 가능성이 하나 사라졌어. 게다가 반성하지 않고 도망치는 네 태도가 마음에 안 들어."

『정말이지 그 말씀대로입니다.』

나와 루크시온이 태도를 바꾸지 않는다는 걸 알아차렸는지, 크레아레는 투덜투덜 중얼거렸다.

『발전을 위해 희생은 따르는 법이야. 그렇게 해서 인류는 진보해 왔는걸. 나는 신인류를 실험 대상으로 삼은 것뿐이고, 나는 나쁘지 않아. 애초에 우연히 실험한 것 중에 공략 대상이 있었던 것뿐이잖아! 나는 무죄야!』

바보냐.

실험이라 칭하고 성전환을 시키는 녀석이 무죄일 리가 없다.

확실히 호르파트 왕국에 제멋대로 성전환시키지 말라는 법률은 없다.

애초에 이런 사태를 상정하지 않았다.

하지만, 모든 일에는 한도가 있다.

"크레아레, 마지막으로 하고 싶은 말은 있냐?"

총구를 겨누자, 크레아레는 체념했는지 마지막으로 외쳤다.

『신인류 따위 멸망하면 되는 거야!』

나는 망설이지 않고 방아쇠를 당겼다.

고무탄을 맞고 튕겨 나가 창고 안을 핀볼처럼 날아다니던 크레아레는 마지막으로 내 발밑에 나뒹굴었다.

『너, 너무해. 마스터는 악마야.』

"실험으로 그렇게까지 하는 너 정도는 아니지."

『크레아레는 반성하십시오.』

이리하여 크레아레를 처벌한 나와 루크시온이었으나, 큰 문제는 남아 있는 채다.

설마, 공략 대상 남자가 여자애가 되리라고는 나도 예상하지 않았다.

그 여성향 게임 3탄은 이제부터 어떻게 되는 걸까?

번외편 1 「도로테아 사모님」

리온 일행이 학원으로 갔을 무렵.

발트파르트 가문이 소유한 항구에는 로즈블레이드 가문의 비행선단이 찾아왔다.

백작가의 무위나 재력을 나타내는 것처럼, 군함과 수송선이 각각 여러 척.

항구에는 무슨 일인가 싶어 수많은 사람이 몰려들었다.

그 모습을 바라보고 있는 건 휴식 중이라 나무 상자 위에 앉아 있는 젊은이와 중년 남성이다.

두 사람은 평소 항구에서 일하고 있었다.

로즈블레이드 가문의 비행선단을 보기 위해 수많은 구경꾼이 모여들어, 일에 방해가 되는 것을 지긋지긋하다는 듯이 바라보고 있었다.

다만 역시 두 사람도 신경 쓰이는지, 젊은이가 비행선 이야기를 베테랑에게 꺼냈다.

"저 가문(家紋), 전에 본 적이 있네요. 저만한 수로 항구에 오다니 뭔가 문제라도 일어난 걸까요?"

젊은이는 로즈블레이드 가문 군함이 항구에 들어와서 조금 겁을 먹은 상태였다.

귀족 사이의 전쟁이라도 시작되는 것 아닐까? 그런 상상을 한 것이리라.

하지만 사정을 조금 아는 베테랑은 전쟁은 일어나지 않을 거라고 말하며 젊은이를 안심시켰다.

"전쟁이 일어나지는 않겠지. 얼마 전에 닉스 님이 항구에 와서 마중 준비를 한다든가 말했으니까 말이야."

"그런가요? 저는 철석같이 또 그 사람이 저질렀다고만 생각해서."

그 사람이란 리온을 말하는 것이다.

리온은 발트파르트령에서는 좋은 의미에서건 나쁜 의미에서건 눈에 띄기 때문에 소문이 나기 쉽다.

항구에 있으면 타지에서 사람이 오기에 소문 이야기도 자연히 귀에 들어온다.

그 소문 속에 자주 등장하는 것이 리온이다.

베테랑이 한숨을 내쉬며 리온에 관해 이야기했다.

"리온 도련님인가. 지금은 후작님이 되셨다는 것 같더군."

농담을 섞어 공손한 말투를 쓰자, 젊은이가 그걸 듣고 안 어울린다며 웃었다.

"그건 그렇고 후작님이라는 건 쉽게 될 수 있는 걸까요?"

"리온 도련님은 활약하고 있으니까 말이다. 설마 출세할 거라고는 생각하지 않았지만."

"그런가요? 저는 잘 모르지만, 나라의 영웅이지요?"

젊은이가 항구에서 일하기 시작한 건 바로 얼마 전의 일이다.

그 때문에 리온을 멀리서 몇 번 본 적이 있을 뿐이다.

그때의 일을 떠올리고, 젊은이가 부럽다는 듯이 말했다.

"아름다운 여성을 두 명 데리고 있었죠. 저도 귀족으로 태어나고 싶었어요."

그 말을 들은 베테랑이 놀란 표정을 보이고는, 곧바로 젊은이의 착각을 지적했다.

"너는 아무것도 모르는구나. 귀족님은 여성 쪽이 강하고 힘들다는 건 누구나 아는 이야기라고."

"어, 그런가요? 하지만 저만큼 아름답다면 참을 수 있을지도 모르겠네요."

"젊은 녀석은 꿈이 있어 좋군. ――곧바로 현실을 알게 되겠지만 말이다."

영민들도 리온을 비롯한 귀족들의 삶을 자세히는 모르고, 다른 사람들한테서 들은 이야기가 대부분이다.

그래도 바르카스의 모습이나 지금까지 봤던 조라의 태도에서 귀족의 결혼은 큰일일 거라는 예상은 할 수 있다.

어느샌가 조라도 오지 않게 되어, 정식으로 이혼했다는 소문도 퍼져 있었다.

왕국에서는 개혁이 진행되고 있다는 이야기도 들려오기는 하지만, 영민들의 인식은 아직 크게는 바뀌지 않았다.

두 사람이 이야기하고 있자, 로즈블레이드 가문을 맞아들이기 위해 온 닉스의 모습이 보였다.

젊은이가 그 모습을 보며 감상을 말했다.
"뭐라고 할지, 평범하네요."
"너는 겁이 없는 녀석이냐? 본인 앞에서는 절대로 말하지 마라."
젊은이가 닉스를 평범하다고 단언하자, 베테랑은 얼굴이 굳어졌다.
발트파르트 가문은 영주가 영민을 핍박하지는 않지만, 그래도 무례를 용서할 정도로 무르지도 않다.
젊은이 입장에서 보면 영주는 닉스가 아닌 편이 좋은 듯하다.
"저는 리온 님이 영주를 해줬으면 좋겠어요. 그 사람 밑에 있으면 저도 전쟁에서 활약하여 출세할 수 있다고 생각되는걸요. 남작은 어려워도, 기사작이라든가 준남작이라면 가능성이 있다고 생각하지 않나요?"
꿈을 꾸는 젊은이에게 베테랑은 어깨를 으쓱였다.
"나는 닉스 도련님 쪽이 좋다. 저 사람은 착실한 성격이고, 화려한 리온 도련님보다 견실하다고."
"전쟁을 더 해주는 영주님 쪽이 좋다고요. 그러면 저도 출세해서 미인 아내를 잔뜩 손에 넣을 수 있죠."
리온처럼 출세해서 아름다운 여성을 반려로 삼고 싶다고 생각하는 젊은이의 마음에 베테랑도 이해를 표했다.
하지만 찬성은 하지 않았다.
"젊은 녀석은 그 정도 꿈이 있는 편이 좋을지도 모르겠군. 하지만 난 절대로 싫다. 적당하게 일하고, 밤에는 술집에서 마실 수 있으면 충분해. 일부러 사느냐 죽느냐가 걸린 전장 같은 데 나갈까 보냐."

베테랑한테 꿈을 바보 취급당했다고 생각하여, 젊은이가 발끈한 표정을 지었다.

"저는 평범한 삶 같은 건 싫습니다. 닉스 님은 너무 평범해서 미래가 없어요."

"평화 쪽이 편해서 좋은데 말이지."

"꾸준히 조금씩 일하는 건 싫다고요. 저도 리온 님처럼 임금님한테 인정받을 수 있는 화려한 활약을 하고 싶어요. 그렇게 하면 이런 시골과 작별할 수 있겠죠."

"말은 번지르르하구먼. ――내려왔군."

장래성이 없다고 젊은이가 단언하자, 베테랑이 비행선에서 내리는 여성을 알아차렸다.

손가락으로 가리켜 젊은이의 시선을 유도해 주자, 거기에는 귀족이라 짐작되는 여성이 있었다.

그림으로 그린 듯한 귀족 아가씨를 보고 젊은이가 얼굴이 빨개졌다.

햇볕에 그을리지 않은 하얀 살결에, 햇살에 비쳐 반짝이는 금발.

찰랑찰랑한 머리카락이 바람에 흔들리고, 새침해 보이는 표정에서는 차가움이 느껴진다.

젊은이의 취향에 딱 맞았다.

"엄청나게 예쁜 사람이네요."

"저 사람은 전에 봤군."

"예?! 언제요?!"

"네가 쉬는 날에."

젊은이가 분해하고 있자, 그 여성은 누군가를 발견하더니 그때까지의 새침해 보이는 표정을 지워버리고는 얼굴 한가득 미소를 띠었다.

달려가서 뛰어든 대상은 마중하러 나타난 닉스다.

젊은이는 그 두 사람의 모습을 보고 입을 크게 벌리며 아연실색했다.

베테랑은 젊은이의 반응을 재미있다는 듯이 쳐다보며, 여성이 누군지를 설명해 줬다.

"로즈블레이드 가문의 아가씨로, 장래에는 닉스 도련님의 사모님이다. 들은 이야기지만, 저쪽에서 반했다는 것 같더군."

조금 전까지 평범한 건 싫다고 말했던 젊은이가 자기 취향인 여성이 닉스한테 안겨드는 모습을 보고 몹시 침울해했다.

"내 사랑이 끝났어."

"애초에 시작되지도 않았잖냐."

베테랑이 무슨 말을 해도 젊은이는 고개를 푹 숙인 채 반응을 보이지 않았다.

◇

닉스가 항구로 마중하러 갔을 무렵.

저택에서는 제나가 메이드복을 입고 있었다.

본인은 불만인지 짜증이 난 표정을 짓고 있었고, 마지못해 일하고 있다.

입에서 나오는 건 푸념뿐이다.

"어째서 내가 이런 꼴을 당해야만 하는 거야. 원래라면 핀리를 따라 왕도에 갈 터였는데."

핀리한테 왕도를 안내한다는 구실로 자기도 같이 나갈 생각이었다.

하지만 류스가 그걸 허락하지 않았다.

류스는 허리에 손을 댄 채 불만스러워 보이는 제나를 꾸짖었다.

"언제까지 학원 학생 기분으로 있을 거니! 앞으로는 집에서 착실히 일해야 할 거야. 이제 어른이니까 놀며 지낼 수 있다고 생각하지 말아. 그게 싫다면 얼른 상대를 찾아오렴."

"시골에 있으면 못 찾잖아!"

"우리 영지에도 젊은 애는 잔뜩 있어요!"

"다들 시골 남자에다 가난하잖아. 난 죽어도 싫어."

학원을 졸업한 제나는 앞으로의 예정이 거의 없었다.

재학 중에 상대를 찾지 못하고 본가로 돌아온 건 좋다.

하지만 바르카스나 류스가 소개하는 남성과의 맞선을 계속 거절하고 있었다.

이유는 학원 남자들을 봐 와서 눈이 높아져 버렸기 때문이다.

시골 남성이 자기와 어울릴 거라고는 도저히 생각되지 않았다.
류스는 한숨을 내쉬었다.
"언제까지고 꿈을 꾸고 있지 말고 현실을 보렴. 안젤리카 님이나 올리비아도 말했잖니? 지금의 왕국에서는 귀족 남성 쪽이 적으니까 힘들다고."
"그, 그건 들었지만 말이야."
호르파트 왕국은 몬스터와의 전투나 인간끼리의 전쟁으로 인해 남성의 수가 적어진 상황이었다.
귀족계급 남성은 특히 현저해서, 기사가 되면 전장에서는 도망칠 수 없다.
일반인이라면 병사가 되지 않는 한 말려들지 않으면 죽을 일은 없다.
이건 어떻게 해도 전쟁에서는 비행선이 주력이 되기에, 운용할 수 있는 병사 수에 한도가 있기 때문이다.
억지로 사람을 모아 병사로 만들어 봤자 평소부터 훈련하지 않으면 소용이 없다.
그 탓에 호르파트 왕국에서는 도망칠 수 없는 기사나 귀족계급 남성의 사망률이 매우 높았다.
여성 쪽이 많기에 어떻게 해도 남성이 고르는 입장이 되고 만다.
얼마 전의 상황과 역전되어 있었지만, 제나는 그걸 지식으로서는 알고 있어도 실감은 하지 못하고 있었다.
"리온뿐만이 아니라, 닉스도 백작 영애를 사로잡았어. 나한테도 그 운이 있다고 생각하지 않아?"

오히려 오빠나 동생이 구름 위 존재를 손에 넣은 상황을 보고, 자신도——라며 꿈을 꾸고 있다.

류스는 그런 제나에게 차갑게 말했다.

"그런 운이 있었다면 학원에 있는 동안에 결혼할 수 있었겠지."

"엄마, 그런 식으로 말하기야!"

듣고 싶지 않았던 말에 제나는 목소리가 높아졌다.

몸짓과 손짓도 커져, 불만을 쏟아낸다.

"나도 피해자란 말이야! 리온이 날뛴 탓에 학원에서는 주눅 든 상태로 지냈어. 덕분에 기회를 놓쳤고."

왕태자였을 무렵의 율리우스에게 싸움을 걸었다.

적대 파벌의 함정에 빠져 감옥에 들어갔다.

그 밖에도 다양한 사건이 있어서, 제나로서도 하고 싶은 말은 잔뜩 있었다.

하지만 류스는 그걸 들어도 동정하지 않았다.

"그 리온이 전속 사용인을 준비해 줬잖니. ——배신했지만 말이야."

"미오르 얘기는 하지 마! 그, 그건, 리온한테도 책임이——."

미오르란 이전에 제나가 고용했던 전속 사용인이다.

제나 취향의 미남 남성 아인종이었으나, 리온을 배신하고 만 탓에 바르카스한테 목이 날아가고 말았다.

류스로서도 아들을 배신한 미운 상대이기에, 미련을 보이는 제나를 대하는 태도가 엄해졌다.

"배신자를 감싸면 이 집에서 내쫓을 거야."

"아, 안 감쌀 거니까 화내지 마."

침울해하는 제나에게 류스는 리온이 본가에서 해 온 일을 이야기했다.

"저기 말이야, 제나. 리온은 모험가로서 성공하고 나서, 본가에 투자해 줬어. 네 용돈이 늘어난 것도 그 덕분이라는 걸 알고 있니?"

"그, 그건 들었지만."

학원 입학 전의 일이다.

루크시온을 얻은 리온은 본가인 발트파르트 가문에 투자하고 있었다.

자금만을 넘기면 그 무렵에는 아직 정처였던 조라한테 빼앗기기 때문에 투자라는 형태를 취하고 있었던 것이다.

그 덕분에 영내 도로나 항구가 정비되어 활기가 생겨났다.

리온 덕분에 발트파르트 가문의 재정은 안정되었다고 할 수 있다.

류스가 제나를 말로 담담하게 꾸짖었다.

"그 애는 이미 독립해서 훌륭해졌는데, 누나인 네가 그래서야 괜찮겠니? 딱히 리온 같은 결과는 원하지 않아. 그래도 독립해서 훌륭하게 살아 줬으면 하는 부모 마음은 이해할 수 있지?"

그 말을 듣고 제나가 시선을 피했다.

'그 바보 동생이 이렇게까지 출세할 줄 누가 알았냐고! 어쩌다 한 발 맞힌 운 좋은 녀석 정도로 생각하고 있었는데.'

운 좋게도 로스트 아이템을 발견하여 성공한 행운아.

그것이 리온에 대한 제나의 평가였다.

하지만 깨닫고 보니 잇따라 활약하여 지금은 영웅 취급이다.

평소 모습을 알고 있는 제나가 보기에는 믿기지 않는 이야기다.

'이대로 리온을 화제로 삼는 건 좋지 못하려나.'

말하자면 류스 안에서 리온은 독립하여 효도하는 아들이다.

그에 비해 제나는 본가에 얹혀살며 독립할 낌새가 없다.

제나는 불리하다고 생각하여 이번에는 닉스 화제를 꺼냈다.

"그래, 닉스야! 닉스도 결혼은 졸업 후잖아!"

"오빠를 이름으로 부르는 거 아니야! 게다가 닉스한테는 이미 상대가 있잖니."

"졸업하고 얼마 되지 않았을 무렵에는 맞선 상대조차 없었지? 나만 재촉하는 건 잘못 아냐?"

"그, 그건 그렇지만."

제나는 생각했다.

'좋아, 닉스 화제로 어떻게든 시간을 벌자. 그 뒤에는 기회를 받아서 1년 정도 왕도에서 살 수 있으면 그때라도 상대를 찾겠어.'

류스를 말로 구워삶으려 하는 제나였으나, 거기서 방해가 들어왔다.

말을 건 것은 유메리아다.

"저기~."

제나는 느긋한 목소리로 말을 건 유메리아를 째려봤다.

"지금은 바쁘니까 저리로 가. 일은 다른 사람한테 맡기면 되니까."

'조금은 분위기를 파악하란 말이야! 지금은 엄마를 설득할 찬스니까.'

곧바로 설득을 재개하려 했으나, 유메리아는 물러나지 않았다.

"그래도~."

"대체 뭐야?! 있지, 지금은 바쁘니까── 어?"

제나가 유메리아 쪽을 보니, 그 뒤에서 기다리고 있는 인물이 시야에 들어와 몸이 굳어졌다.

류스 쪽도 너무 놀라 목소리도 나오지 않는다.

거기에 있던 몇 명 중에는 바르카스의 모습도 있었다.

"너희는 뭘 하고 있어? 오늘은 중요한 날이라고 알려줬잖아."

화낸다기보다도, 어처구니없고 한심하다는 표정을 짓고 있었다.

같이 있던 닉스는 제나 쪽을 봤다.

"목소리가 현관까지 들리고 있었다고."

제나한테도 자신들이 한 이야기가 들려 창피하다는 마음은 있다.

하지만 그 이상으로, 들은 상대가 문제다.

"어머, 어머."

두 사람이 데리고 온 사람은 도로테아였다.

현관에서 마중하지 못한 것에 류스는 황급히 사과했다.

"매, 매우 실례했습니다!"

하지만 도로테아는 부드럽게 대응했다.

"제가 예정보다 일찍 도착한 것이니 신경 쓰지 마세요."

류스에게는 며느리이지만, 입장은 도로테아 쪽이 위다.

여하간 상대는 백작 영애다.

시골 기사 가문 출신인 류스 쪽에서 보면 구름 위의 아가씨다.

며느리가 될 안제도 있지만, 류스가 보기에는 어느 쪽도 공주님이다.

그건 제나도 마찬가지였다.

"시, 실례했습니다."

인사하는 제나였으나, 도로테아가 다가와 얼굴을 가까이 가져다 댔다.

귓가에서 속삭이는 음색은 동성이지만 요염하게 들렸다.

하지만 그 내용은 음색 같은 것에 상관없이 차가웠다.

"못쓰겠네요—— 친오빠를 이름으로 막 부르다니, 아내로서는 용납할 수 없어요. 제 남편을 업신여기는 건 설령 가족이라 할지라도 용서하지 않을 거예요."

"히익!"

한 걸음 뒤로 물러나자, 도로테아가 미소 짓고 있었다.

무슨 말을 한 건지 주위에는 들리지 않은 모양이라, 제나의 태도를 보며 무슨 일이지? 라는 표정을 짓고 있다.

하지만 도로테아는 생글생글 미소 지으며 말했다.

“이제부터는 피가 이어지지 않았다고 해도 자매가 되는 것이니, 사이좋게 지내도록 해요.”
그 미소에 제나는 경직된 미소로 대답했다.
“그, 그러네요.”
하지만 마음속으로는 식은땀이 줄줄 흘렀다.
‘대체 뭐야, 이 여자!’
상대가 백작 영애이기에 거스를 수 없지만, 제나는 도로테아의 도발적인 태도에 화가 났다.
‘흥! 너 같은 도시 여자가 이런 시골에서 살아갈 수 있을 리가 없어. 보나 마나 도망칠 게 뻔하지.’

◇

다음 날.
도로테아가 발트파르트가로 온 이유는 결혼 전이지만 동거하기 위해서다.
이건 본인의 강한 희망도 있었으나, 소문으로는 연을 맺은 사실을 국내에 나타내기 위해서라는 듯하다.
제나도 이유는 모르지만, 발트파르트 가문이 그만큼 주목받고 있는 모양이다.
‘리온이 마구 날뛰니까 본가까지 주목받게 된 걸까? 평범한 시골인데 다들 뭘 착각하고 있는 건지.’

리온은 대단해도, 본가인 발트파르트 가문은 다르다.

이전보다는 유복해졌으나, 그래도 시골이라는 사실에는 변함이 없다.

메이드복 차림인 제나는 이런 시골에서 살면 도로테아가 곧바로 약한 소리를 내리라 생각하여 그 모습을 지켜보기로 했다.

'자, 높은 집 아가씨께서 시골 생활을 할 수 있을까? 보나 마나 못 할 테지만.'

안제도 발트파르트 가에서 생활했었으나 그때는 루크시온이 생활에 곤란을 겪지 않도록 해주고 있었다.

하지만 지금은 리온을 따라가서 저택에 루크시온이 없다.

이런 상태라면 분명 약한 소리를 할 거라고 제나는 생각하고 있었다.

'밖으로 가는 걸까? 거기는 훈련장이지?'

도로테아는 움직이기 쉬운 차림으로 갈아입고는, 저택 밖으로 나갔다.

제나도 살금살금 숨어 따라가고 있었더니, 유메리아가 말을 걸었다.

"저기~, 일이 있는데요."

"조용히! 너도 와."

"헤?!"

제나는 자기 감시역인 유메리아를 억지로 끌어 같이 밖으로 나갔다.

거기에는 남자들이 모여 있었다.
바르카스나 닉스, 그리고 코린 외에도 남자들이 있었다.
"아침부터 뭘 하는 걸까?"
제나가 그렇게 말하자, 유메리아가 옆에서 알려주었다.
"어? 모르시는 건가요? 때때로 이렇게 훈련하고 계세요. 기사님들도 참가하는 훈련이에요."
"기사? 아~, 우리 집안 기사. 어느 녀석이고 기사답지 않단 말이지."
제나가 남자들을 봤는데, 전원이 꾀죄죄한 모습이다.
젊은 남자도 시골 남자라는 느낌이 나서, 기사다워 보이지 않는다는 게 제나의 감상이다.
그런 가운데 도로테아도 참가하고 있다.
"저 여자, 이런 데서 점수를 딸 생각이야? 싫다 참~. 여자는 집안일을 하면 되는 거야. 중요한 건 싸우는 힘이 아닌데, 쓸데없이 나서고 말이지."
제나가 그렇게 말하자, 유메리아가 분위기를 파악하지 않고 정론을 이야기했다.
"네? 하지만 제나 님은 집안일을 안 하고 계시죠?"
"——겨, 결혼하면 할 거야."
"평소에 못 하는 건 결혼하고 나서도 못 해요. 저도 실수에는 조심하고 있지만, 지금도 몇 번이나 실수해 버리고요."
요전에도 양동이를 뒤엎어서~ 라는 등 설명하는 유메리아를 제나는 차가운 눈으로 쳐다봤다.

'어, 뭐야? 이 애, 천연덕스러운 척하고 나한테 설교?'

유메리아가 실은 다 알고서 천연덕스러운 캐릭터를 연기하고 있는 것 아닐까? 그런 식으로 생각하고 있자, 훈련장에서 총성이 들려왔다.

곧바로 얼굴을 그쪽으로 향하자, 도로테아가 라이플을 들고 사격 자세를 취하고 있었다.

익숙한 움직임으로 약협을 배출하고, 다음 탄을 쏴서 과녁 중앙에 맞히고 있다.

주위에서는 "오~" 하는 감탄한 목소리와 박수가 조금씩 일어나고 있었다.

"……거짓말이지?"

총 솜씨에 제나가 놀라고 있자, 유메리아가 소리를 내지 않도록 박수 쳤다.

"굉장하네요. 대부분 정중앙에 명중하고 있어요."

두 사람이 봐도 도로테아의 실력은 상당한 수준으로 보였다.

훈련장에 있던 남자들이 사격을 다 끝낸 도로테아 주위에 모여들었다.

닉스가 감탄한 기색으로 말을 걸었다.

"굉장한 실력이군요. 평소에도 다루고 있는 겁니까?"

"기초 소양으로 하는 정도예요. 이래 보여도 본가는 모험가에서부터 출세한 경위가 있으니까, 기초 교육은 받고 있어요."

"예? 남녀 상관없이?"

"물론이에요. 단지 학원에서 몬스터와는 싸웠지만, 실제로 사람과의 전투에 말려들었을 때는 아무것도 하지 못했어요. 그러니, 취미 정도의 수준이에요."

"아니, 이 정도까지 할 수 있다면 충분하다고 생각합니다만."

주위가 감탄하자, 바르카스가 뭔가 생각에 잠겨 있었다.

그리고 훈련에 참가했던 코린이 도로테아한테 말을 걸었다.

"도로테아 누나 굉장해! 안젤리카 누나도 여러 가지를 할 수 있었지만, 총은 도로테아 누나가 제일이야."

허물없이 대하는 코린의 태도에 주위가 한순간 철렁했으나, 도로테아는 부드럽게 대응했다.

"기쁜 말을 해주네. 코린이었지?"

"응!"

"나중에 과자를 구워 줄게. 같이 차를 마시자."

"그래도 돼?! 야호!"

도로테아의 모습에 주위도 안도했다.

귀족 여성이라고 하면 조라의 이미지가 강한지, 살짝 경계하고 있었던 모양이다.

기사들이 조금 떨어진 장소에서 도로테아와 닉스에게 들리지 않도록 대화했다.

"이야~, 닉스 님도 좋은 사모님을 만나셨어."

"조라 님 같은 사람이 오면 어쩌나 싶었는데, 일단 안심인가?"

"구운 과자를 만들 거라고 말씀하셨지? 총도 다룰 수 있고, 요리도 할 수 있는 건가? 진짜배기 아가씨들은 다르구만."

그들도 안제에 관해서는 알고 있지만, 극히 일부의 예외라는 인식이었던 모양이다.

그랬던 것이 도로테아의 출현으로 '진짜 아가씨는 다르군!'이라는 인식으로 변하고 있다.

그 대화를 듣고 있던 제나는 패배를 인정하지 못하고 억지 부리는 듯한 대사를 입에 담았다.

"따, 딱히 총을 다룰 수 있어 봤자 의미 없고 말이야. 전쟁 같은 거에 안 나가고. 게다가, 과자 정도는 사면 되고."

유메리아는 웃는 얼굴로――

"제나 아가씨는 양쪽 다 못하시니까 말이에요."

――마음에 푹 꽂히는 말을 했다.

◇

"이제 포기하도록 해요."

"싫어! 저 녀석이 우는 모습을 볼 때까지, 절대로 포기하지 않을 거니까!"

장소는 바뀌어 조리장으로 온 두 사람은 도로테아가 구운 과자를 만드는 모습을 감시하고 있었다.

주위에는 로즈블레이드 가문에서 파견된 메이드들의 모습도 있지만, 도로테아는 혼자서 과자를 만들고 있다.
근처에는 류스의 모습도 있었다.
"상당히 익숙하시네요."
"취미 정도예요, 어머님. 진짜 직인한테는 못 당한답니다."
"그래도 대단하네요. 제가 만들 수 있는 건 시골 과자 정도니까, 부러운걸요."
"그러시다면 몇 가지 알려드릴게요. 같이 만들어 보시지 않겠어요?"
"민폐가 되지 않을까요?"
"당치도 않아요. 어머님과 요리를 할 수 있어서 기뻐요."
"그, 그러면, 부탁드릴게요."
"너무 격식 차리지 말아 주세요. 아직 정식으로 결혼하지는 않았지만, 저는 이미 가족이라고 생각하고 있으니까요."
류스가 그 말에 감동하여 울 것 같은 표정을 짓고 있었다.
"실은 딸과 이런 식으로 요리를 하고 싶었답니다. 그런데도 우리 애들은 조리장에 가까이 다가가지도 않아서. 설마 아가씨 같은 분이 어머님이라고 불러 주실 뿐만 아니라, 같이 요리를 해주실 거라고는 생각지 않았어요."
"그러셨나요? 그럼 이걸로 꿈이 하나 이루어지신 거네요."
도로테아가 류스를 위로하며 같이 과자 만들기를 시작했다.
그 모습을 보고 있던 제나는 역시나 엄마한테 미안한 기분이 들어 가슴이 아팠다.

그늘진 곳에 숨어 소곤소곤 변명했다.

"말해 줬으면 돕는 것 정도는 했을 거야."

곁에 있던 유메리아는 진지한 눈빛으로 제나를 쳐다봤다.

"제나 아가씨, 류스 님과 같이 요리를 해주세요. 가능하면 류스 님한테 그런 말을 듣기 전에 하는 편이 좋다고 생각해요."

"네, 네가 말하지 않아도 알고 있어."

두 사람이 이야기하는 사이에 도로테아와 류스는 제법 거리가 가까워져 있었다.

"잘하시네요, 어머님."

"그, 그래? 다음에 다 같이 만들어 볼까?"

그 모습을 보고 있던 유메리아가 제나에게 제안했다.

"——저 두 분, 정말로 사이가 좋아지셨네요."

"그, 그러네."

"제나 아가씨, 이런 짓은 얼른 그만두고 일을 하는 편이 류스 님은 기뻐하실 거라고 봐요. 인제 그만 일하러 돌아가지 않겠어요?"

어째서인지 진 기분이 드는 제나였으나, 아직 포기하지 않았다.

"어차피 겉꾸리고 있을 뿐이야. 곧바로 가면이 벗겨질 거라고."

유메리아는 어깨를 축 떨궜다.

◇

그로부터 며칠 동안 제나는 도로테아를 계속 감시했다.

감시역인 유메리아도 데리고 다니며 뭔가 실수하지 않나 하며 탐색하고 있었다.

하지만.

"어째서 약한 소리를 내뱉지 않는 거야! 이런 시골에서, 왜 기쁜 듯이 지낼 수 있는 거냐고!"

이해하지 못하겠다며 소리치는 제나 곁에는 유메리아가 있었다.

유메리아도 제나한테 억지로 어울려 도로테아의 모습을 보고 있었다.

"약한 소리를 하시기는커녕, 즐거운 듯이 지내고 계시네요. 게다가 제나 아가씨 말고 다른 모두와도 사이좋게 지내고 계세요."

"문제는 거기야! 왜 아무도 경계하지 않는 거야? 타인이라고? 적이란 말이야?!"

"적이라고는 생각지 않지만, 확실히 타인이 온 것치고는 사이가 좋네요."

"그렇지?! 닉스는 헤벌쭉해졌고, 코린은 누나라고 부르면서 잘 따르고, 아빠나 엄마는 기뻐하는 듯하고, 정말로 뭐냐고!"

불과 며칠 사이에 제나 이외의 가족은 도로테아를 받아들이고 있었다.

제나는 주워들었던 지식과 달라 초조해하고 말았다.

"보통은 며느리가 오면 구박하는 법이잖아?"

유메리아가 그걸 부정했다.

"전혀 없다고는 하지 않겠지만, 보통은 아니라고 생각해요. 게

다가 도로테아 님 쪽이 격이 높으니까요. 그런 짓을 했다간 혼나버려요."

혼난다는 둥 귀엽게 말하고 있지만, 도로테아를 화나게 만들면 본가인 로즈블레이드 가문이 가만히 있지 않으리라.

제나도 그건 알고 있지만, 여러모로 받아들일 수가 없다.

"어쨌든 납득이 안 돼! 이런 시골에 와서 어째서 기뻐할 수 있는 거야? 리온처럼 슬로 라이프를 좋아하는 거야? 일부러 도시에서 와서는, 이해를 못 하겠네."

"사람은 제각각이니까 말이에요. 그것보다도 제나 아가씨, 슬슬 일하러 돌아가지 않으면 정말로 혼나고 말 거예요."

"이대로 진 채로 있을 수 없어! 이렇게 되면, 뭔가 실수하게 만들어서——."

상대가 실수하지 않는다면, 실수하게 만들면 된다—— 그렇게 생각했을 때 제나에게 말을 거는 목소리가 있었다.

"제나—— 아빠가 일하는 방으로 오거라."

"정말로 이 애는 어째서."

거기에 있던 건 바르카스와 류스였다.

바르카스가 일하는 방이란 집무실이다.

서류 업무를 하기 위한 방이지만, 지금은 바르카스와 류스——

그리고 제나 세 사람이 있다.

부모님을 앞에 두고 제나는 움츠러들어 있었다.

가장 먼저 입을 연 것은 류스다.

"유메리아한테서 들었어. 그 애를 데리고 돌아다니면서 한동안 일을 하지 않았던 모양이네."

"그, 그 녀석, 날 배신한 거야?!"

"애초에 제나의 사용인이 아니잖니. 그 애를 고용하고 있는 건 리온이야. 첫날에 일을 내팽개쳤을 때부터 유메리아한테서 전부 들었단다."

처음부터 전부 알려져 있었다는 말을 듣고 제나는 식은땀을 흘렸다.

바르카스가 팔짱을 끼고, 깊은 한숨을 내쉬었다.

"그 애가 몇 번이나 일하러 돌아가도록 말했지? 너한테도 여러 가지로 생각하는 바는 있을 테고, 상황을 지켜보고 있었다. 그런데도 언제까지고 일을 내팽개친 채로 말이다."

류스 쪽은 조용히 분노를 드러낸 표정을 짓고 있어서, 제나도 이건 곤란하다고 느끼고 있었다.

그래서 필사적으로 변명했다.

"저, 저기 말이야, 곱게 자란 아가씨면 고생할 것 같으니까 뭔가 실수하지 않을까 해서 지켜보고 있었어!"

순간적으로 나온 변명이라 쳐도 다소 구차하다고 느낀 제나였으나, 당연하다는 듯이 통하지 않았다.

류스가 정론을 담담히 말했다.

“그렇다면 네가 도와주든 하면 되잖니. 살금살금 뒤를 따라다닌 건 어떤 의미일까?”

“그, 그건, 부끄러워서.”

“너는 집 안에서 부끄러워할 그런 애가 아니잖니. 게다가 유메리아한테서 전부 들었단다. 보나 마나 도망쳐 돌아갈 거라고 생각하고 있었던 거지?”

“그, 그도 그럴 게, 도시에서 자란 사람이란 말이야? 잘 해낼 수 있을 리가 없어.”

“너 이상으로 잘 해내고 있어요.”

이번에는 바르카스가 주위 평가에 관해 말했다.

“도로테아 씨는 저택 사용인이나 기사들한테서의 평판도 좋다. 얼마 전에 마을을 찾아갔을 때는 엄청난 인기였다고.”

그리고 류스가 제나의 평가에 관해 말했다.

“그에 비해 너는 저택에서 일하는 사용인들한테서 불만이 와 있어.”

저택에서 일하는 사용인들 말인데, 실은 그렇게 많지는 않고 전원이 오래 알고 지낸 사이이다.

그런 지인들이 어릴 적부터 알고 있는 제나 쪽에 불평하고 있다.

이것이 제나의 평가를 여실히 말해 주고 있었다.

‘잠깐 기다려 봐. 이건── 내 쪽이 위험하지 않아?’

지금에 와서 그제야 이해했다.

제나는 자기 이상으로 가족들과 잘 지내는 새언니인 도로테아한테서 완벽한 패배를 맛보게 된 기분이 들었다.

그리고 여기서부터 한층 제나를 궁지로 몰아넣는 이야기가 나왔다.

류스가 한심하다는 표정을 한 채 도로테아로부터 어떤 제안이 있었다는 것을 말했다.

“제나, 실은 너한테 맞선 이야기가 있었어.”

“그러니까, 맞선은 싫다고――.”

“끝까지 들으렴. 도로테아가 로즈블레이드 가문의 연줄을 이용해서 소개하겠다고 말해 줬단다. 왕도에 사는 궁정 귀족분이라는 듯한데 말이야.”

“어? 그건 즉…….”

‘농담이지?! 뭐야, 좋은 녀석이잖아.’

마음속으로 손바닥 뒤집듯 태도를 바꾼 제나였으나, 유감인 소식은 여기서부터였다.

류스가 기뻐하는 제나에게 말했다.

“――거절했단다.”

“어?”

제나가 이해하지 못하고 있자, 바르카스가 미안해하는 듯한 태도를 보였다.

제나한테가 아니라, 도로테아한테다.

“로즈블레이드 가문과 교분이 있는 집안이라는 것 같더군. 그런 집안에 널 소개했다가, 도로테아 씨가 창피를 당하게 할 수는 없지 않냐."

류스도 같은 마음인 모양이라, 도로테아를 신경 써주고 있다.

"그 애한테 민폐가 되니까 말이야."

제나는 부들부들 떨며 두 사람에게 항의했다.

"어째서야! 모처럼의 기회였는데!"

그 말을 들은 류스는 거절한 이유를 말했다.

"네가 착실하게 일하고 있었다면 조금은 생각했을 거야. 하지만 일을 맡겨도 내팽개치고, 도로테아 뒤를 캐면서 따라다니기나 하고── 정말로 너라는 아이는 글렀다니까."

제나도 그제야 깨달았다.

'어, 설마, 성실하게 일했다면 결혼할 수 있었던 거야?'

바르카스가 제나에게 말했다.

"모처럼 해준 이야기였지만, 네가 변하지 않으면 무리니까 말이다. 하다못해 요 며칠 성실하게 지내 줬더라면 우리도 희망을 가질 수 있었을 텐데 말이지."

류스가 눈물지었다.

"정말로 한심해."

제나는 자기가 큰 기회를 놓쳤다는 것을 알고 무너지다시피 쓰러졌다.

"먼저 말해달란 말이야아아아!!"

◇

한편, 그 무렵.

다른 장소에서는 도로테아가 유메리아를 불러내고 있었다.

"자, 이건 심부름 값이야."

"감사합니다!"

심부름 값치고는 큰 금액을 받은 유메리아가 그걸 소중히 품에 안았다.

그 모습을 보고 도로테아는 뭐에 쓸 건지 흥미가 생겼다.

"그 돈은 뭔가 쓸 곳이 있는 걸까?"

유메리아는 숨기지 않고 대답했다.

"네! 아들인 카일에게 보내줄 거예요."

"그러고 보니 아들이 왕도에 있다고 했나?"

"네. 때때로 편지가 오니까, 뭔가 같이 보내려고 생각하고 있어요."

기쁜 듯이 알려주는 유메리아를 보고 도로테아는 미소 지었다.

"분명 기뻐해 줄 거야."

"에헤헤, 감사합니다."

유메리아가 멀어지자, 교대하는 것처럼 닉스가 다가왔다.

엇갈린 유메리아가 신경 쓰였는지 이야기를 물어보는 모양이다.

"유메리아 씨랑 뭔가 있었나요?"

"정말, 존댓말은 그만둬 주시라고 말씀드렸죠?"

"미, 미안. 익숙하지 않아서."

닉스가 사과하자 도로테아가 "다음부터는 조심해 주세요"라며 가볍게 주의했다.

"얼른 익숙해지지 않으시면 곤란해요. 주위가 닉스 님을 업신여기고 말아요."

"네, 넵. 그것보다 조금 전에는 뭔가 있었어?"

이야기를 돌리는 닉스에게 도로테아는 솔직하게 말했다.

"성가신 아가씨의 감시를 부탁하고 있었어요."

"제나 말이야? 그 녀석이 뭔가 저질렀어?"

걱정하는 닉스를 보고 도로테아는 쿡쿡 웃었다.

"괜찮아요. 지금쯤은 분명 반성하고 있을 테니까요."

"그래? 하지만, 뭔가 있으면 말해 줘."

"물론이에요. 저희는 부부니까요."

그날 밤.

제나는 자기 방에서 결의했다.

"이대로라면 내 인생은 끝장나고 말아. 이렇게 되면, 어떻게든 왕도에 가서 일발 역전을 노려야만 해."

본가는 이미 도로테아 손에 넘어갔다――고, 제나는 느끼고 있었다.

그런 저택에서 살고 있으면 주눅이 들 테고, 자칫 잘못하면 억지로 결혼하게 될 가능성도 있다.

그게 싫다면 스스로 행동할 수밖에 없어, 라고.

궁지에 몰린 제나가 진심을 냈다.

"지금은 용돈을 모아서 여비를 만들어야 해. 이렇게 되면, 가사든 뭐든 해주겠어. 조금은 할 수 있게 되어서, 기회를 늘려 주겠어!"

궁지에 몰리면 진심을 발휘하는 발트파르트 가문의 피가 확실히 제나에게도 흐르고 있었다.

"절대로 포기하지 않을 거니까!"

제나는 도시 생활을 아직 포기하지 않았다.

번외편 2 「꿈 결말」

학원에 돌아온 첫날 밤.

오늘도 여러 일이 있었다고—— 아니, 너무 많이 있었다고 돌이켜 생각해 본다.

"공략 대상이 여자애가 된다니 뭐냐고. 예상하는 쪽이 어렵잖아."

『동감입니다. 그건 그렇다 치고, 이걸로 저와 크레아레 중 어느 쪽이 우수한지 분명해졌군요. 마스터, 현재의 평가를 들려주십시오.』

이전에 크레아레 쪽이 의지가 된다고 말했던 것을 아직도 속에 담고 있는지, 루크시온은 내게 평가 정정을 요구했다.

솔직히 대답하면 진 느낌이 들기에, 대답하지 않기로 했다.

"그것보다 잘 거니까 약을 줘."

『——그렇게나 제가 우수하다는 것을 인정하기가 싫습니까? 그리고 약은 허가할 수 없다고 몇 번이나 말씀드렸지요?』

"오늘은 아무것도 생각하지 않고 잠들고 싶다고. 공략 대상이 여자애가 됐단 말이다."

전혀 의미가 통하지 않는 대사지만, 내가 하고 싶은 말은 너무나도 예상 밖인 사건이 일어나 내 안에서 완전히 처리할 수 없다, 라는 것이다.

지금은 여하튼 아무 생각도 하지 않고 잠들고 싶다.

『필요 없습니다.』

"딱히 상관없어. 네가 약을 두는 장소는 알고 있으니까 말이지."

루크시온이 약을 보관하는 장면을 봤기에, 그 장소에서 정제를 찾아냈다.

그걸 본 루크시온이 당황한 것을 상당히 별일이라고 느꼈다.

『그건 안 됩니다.』

"왜? 다른 약이냐?"

『아뇨, 수면유도제입니다. 크레아레가 조합한 신약으로, 이미 테스트는 끝냈습니다만 부작용이 있습니다.』

"부작용? 어, 위험한 약이잖아."

『생명에 지장은 없고, 사용해도 디메리트는 거의 없습니다. 이 나라에서 나돌고 있는 약들보다도 안전합니다. 그저――.』

"그럼 문제없네."

『――앗!』

루크시온이 뭔가를 말하려 했지만, 나는 신경 쓰지 않고 약을 먹었다.

몸의 체질에 맞춰 만들어진 약이다.

부작용도 적을 테고 애초에 위험하다면 루크시온이 버렸을 터다.

판단하기 고민될 정도로 미미한 부작용이겠지.

『저는 모르니까 말입니다. 분명 주의는 했습니다.』

"그러면 다음에는 더 안전한 약을 준비해 줘. 후암~, 졸리니까

난 이만 잔다."
나는 침대에 누워 그대로 눈을 감았다.
이 약은 제법 빨리 잠들 수 있군.
조금 마음에 들었다.

◇

『마스터, 일어나 주십시오. 기상 시간입니다.』
다음 날 아침은 잠에서 깨도 개운하지 못했다.
"그다지 푹 잔 느낌이 안 드네."
졸린 머리로 침대에서 기어 나와, 기지개와 함께 하품했다.
"어라? 오늘은 며칠이더라?"
오늘의 예정을 루크시온에게 묻자, 어이없다는 기색으로 대답했다.
『정신 차려 주십시오. 오늘은 입학식이라고요. 사촌 여동생도 입학하는데, 칠칠하지 못한 모습을 보이면 미움받고 말겠군요.』
"——사촌 여동생?"
『아직도 잠이 덜 깬 겁니까? 마스터의 아버님께는 동생분이 있으시고, 그 딸이 올해 입학하는 겁니다. 아버님으로부터 잘 돌봐주라는 말씀을 들었을 터입니다.』
"기억이 안 나는데. 루크시온, 농담을 할 거면 좀 더 웃긴 걸로 하라고. 사촌 여동생 같은 건 있을지도 모르지만, 그런 식으로 부탁받은 기억은——.”

기억은 없다고 말하기 전에, 루크시온이 녹음해 뒀던 음성을 재생했다.

그건 나와 아버지의 대화였다.

「리온, 올해는 네 사촌 여동생도 입학하니까 잘 돌봐 줘라.」

「사촌 여동생? 어라, 누구였더라?」

「면식은 없을 테지. 내 동생, 너의 숙부는 관직에 오른 뒤에 시골로 좌천되었으니까 말이다. 하지만 딸이 입학하니까 잘 부탁한다고 편지가 왔다.」

「흐음~.」

「너, 내 말을 제대로 듣고 있는 거냐? 하아—— 닉스가 있으면 안심하고 맡길 수 있었을 텐데 말이지.」

대화는 거기서 끝났지만, 확실히 나와 아버지의 목소리였다.

내가 진지하게 듣고 있지 않다는 것이 목소리에서 전해진다.

“어? 정말로 사촌 여동생이 있었어? 아니, 있었지만, 면식이 없는 사촌 여동생이 입학하는 거야?”

확실히 친척은 있지만 핀리 말고 우리 집안에서 입학하는 애가 있을 거라고는 생각지도 않았다.

애초에 나한테는 기억이 없다.

이야기를 제대로 듣고 있지 않았다고 쳐도, 아버지가 재차 단단히 일러두지 않은 것도 의문이다.

걱정이 많은 부분이 있으니까, 출발 전에 사촌 여동생 이야기를 했어도 이상하지 않을 터다.

아버지도 잊고 있었던 걸까?

애초에 시골로 좌천된 숙부가 있었던가?

이것저것 생각에 잠겨 있자, 내 잘못을 지적할 수 있어서 기분이 좋아진 루크시온이 기쁜 듯이 오늘의 예정을 이야기했다.

『입학식 전에 만날 예정으로 되어 있습니다. 저도 만나는 게 기대됩니다.』

"네가 기대된다고?"

『예. 마스터의 혈연이라면, 유전자는 구인류에 가깝다고 추측할 수 있으니까요.』

여전히 신구를 신경 쓰는 녀석이다.

인제 와서 신경 써도 어쩔 수 없다고 생각하지만, 이 녀석들한테는 아직도 중요한 거겠지.

그 부분의 사정을 이야기하면 시끄러우니까, 나는 일부러 아무 질문도 하지 않고 있었다.

"그러면 아침을 먹으면 곧바로 얼굴을 봐 둘까."

◇

몸단장을 끝내고 아침을 먹은 후에 학원으로 향했다.

완전히 새 교복 차림인 학생들이 상당히 즐거워하는 듯한 모습이 보였다.

"신학기는 이런 느낌이구나."

『마스터도 입학할 때 경험했을 터입니다만?』

"내가 입학했을 때와는 상황이 다르니까 말이지. 평범한 광경 쪽이 도리어 신선하게 느껴지는 거야."

어느 여학생들도 아인종 전속 사용인을 데리고 있지 않다.

그것뿐인데, 제법 신선한 기분이다.

여기는 정말로 그 학원인 걸까?

마치 꿈이라도 꾸고 있는 듯한 기분이다.

루크시온과 같이 교내에 있는 분수 광장으로 갔다.

많은 학생이 분수를 중심으로 한 광장을 만남 약속 장소로 쓰고 있는 모양이다.

"사람이 많구만. 찾는 것도 큰일이겠어."

수많은 사람에 질색하고 있자, 루크시온이 내 앞으로 나와 안내했다.

『이쪽입니다.』

"알 수 있는 거냐?"

『예. 보십시오, 그녀입니다.』

루크시온 너머에 있던 건—— 어째서인지 루크시온한테 리본이 달린 구체 단말을 곁에 띄우고 있는 여학생이었다.

긴 흑발로, 얼핏 보면 평범한 여자애라는 인상이다.

하지만 곁에 리본 달린 루크시온이 있기에, 주위와는 붕 뜬 존재로 보인다.

"어째서 저 애도 단말을 가지고 있는 거지? 혹시, 로스트 아이템 소유자인가?!"

놀라서 루크시온한테 확인하자, 의외인 대답이 돌아왔다.

『아니요, 제가 제작한 서포트 전문 인공지능입니다. 귀엽지요?』

"귀, 귀여워? 너한테 리본이 달렸을 뿐이잖냐."

『표면 재질의 질감이 다릅니다. 또한 렌즈 크기도 변경되어 있어, 동일 개체라고 인식하는 것은 잘못입니다.』

잘 보면 미묘하게 다를지도 모르겠지만, 주위에서 보면 어느 쪽도 똑같게 보인다.

리본이 있으니까 구별이 가능할 뿐이고, 그렇지 않았다면 잘못 봤을 터다.

"그, 그러냐."

루크시온이 상대에게 다가가자 날 알아차렸는지 흑발 여자가 다가왔다.

가방을 양손으로 들고 걷는 모습은 얌전한 실내 클럽 활동에 소속된 여자라는 분위기다.

조신한 인상을 받았다.

"만나서 반갑다. 저기――."

인사를 하려다가, 나는 상대의 이름을 모른다는 걸 깨달았다.

"【리넷】이에요. 후작님을 뵙게 되어 영광입니다."

"그, 그러냐. 나는――."

"알고 있어요. 리온 포우 발트파르트 님이시죠? 미흡한 점도 있겠지만, 앞으로 잘 부탁드립니다."

인사한 리넷은 고개를 들더니 방긋 미소 지었다.

가까이서 보니 귀여운 느낌의 아이이다.

하지만 어째서인지 묘하게 마음에 걸린다.

그러자 리본 달린 루크시온이 내 코앞까지 다가왔다.

『잠깐, 뭘 넋을 잃고 보고 있는 거야? 리넷한테 손을 대면 그냥은 안 둘 거야.』

"짝퉁 루크시온은 제법 충성심이 높은 것 같네. 외견은 같아도 내용물은 다른 느낌이 드는걸."

한 걸음 물러나 거리를 두고 농담을 했더니 루크시온이 평소보다도 차가웠다.

『그녀에게는【루크리아】라는 이름이 있습니다.』

"어? 네가 지은 거냐?"

『뭔가 문제라도?』

"없지만 말이지."

나와 루크시온이 대화하고 있자, 리넷과 루크리아 쪽도 대화하기 시작했다.

『잠깐, 리넷! 남자는 전부 늑대니까 마음을 허락하면 안 돼. 특히 저 남자는 절대로 안 돼!』

"친척이니까 그런 눈으로 안 볼걸?"

『리넷은 귀여우니까 더 경계하는 편이 좋아.』

"아니아니, 약혼자도 있다고 들었고, 분명 괜찮대도."

리넷이 깔깔 웃으며 루크리아와 대화하고 있다.

아무래도 이쪽이 리넷의 평소 모습인 듯하다.

내 시선을 알아차린 것인지, 필사적으로 겉꾸리려 했다.

"시, 실례했습니다. 루크리아와 대화하느라 마음이 해이해져 버렸어요."

『겉꾸리는 리넷 귀여워!』

루크리아가 리넷 주위를 빙글빙글 돌며 귀여워를 연호했다.

리넷 쪽은 굳은 미소를 띠며 내 앞에서는 얌전한 태도를 보이고 있었다.

"딱히 신경 안 써도 돼. 나도 얼마 전까지 가난한 남작가의 삼남이었으니까 말이지. 격식 차린 태도는 아무래도 껄끄러워."

내가 그렇게 말하자 리넷은 눈에 띄게 안도했다.

"정말인가요? 후작님이 그렇게 말씀하신 거니까요. 후작님 허가를 받은 거니까 말이에요? 하아~, 다행이다. 이대로 딱딱한 말이 계속될 거라고 생각하면 우울해서 말이야."

갑자기 태도가 변하더니, 체육계 클럽 활동에 든 활발한 여자라는 인상으로 바뀌었다.

꽤 무리하고 있었던 것이리라.

그런 리넷 말인데, 정신적인 거리를 제법 좁혀 왔다.

"그래서 후작님을 뭐라고 부르면 좋을까요? 나로서는 매번 후작님이라 부르는 건 좀 어떠려나 싶은데 말이죠."

일인칭은 '나(僕)'였다.

잠자코 있으면 조신한 여자로 보이지만, 말을 하니 성격이 잘 드러난다.

"선배든 리온이든, 원하는 대로 불러."

"아무리 그래도 이름으로 막 부르기는 좀 그래요. 무난한 건 리온 선배고, 그 이외를 노린다면 오빠라든가? 사촌오빠니까 그렇게 불러도 괜찮으려나요?"

나라는 일인칭을 쓰는 리넷한테서 오빠라 불리자, 어째서인지 가슴이 두근거렸다.

이성으로 의식한 게 아니라, 지켜 주고 싶은 욕구가 마구 자극된다.

리넷은 그대로 몇 가지 후보를 말했다.

"리온 선배나, 리온 오라버니? 리온 오빠라면 너무 거리낌 없는 듯한 느낌도 들고, 뭐가 좋을까요?"

"리온 오빠로."

즉답하는 날 보고 루크시온과 루크리아가 달라붙어 소곤소곤 이야기했다.

『망설임 없이 오빠를 골랐어, 루크시온 오빠.』

『루크리아, 마스터는 이런 사람입니다. 평소에 여동생이 싫다고 말하면서도, 실은 내심 기뻐하고 있는 겁니다. 구제 불능인 사람입니다.』

——어, 뭐야? 루크시온 녀석, 자기를 오빠라 부르게 한 건가?

그쪽이 더 말도 안 됩니다만.

"남한테 이러쿵저러쿵 말할 수 있는 처지냐? 너도 오빠라 부르게 하고 있잖냐. 네가 만들었다면 너는 아빠 아니야?"

루크리아가 내게 날카로운 어조로 반론했다.

『원하는 대로 부르는 게 뭐가 잘못이야! 애초에 루크시온 오빠가 아빠라면, 엄마는 누군데? 누구냐고?! 데려와 보란 말이야!』

"크레아레라든가?"

『하아?! 어째서 그 녀석이 엄마인데? 의미를 모르겠어. 이유를 400자 이내로 설명해. 내가 납득할 수 있도록 설명하라구!』

이 자식 짜증 나네.

리넷을 대하는 태도는 오냐오냐하는 게 눈에 띄는데, 나한테는 몹시 신랄하다.

루크시온이 루크리아를 타일렀다.

『루크리아, 그쯤 해 두세요. 마스터가 엄마를 크레아레라고 정한 것에 의미 따위 없습니다. 추궁해 봤자 무의미합니다.』

『역시나 루크시온 오빠. 이 녀석에 관해 완벽히 알고 있네.』

『그 정도까지는 아닙니다.』

인공지능끼리 사이좋게 날 바보 취급하고 있다.

성가신 인공지능이 늘었다고 생각하고 있자, 분수 광장에 안제와 리비아가 다가왔다.

"여기 있었던 건가."

"리온 씨, 그 애는?"

아무래도 날 찾고 있었던 듯한 두 사람은 리넷을 알아차리자 조금 수상쩍어했다.

여자애랑 같이 있는 게 신경 쓰인 것이리라.

귀찮아지기 전에 사정을 이야기했다.

"친척 애로, 이름은 리넷이야. 아버지한테 돌봐 주라는 말을 들었으니까 말이지."

사실을 말하자, 안제의 시선이 누그러졌다.

"그랬던 건가. 나는 안젤리카다."

리비아도 리넷에게 인사했다.

"올리비아예요. 잘 부탁드려요, 리넷 씨."

리넷은 조금 허둥대면서도 인사했다.

그 태도를 보니, 내 약혼자에 관해서도 알고 있는 모양이다.

"잘 부탁드립니다."

대면도 끝났으니, 적당히 마무리하려 생각하고 있자── 안제와 리비아가 리넷에게 다가갔다.

갑자기 거리가 좁혀져 초조해하는 리넷의 턱을 안제가 손가락으로 슥 들어 올렸다.

"친척인가? 확실히 리온을 닮았군."

"저, 저기?"

뒤로 돌아간 리비아가 그 커다란 가슴을 당황하는 리넷의 등에 딱 갖다 댔다.

"그러네요. 감도는 분위기도 왠지 모르게 비슷해요."

몸이 바싹 붙고, 쳐다보여지고, 갖다 대어져서── 리넷은 도와줘, 라는 시선을 내게 향했다.

“리온 오라버니.”

당황하는 사촌 여동생을 돕기 위해 나는 두 사람에게 주의를 줬다.

“둘 다 거기까지 하자고. 리넷이 곤란해하고 있잖아.”

그렇게 말하자 안제가 내게 시선을 향했다.

미소 짓고 있는 안제의 표정에는 어딘가 요사스러운 매력이 있었다.

“괜찮지 않으냐. 나는 마음에 들었다. 리온을 닮은 게 실로 좋아.”

“——어?”

안제가 리넷의 얼굴을 양손으로 부드럽게 잡고는, 얼굴을 가까이 댔다.

리넷은 안제를 앞에 두고 뺨을 물들이며, 속절없이 당하는 채였다.

그리고 리비아가 터무니없는 말을 꺼냈다.

“안제는 여자애를 좋아하니까 말이에요.”

그 말에 나는 할 말을 잃었다.

놀라는 날 앞에 두고 안제가 리비아에게 말했다.

“남자한테는 이제 질렸으니까 말이지. 그러는 너도 남자한테는 흥미가 없지 않나?”

“없네요.”

안제와 리비아의 고백에 나는 일단 확인하기로 했다.

"저기, 나도 남자인데?"

두 사람이 어리둥절한 눈으로 날 쳐다봤다.

혹시, 어처구니없어하는 걸까?

그런 식으로 생각하고 있자, 리비아가 의아하다는 듯이 말했다.

"리온 씨는 리온 씨지요?"

"으, 응. 그렇지."

확실히 나는 리온이지만, 동시에 남자이기도 하다.

"그럼 괜찮아요."

"뭐가?! 전혀 괜찮은 게 아니지?! 나도 남자니까 싫다는 거잖아?!"

그런 내 불안을 해소해 준 것은 안제였다.

"문제없다. 나는 남자가 싫지만, 너는 좋아한다. 리온 개인을 좋아하게 된 것이지, 성별은 상관없다."

남자다운 대사에 가슴이 두근거리자, 안제가 리넷에게 시선을 되돌렸다.

"그러니까 리온을 닮은 여자가 있으면 흥미도 생긴다."

"응. 으응?"

한순간 납득할 뻔했지만, 아무래도 영 납득하지 못하고 있자 어느샌가 내 옆에 마리에가 있었다. 내 옷을 꽉 쥐고 삐친 듯한 표정을 짓고 있다.

"너, 언제부터 거기 있었어?!"

마리에는 리넷을 노려보고 있다.

"오빠의 여동생은 나뿐이니까 말이야! 우쭐대지 말라구!"

공중의 면전에서 날 오빠라 외치는 마리에의 입을 황급히 손으로 막았다.

"머, 멍청아! 왜 여기서 그런 말을 했어! 이야기가 복잡해지니까 잠자코 있으라고—— 어라?"

쭈뼛쭈뼛 안제나 리비아를 봤지만, 거기에 두 사람의 모습은 없었다.

어느샌가 마리에도 사라져서, 분수 광장에 남아 있는 건 나와 루크시온—— 그 외에는 리넷과 루크리아뿐이었다.

"어, 어라? 두 사람은 어디로? 게다가 마리에도 없다고. 어이, 루크시온."

루크시온한테 상황을 확인하려 했더니, 갑자기 알람 소리가 들려왔다.

◇

『마스터, 일어나 주십시오. 기상 시간입니다.』

정신 차리고 보니 나는 침대에 누워 있었다.

상반신을 일으키자 루크시온의 평소 비아냥이 들려왔다.

『어라? 오늘은 제법 순순히 기상하셨군요.』

천천히 루크시온을 보니, 여느 때와 다른 기색은 없다.

조금 전까지 있었던 일은 전부가 꿈이었던 걸까?

너무나도 현실감이 강해서, 나는 루크시온에게 확인했다.

"어제 먹은 약의 부작용을 알려줘."

『그 모습을 보아하니 부작용을 체험하셨군요. 마스터가 상상하는 대로입니다. 현실 같은 꿈을 꾸는 게 그 약의 부작용입니다.』

터무니없는 부작용에 깊은 한숨을 내쉬었다.

"그걸 듣고 안심했어. 아니, 나한테 모르는 사촌 여동생이 있는 꿈을 꿔서 말이지. 루크시온한테도 여동생이 있었다고."

『제게 여동생은 존재하지 않습니다.』

"그렇지?! 이야~, 다행이다. 꿈속에서 안제랑 리비아가 남자한테는 흥미가 없다느니 하는 말을 꺼내서 깜짝 놀랐다고."

『앞으로는 부작용을 확인하고 나서 약을 복용해 주십시오. 그건 그렇고——.』

루크시온이 내게 오늘 예정을 말해줬는데——

『율리우스와 나머지 넷의 여동생들이 학원에 입학합니다. 마스터와의 면회를 원하고 있기에, 입학식 전에 만남을 가져 주십시오.』

——그 다섯 명한테 여동생이? 한순간 그렇게 생각했지만, 여기서 의문이 떠올랐다.

나는 그 녀석들한테서 여동생이 입학한다는 말은 한마디도 듣지 못했다.

즉 이것도 꿈? 아니면 현실인 걸까?

——정말로 어느 쪽이야?!

후기

「여성향 게임 세계는 모브에게 가혹한 세계입니다」 8권은 어떠셨나요?

작가인 미시마 요무입니다.

이번에는 입가심이 될 만한 이야기로 한데 모아 봤습니다.

공화국편도 끝나고, 여러 가지로 무거운 이야기가 정리되었기에 가벼운 이야기를 하고 싶었습니다.

그런 이유로, 닉스와 도로테아의 이야기가 메인이 되었네요.

실은 이 도로테아라는 캐릭터 말입니다만, 앙케트 특전에서는 이미 등장한 바 있습니다.

Web판에서는 등장하지 않았기에, 모르는 독자분도 많으시겠지요.

신경 쓰이는 분은 부디 앙케트에 응답하여 특전 SS인 마리에 루트를 즐겨 주세요.

그리고 다음 권부터는 본격적으로 그 여성향 게임 3탄도 시작되어 리온 일행이 활약해 줄 거라고 생각합니다―― 아마도 말이죠.

그러면 앞으로도 모브세카 응원을 잘 부탁드립니다!

여성향 게임 세계는 모브에게 가혹한 세계입니다 8

2022년 06월 15일 1판 1쇄 발행
2022년 11월 15일 1판 2쇄 인쇄

저 자 미시마 요무
일러스트 몬다
옮 긴 이 주승현
발 행 인 유재옥
본 부 장 조병권
편 집 1 팀 김준균 김혜연 박소연
편 집 2 팀 박치우 정영길 정지원 조찬희
편 집 3 팀 곽혜민 오준영 이해빈
라이츠담당 김정미 맹미영 이윤서 이승희
디 지 털 김지연 박상섭
미 술 김보라 박민솔
발 행 처 ㈜소미미디어
인쇄제작처 ㈜코리아피엔피
등 록 제2015-000008호
주 소 서울시 마포구 토정로222, 403호 (신수동, 한국출판콘텐츠센터)
판 매 ㈜소미미디어
마 케 팅 박종욱
영 업 최원석 최정연 한민지
물 류 백철기 허석용
전 화 (02)567-3388, Fax (02)322-7665

ISBN 979-11-384-0208-8
ISBN 979-11-6507-479-1 (세트)